密西西比河某处

于坚 著

北京出版集团

北京十月文艺出版社

我年轻时代听到一支美国民歌，叫作《谢南多亚》，是我的朋友老卡唱给我听的。老卡当年写小说，因为崇拜卡夫卡，就把原名改为陈卡，他高大、挺拔、英俊、黑亮、打篮球，在大学的球场上奔跑，扣篮，白球鞋凌空一晃，令女生怦然心动。有一段时间与老婆不和，跑到我那里住，这支歌就是他教给我的。老卡如今浪迹天涯，不知所终，我没有他的电话号码，他在我们每个人都用上电话之前就失踪了，就像杰克·伦敦小说里面去了育空河的淘金者。

谢南多亚

　　哦，谢南多亚，

　　我多想念你，

遥远啊，

滚滚的河啊；

哦，谢南多亚，

我多想念你，

远离，

我已远离，

宽广的密苏里。

　　一个曾经与你朝夕相处的人忽然就无影无踪了，我们从未通过电话，电话是在他失踪三年后才开始疯狂地蔓延起来的。如今这个国家已经没有人可以离开电话了，在医院五官科看耳朵的全是有手机的人。我上中文系的时候，有位1982年就去过美国的大学老师，教语言学的，上课的时候讲另一位老师的笑话，说是有一日忽然有电话找，这是老先生这辈子的第一个电话响了，老人家抖抖索索拎鞋子般地提起话筒，捏牢来听，电话已经断线，电话里面传出忙音，他吓得摔掉电话，大叫，它在叫！它在叫！捂着耳朵逃走了。这个去过美国的教授哈哈大笑，他觉得世界上没有比这更可笑的事了，我们鸦雀无声地听着，我们大多数与那个老先生一样，一生中的第一个电话还没有打来，还在憧憬着呢！那时候电话只是学校领导的办公室里才有。我与老卡的关系是没有电话的关系，他经常忽然来到，敲门，用只有他才敲得出的节奏，那时候门铃还没有被制造出来。他站在门口，笃笃笃地敲三下，一开门他就跨进来，从帆布挎包里掏出来一包卤牛肉、一包脆花生、一包油炸土豆片、半瓶白酒以及一本歌谱或者一篇小说。那时候我与我的朋友们的关系有种神秘感，不知道下一刻会发生什么。不期而至，有人敲门，你不知道在门外站着的是男的还是女的。有人敲门，进来的是挺着一对丰乳的阳萍，她崇拜西方文化到了满地打滚的地步，后来终于嫁给一个小个子的背着个脏兮兮的旅行袋的希腊人，年轻的脸被一笼金黄的大胡子裹着，我们说她嫁给了柏拉图。柏拉图是个小个子的男人，我们是从阳萍和这个叫作苏格拉底的希腊司机手拉手在吹箫巷里漫步的时候才意识到的，之前我们一直以为柏拉图是一个没有肉身的存在，空气、冬天的雾、水汽什么的。阳萍如今住在莱茵河畔的一处城堡里，目光呆滞，唱《秃头歌女》之歌。有人敲门，敲得很有力量，理直气壮，我开门，站在外面的是大个子老卡，进入我的房间，"我学会了一支歌"，笑得就像一位歌星，仰头就唱，"遥远啊，滚滚的河"。他为学会了一支美国歌曲而得意，歪着头，叉着腰，似乎他正坐在密西西比河的激流之上。人生就是这样，一个人在你生命里出现，只是为了教给你一支歌，然后永远消失。老卡消失了，我一直唱着他教给我的《谢南多亚》，这支歌成为我自己的歌。它是关于河流的歌曲，忧郁、朴素、深沉在不朽的爱情中，来自密西西比河的一条支流，据说是献给一位印第安酋长的女儿的，棕色皮肤，厚嘴唇。所以，当我在多年之后来到密西西比河的时候，首先想起的就是老卡，想起那个遥远的时代。

我记得1983年的某一天有人告诉我，有个叫作艾伦·金斯堡的美国诗人正在昆明，住在一家旅馆里，将在云南大学外语系的一间教室演讲。外语系在公路对面，没有与校本部连在一起，里面是一栋栋小型别墅，住着教授、花园、郁金香和蔷薇，高深莫测，里面出来的人，都是一副马上要"去国"的样子。金斯堡就在这种地方演讲，并且带走了坐在第三排的一位男生。谣传那位男生听说可以跟着金斯堡去美国，马上成了同性恋。我不知道艾伦·金斯堡是谁，我没有去听他的演讲，他演讲的时候我正在疯狂地写诗，在一首诗歌里我这么写："二十岁是一棵非常年轻的树/在阳光中充血/向天空喷射着绿叶……"艾伦·金斯堡前脚刚走，我后脚就读到了他的诗："钥匙在窗台上/钥匙在窗前的阳光里/孩子，结婚吧，不要吸毒/钥匙就在那阳光里……"这个诗人令我想起惠特曼，惠特曼更遥远，那是1973年，我在昆明一家大工厂里当铆工，穿着翻毛皮鞋，蹲在钢板上焊接钢板，火花在我屁股下面飞溅。工厂经常停电，一停电我就看禁书，工厂是可以看禁书的，工人不关心你看什么书，他们喜欢玩扑克。有一天我阅读了《草叶集》，是云南人楚图南翻译的，德罗悄悄地把这本书给我，只给我看两天。"我轻松愉快地走上大路/我健康，我自由，整个世界展开在我的面前/漫长的黄土道路可引到我想去的地方/从此我不再希求幸福，我自己便是幸福。"读得我血肉横飞，灵魂出窍。人类永远需要这种声音，人类总是被他们自己创造的文明裹挟着，文胜质则史，质胜文则野，人类总是需要惠特曼之类的声音来提醒生命找回自己，再次上路。读了他的诗集之后不久，我就决定去旅行。我约了翻砂工庄健。我们去医务室找朱医生开了一个星期的病假条。他是个好哥们，就是他告诉我们在昆明外面的高原上有许多古老的部落，经常过节，火把节、三月街、马街、狗街、骡马大会什么的，太好玩了！我和庄健在一天早上的8点钟整，太阳刚刚升起，登上了一辆前往云南西部的大卡车。字师傅是司机，彝族人，庄健的父亲与他是一个车队的，就把我们托付给他。上来！他推开车门，我们从来没有坐过大卡车，都不知道车门是怎么打开。我坐好了，四下看看，驾驶室真是有司令部的感觉。这辆解放牌卡车载着一吨水泥，在凹凸不平的公路上走了两天两夜。天黑了我们还开着大灯在公路上狂奔，字师傅一看就是个不怕死的家伙，随身背着一个军用水壶，里面灌满他老婆酿的苞谷酒，时不时拧开盖子，倒出一满盖，一口气喝下去。那时候汽车少，到了晚上，公路上一辆汽车也没有了。字师傅把车子停在大路中央，一盆月光倒下来，将路面洗得银晃晃，我们三人站成一排，拖着长长的影子，各自尿了一泡。11点半的时候我们到了一个彝族人的小镇，字师傅的老婆也是彝族人，就是这个镇上的人，我们围着房间里的火塘烤羊肉、玉米棒和土豆，一边喝酒一边唱歌。字师傅为我翻译了一句："月亮嬷嬷吔，你莫忙着下山，等我把哥哥的苞谷酒喝干。"后来他就睡觉去了，彝族人的房子是用圆木头搭的，不隔音，他们的房间响了半夜。那时候我还不知道凯鲁亚克，不知道他写了一本书叫《在路上》。后来我读到《在路上》的时候，马上想起了这辆大卡车。到了大理白族自治州，苍山的西坡上正在举办"三月三"集市，各个部落的人从森林、峡谷、山地里走出来，牵着马，马背上驮着核桃、板栗、柴火、陶器、母猪、羊只、鸡鸭什么的。许多人抱着大理石走来走去，那个地方的石头很值钱。晚上我们就跟着他们睡在山坡上，他们跳呵，喝呵，唱呵，天亮的时候，满山坡都是睡死过去的人，就像是战场，但是鼾声如雷。马没有睡，一直在吃草。它们无休无止地低头吃草。

在此之前，我成天摇头晃脑地写古体诗，崇拜王维和苏轼，《草叶集》给我的震撼强大到这种地步，我不再写古体诗歌了，我加入到浩浩荡荡席卷世界的自由诗的洪流中去。博尔赫斯曾说，我认为所有诗体中，自由体是最难的……我觉得古典形式要容易些，因为它们向你提供一种格律。艾伦·金斯堡的中国之行很安静，一点也不"嚎叫"，什么也没有惊动，悄悄地来，悄悄地走，一朵西天的云彩。但他的诗歌可不同，翻译成如此崇尚温文尔雅的汉语依然粗狂、暴烈、刺骨，震撼生命。"一切都可以入诗"，"诗语言应来自口语，能吟唱、朗读"（艾伦·金斯堡）。

青年时代关于美国的阅读令我对这个国家产生的印象就是自由自在，无拘无束，青春激荡。多年后，我看到布考斯基的诗，更加证实了这一点，他真是什么都能写呵，这个老酒鬼！与我的经验不同，压抑是常态，自由是一种另类，需要一点点争取。写诗是争取自由的精神活动，前提是你要藏好你那些稿纸。

米拉拉到了美国变得性情豪放，初一的时候她可是个林黛玉那样的人，动不动就捂着心口，要人扶着她。现在她在六十七号公路上驾驶着一辆绿色的切诺基，长发飞扬。激情导致她把路线走错，一转方向盘，扯马缰似的提起两个前轮，一轰油门就越过了两条公路之间的隔离带，将车子掉头，上了正确路线。我差点儿被甩出去。哈哈哈，坐好！她把车子停在一个水泥场上，就带着我们朝密西西比河走去。与我阅读过的关于密西西比河的描写不同，通向这河流的是一条黄土小路。那必须是一条……了不得的路，密西西比河呵！"全长3767千米。北美洲流程最长、流域面积最广、水量最大的河流。河流年均输沙量4.95亿吨。流域属世界三大黑土区之一，居世界河流的第4位；流域面积322万平方米，占美国本土面积的41%，覆盖了东部和中部广大地区……""《密西西比河组曲》(*Mississippi Suite*)是美国作曲家菲尔德·格罗菲（Ferde Grofe）1924年所作。交响组曲。4个乐章。1. *Father of The Waters*〔3:02〕河流之父。采用印第安曲调，以描绘大河的壮丽气势。2. *Huckleberry Finn*〔2:12〕哈克贝利·费恩。马克·吐温小说中的人物，他逃出家庭束缚，与黑孩子吉姆乘木筏顺密西西比河而下，此乐章用爵士乐。3. *Old Creole Days*〔2:29〕克里奥尔人的往昔。以黑人歌曲为素材，表现在美国出生的黑人对非洲故土的怀恋。4. *Mardi Gras*〔4:06〕

马底格拉节日。密西西比河流域的四旬斋前的狂欢节。"（百度）"黑人劳动在密西西比河上，黑人劳动白人来享乐，黑人工作到死不得休息……"（《老人河》①）通向它的这条路太常见了。我早在云南高原上走过。有无数的道路通向一条大河，从岩石群中，从荒野，从城市公园的水泥台阶，从瀑布的咆哮声中，从水坝，从乡村，从码头，就看每个人的运气了，这条道路属于马克·吐温，那条路产生了梭罗，这条路会造就渔夫马斯洛夫，那条路只为一个麻木不仁正在感冒的约翰而备，河流在那里，永远地在那里，通往它的只是一些可疑的、犹豫不决的道路，伐出来的、铺出来的、想象中的、重复别人的、自以为是的……这条小路只属于我，我来了，我看见，我将要说出。哦，没那么严重！在很多地段，密西西比河已经被处理成公园，这些公园很简单，就是一个停车场，一些牌子，画着地图，标着路标什么的，危险的地段修点路，相应的地点有免费的饮水设备。然后一切自然，没有门票，没有那么多的小卖部，更没有标语。精心设计过，但处理成洪荒时代的样子。这一路的景象就像我年轻时代某日走过云南高原之所见，秋天的山峦中，枯黄的草，远处的树林里弥

---

① 《老人河》，一译《河流老人》，又名《密西西比》，是美国音乐剧《游览船》中一首反映美国黑人悲惨生活的歌曲。（编者注，后同）

漫着凄迷的紫雾，长着蒲公英和芦苇的低地，几天前的暴雨留下的水坑，道路泥泞一段干一段，我们越过两座山峦，从一座发黑的木桥下面穿过，再穿过一片腰肢斑驳、树皮开裂的森林。密西西比河出现了，安静，就像一个老人正坐在故乡的大树下钓鱼。河面上布满了灰尘，就像多年没有打扫的大厅，一只鸟垂着长腿站在中央，河面泛起一张微弱的唱片，巴赫的练习曲。我听见《谢南多亚》远远地响起来。这是一支不需要人唱它自己会出现的歌，河岸上布满岩石，黑色的石头。美国消失了，英语消失了，回到最初的世界上，上帝从来没有创造过国家这种东西。河流就是河流，石头就是石头，树就是树。这就是艾略特诗歌中所说的那个棕色的大神吗？是的，就是那个大神。黑褐色的，平静如湖，看不出滚滚，河中间有些抛锚的船只，有人站在船边撒尿。河岸的树木正满堂红，其间有微红、淡红、暖红、深红、黑红……彼此辉映，又造出水红、桃红、粉红、品红、绯红、洋红、嫣红、大红大紫、橘红、殷红、血红、猩红、朱红、枣红或者鹅黄、金黄，树种不同。大规模的灿烂，无边无际的灿烂，内部有什么被点燃了，并不是火焰，但是像火焰那样疯蹿，同样的树，从这一棵到那一棵，红的程度不同，有些已经到达辉煌的高潮，有些刚刚开始，浓妆艳抹，各有道理，永远不知道是谁在化妆。我站在一棵辉煌的树下，周身被它的光笼罩，就像一头丧失了暴力的金色狮子，叶子一片片缓慢地落下，等待着王冠熔化。秋天并不一把就夺去大地的王冠，如同拿破仑从教皇手中夺去那样，它慢慢地，将灿烂一片一片取去。河流两岸次第辉煌，一日日逐渐暗淡，如同漫长的落日。我从未见过大自然出现如此辉煌的颜色，真是惊心动魄，人生再怎么红得发紫，也红不过大地。与这样的秋天相比，任何壮丽的事业都显得苍白。以前看关于印第安人的电影，我深爱人类里面的这一类人，他们怎么会有那样热烈而朴素的生命，来到这土地上，我才明白。与河流两岸森林中风暴般的色彩狂欢相比，密西西比河很暗淡，就像一张印第安人的脸，更深刻的黑暗在它的下面。有一年怒江的水落下去的时候，我走到那大河的深处，看见那岩石的河床上全是千奇百怪的窟窿，黑暗里曾经有过怎样钻心刻骨的灿烂啊。就像1966年的中国"革命"，在"革命"的内部，生活惊心动魄，惨烈残酷，但我作为少年，记忆里那是一段安静的时光，城市里空荡荡的，所有的学校都关着门，到处落着纸片，我走来走去，想捡到一张太妃奶糖的包装纸，那是我少年时代见过的最美丽的纸。

米拉拉二十一岁的时候来到美国，梦想着成为一位真正的艺术家。她出国前我们在昆明一家冷饮店为她和她男朋友送行，大家喝了许多鸡尾酒。服务员听说我们中有一个人要去美国，对我们这一伙非常殷勤。这是昆明最高档的冷饮店，政府开的，那时候还没有私人开的冷饮店。办喜事、出国的人送行都喜欢来这个地方。这个冷饮店相当大，里面有一个舞厅，我们喝了鸡尾酒，就去跳舞，那时候大家刚刚穿上牛仔裤，留起长头发。牛仔裤是从缅甸走私进来的，长头发是学着电影里面留起来的。米拉拉的头发留得最长，散开来可以披到小腿上。那时候全城都在跳迪斯科，老的跳，年轻人也跳，互相教、互相学习，相当热烈，好像是在美国跳迪斯科似的。音乐是杰克逊的，有人说成约翰逊。米拉拉被大家围在中间，她是个美人，祖籍是江南的宜兴。杨柳腰弯得像杨柳，头发甩得像一头狂怒的母马。抽到旁边人的脸上，像是挨了一巴掌。那个晚上舞厅里面还坐着许多开会的人，都不吃了，站起来看。米拉拉后来是被抬回家去的。米拉拉当时在一家剧院里面拉小提琴，男朋友是个画家。夜深的时候，我们一伙人在空无一人的大街上走着回家，彼此扶着搀着，忽然变得心事重重。三十年后的一个晚上，米拉拉悄悄从美国回来，在一个晚上回到前单位的职工宿舍，敲开一位同事的门，那位同事已经当了剧院的办公室主任，米拉拉请求他让她再回到单位来上班。这是一个传说，米拉拉把我带到密西西比河边上后，就走掉了，再也没见过，就像一只鸟。

　　成都的美国领事馆办理签证的小厅里面坐着四十多个人，他们在一个月前就预约了这次签证。签证的费用是八百五十元人民币，预约签证的专线电话费每八分钟三十六元。如果被拒签，交进去的八百五十元就不退了。签证处的小厅是密封的，窗子开在高处，铁栅封住，只留着一个脸大的小格。进去的人除了签证文件和裹住身体的衣服鞋子，任何东西都不能带，还要经过电子仪器扫描尸体般的检查，那时候这玩意儿还很新鲜，我很高兴它证实了我是一个诚实的人。递交签证的人坐在几排椅子上，就像医院等候就诊的患者，签证官叫谁的名字，谁就到那个小窗去谈话。两个签证官都会讲汉语，样子看起来是华裔。叫到一个戴眼镜的青年的名字时，他抱着一摞东西站起来，小跑着去窗口，足恭，光滑的地面调皮捣蛋了一下，一个趔趄，差点儿跌倒。怀中捧着的那一摞哗的一下在水门汀地面飙开去，撒得满地都是，那是各种各样的获奖证书。离我最近的一本是某省英语大赛的获奖证书。他忙不迭地将它们拾起来，拾得这本掉了那本，狼狈不堪地捧着，再次奔向窗口。离窗口还有半米，就听见他用英语大声地说着什么。签证官只说汉语。你去美国干什么？伊哩哇啦……这些证件没有用的！伊哩哇啦……你说汉语好不好！伊哩哇啦伊哩哇啦伊哩哇啦……不过五分钟，他的护照就被盖了拒签的章。青年将那些证书放进一个塑料袋，转过身，头一昂，阔步走出去了。有个老同志在窗口破口大骂，你美国有什么了不起，要不是我儿子在那里读书，你用轿子来抬我我都不去！有一段对话是：你去美国搞水电工程？是的。你知道什么是负极吗？我……我只读过初中，不知道这个。戴眼镜的签证官笑眯眯地。我真的只上过初中，你看这里不是写着……怎么有涂改的痕迹呢？是填的人写错了，咕噜了半天，这个工程师拿到了签证。轮到我的时候已经等了两个小时，签证官让我在一个金属的仪器上按了两次手印，手上即刻升起一种异样的感觉，我曾经用这双手写作叫作《0档案》的长诗。为了进入这个小厅我已经填写了无数的表格，盖了不下十个图章。在昆明的时候，我单位的公务员先生告诉我，表格已经用完了，让我自己去政府的一栋大楼里面取。被门卫盘问再三之后，扣下身份证。要不是表格在里面，我根本不想进这幢灰沉的大楼。里面有无数规格统一的房间一个个挂着牌子，走廊里空无一人，生命好像已经失踪，安静如深夜，仿佛正在进行永不结束的录音。好像形而上不再是一种看不见的思维，围棋盘升高成为真正可以行走穿越的迷宫。我成为其中的一粒棋子。终于摸进了一个房间，一位女同志慢吞吞地抬起头来，她一面用手揉着腰，一面打量我，她已经想不起这种表格了，她回忆着，就像一条鱼在回忆一个波浪，她去了另一个房间，我跟着她回来，她慢吞吞地打开一个文件柜，里面堆着各式各样的表、无边无际的表，就像鱼舱，白花花的。我一阵绝望，那张可怜的表怎么找得到啊，那张纸实在太薄了，我愿意填写一本书。按完手印，签证官就在电脑前敲击起键盘来，她敲打了几分钟，对着一个屏幕，像是在叩击一个黑暗之门，我以诗人的身份获得前往美国的签证。当我离开签证处的时候，我清楚地看到那些将要继续等待的同胞羡慕、迷惘的眼神，他们里面有些人已经在这里排了数年的队，投资可观，像一个个小浪头，千辛万苦越过各种障碍抵达这个礁石般的小窗口，顷刻间粉碎。有人在大使馆外面号啕大哭。

美国最先是作为一个意识形态概念进入我的记忆的。在我少年时代，这个国家总是和"帝国主义""越南""古巴"这些词联系在一起。有时候我看见这个国家戴着钢盔，站在坦克车上从电影院里驶过。小学的时候，学校曾经举行防空演习，因为美帝国主义者占领了越南，就要来空袭昆明了。我们躲在郊外的豆地里，像鸵鸟那样把头埋进田野中的沟渠。

空袭警报的巨大响声旋转在天空。我知道的一个美国人叫作林登·约翰逊，他是一幅漫画。后来，关于美国的印象被我的阅读改变了，我通过秘密阅读杰克·伦敦关于育空河淘金的小说和惠特曼的诗歌发现了另一个美国。我记得《草叶集》里的另一首诗："我听见美利坚在歌唱，听见各种各样的欢歌/机械工人歌唱，每一个人唱他理所应当是欢快而雄壮的歌/木工在歌唱，唱着量他的木板和大梁/泥瓦匠歌唱，上工、下工都在唱/船家为船上属于他的一切而歌唱，水手在轮船甲板上唱/鞋匠坐在板凳上唱，制帽工人站着工作站着唱/伐木工人唱，农家少年清晨下地，中午休息，日落回家，一边走着一边唱/母亲在唱甜美的歌，在工作的少妇，在缝、在洗的姑娘们也在唱/每一个人都为属于他或她而不属于任何别人的一切而在唱/白天，唱属于白天的歌——晚上，成群的年轻人，友爱而健壮/放开喉咙大声唱，优美而嘹亮。"那时我正是一个工人，甚至还当过木工，惠特曼这个诗人已经三十四岁，我比他年轻得多，我第一次看到诗歌这样歌唱工人，我也开始歌唱了。"北郊工厂有许多漂亮的小伙许多鹰眼都记得你/记得一个穿工装的气质高贵的姑娘扎黄蝴蝶骑红单车/你在黎明驶进上班的人流时世界突然安静了/你按着铃铛像一只美丽的麂子穿过宽肩膀的峡谷/许多胡子脸都红透了像一颗颗在雾中上升的太阳/天天　那些小伙子都找呀找呀慢慢骑在车上前瞻后顾/大家心照不宣你上白班他们也要求上白班了"（《北郊工厂的女王》）。惠特曼诗歌中的美国与高音喇叭里灌输的美国完全不同，那个美国趾高气扬，武装到牙齿，令人生畏。这个美国充满生命力，年轻、健康、自由、性感、自然、平易近人，比所有的西方诗歌都平易近人。青年时代，我经常感觉到我就是一个惠特曼诗歌中的人。惠特曼的诗歌深刻地影响了我，这是我早年阅读到的少数几本外国诗集之一。俄罗斯的诗歌使我忧郁，英国诗歌高深莫测，日常生活的神秘，惠特曼唤起我的生命激情。中国20世纪70年代的生活非常单调，但在清教式的氛围中，也有健康的生命存在，因为生命太单纯。那时代非常贫乏，如果你热爱生活的话，你就必须自己动手做许多事情，我不仅会装收音机，而且会装配自行车，也会制作简单的家具，我甚至种植过许多农作物，饲养过公鸡。我的收音机因为材料质量不好，收到的域外之音总是隔着几层声音，就像在一个酒吧间里面听邻桌的人谈话。而且波段不稳定，经常滑动，忽然又成了印度尼西亚的歌曲，忽然又成了某个男低音在说外语，忽然会飘出一段蓝调。你必须把音量调到最小，不能给别人听见，你还必须时刻握着旋钮，调整波段，在各种各样的杂音里把那个耳熟能详的、带点洋腔的播音员声音找回来。这是另一个美国，在我的记忆里，收音机中的美国遥远、充满魅力，刺激，无法证实的小道消息。危险且困难重重，收听它就像去育空河淘金的旅程。那时候我有几个朋友都在偷偷摸摸断断续续地听外台，我们彼此不知道。只是多年之后，我发现某位老朋友怎么对刚刚引进中国的爵士乐如此熟悉，他早就过了追求时尚的年纪，说起来，才知道他是70年代通过收音机成为爵士迷的。历史后退三十年，这些事情被公开的话，我平淡无奇的人生履历就要改写了。幸好没有人知道，我把这个秘密保持到了它可以作废的时代。

纽约到了

飞机轰隆

赞美成功

纽约到啦

大地的尽头

出现了一群玻璃积木

无数蜡像在里面做工

电脑监工　金融的机密

在保险柜里庄严转动

乘客们欢呼着去看梦

就像大男孩的房间

小汽车跑来跑去

忽然机舱里响起一串英语

然后每个人发给一张表

像刚刚入学的小学生

都埋头拼写起自己的名字来

文盲就请学生代笔

过去每到一地都要嚷嚷

"江山如画啊!"

现在说不出了

默默地发呆

——摘自《美国诗抄》

飞机向下,穿过曼哈顿的上空,这是一个晴朗的下午,纽约正在炫耀它的物质之光。我看见一个长方块的玻璃积木林立的岛,摩天大楼一座座排列直到遥远的云烟深处。好像一座非凡的墓地,死者由于我们无法理解的巨大使命而牺牲。无数的玻璃在闪烁着黯淡的光辉,组成一个几何天堂,美国人想象中的天堂难道就是这个样子？设计理念本身就含有拔地而起、凭空而至的创意。那个冷血设计师柯布西耶参与设计了纽约，他曾经建议将老巴黎拆掉，建成一个长玻璃盒子组成的阳光下的光辉之城，他被守旧的巴黎拒绝，跑到纽约来了。曼哈顿似乎是一夜之间凭空地在一张白纸上设计并建设起来的，只有两种线，横的和直的。"公元1609年，荷兰西印度公司代表亨利·哈德逊发现了这块地方，1626年荷属美洲新尼德兰省总督彼得花了大约现值二十四美元向美国印第安人买下曼哈顿岛。1633年在这里建造了第一个教堂，1653年曼哈顿成为新尼德兰省省府，并命名为新阿姆斯特丹，1653年前新阿姆斯特丹的人口只有800人。曼哈顿如今是美国的经济和文化中心，世界上摩天大楼最集中的地区，汇集了世界500强中绝大部分公司的总部，世界上最重要的金融中心，有纽约证券交易所和纳斯达克，曼哈顿的房地产市场也是全世界最昂贵的之一。根据2010年的资料，曼哈顿拥有1585873居民，面积为59.5平方千米，即平均每平方千米有26668人口。曼哈顿街道大抵以数字来命名，南北走向称大道，东西走向称街，街又以第五大道为分界点再分东街、西街。"（百度）这是一个标准的与历史断裂了的新世界，一个文明的断崖。似乎有位西装革履的裁缝，正站在哈德逊河畔，趾高气扬地握着一把闪闪发光的游标卡尺，似乎未来世界的进步，都要以这把尺子来测量了。飞机下降了一些，距离那些高高矮矮的长方盒子更近了，我下意识地推了一把，以为它们就会像多米诺骨牌那样倒下去，手被机舱壁挡了回来。摩天大楼之间的空隙是街道，许多糖块般的斑点排成一条条线，在街道上等距精确地移动着，都是小汽车，好像福特汽车工厂的流水线一直延伸到工厂以外。一个从天而降的巨大玩具店，生硬地插在大地上，与大地完全冲突。后来我站在帝国大厦的顶上仔细端详这座人工设计出来的非自然的庞然大物，那些巨大的玻璃幕墙给我做梦的感觉，神秘莫测，就像被放大到巨大无比的法老王的陵墓，没有丝毫生命的迹象，威严，豪华，闪射着冰冷的光辉，通俗的钻石，钻石内部的某种元素被抽象出来，组合成无数的几何体，我觉得我是裸体的，一丝不挂，就像挂在那些建筑物光滑的表面进行清洗工作的工人，一些微不足道的肉粒。在中国传统的关于栖居的理念中，把一个城市建造成这个样子是不可思议的，完全脱离大地，脱离树木、山水，直向着虚空而去，是非常不祥的、危险的。在中国，任何建筑都要紧紧地扒着大地，要寻求自然的庇护。这是美国精神，太空而不是大地，向上而不是向下，这种传统古老而悠久，其根源可以追溯到欧洲旧大陆，柏拉图是一种绝对的抽象，凭空设计。基督教是一个向上的体系，耶稣是一个高踞于云端的神。孔子、释迦牟尼们总是赤脚待在大地上，藏在古老的自然山水中。这种起源自希腊的向上传统在美国成为青春的、朝气蓬勃的东西，不再是教堂威严压抑的尖顶，而是被解放的物——玻璃、钢材、塑料、水泥、图纸……嘹亮地飞翔。在中国，你要设计一个城市，你得先和一大堆历史打交道，那些城市永远是乱糟糟的，东拼西凑，盘根错节。中国20世纪的现代化不得不从深圳这样的不毛之地开始。为什么是纽约而不是伦敦或者巴黎创造了现代主义的新世界，因为教堂在新英格兰的土地上根扎得不深。在旧大陆，人们绝望地跟着尼采在蒙克式的桥上呐喊，要求上帝死去。而在新英格兰，人们在荒野上创造了新的上帝，令他成为一个年轻人。纽约也许是20世纪世界历史最后的原创了，这是想象力的终结之地。曼哈顿是根据理性的生活逻辑严密地设计出来。逻辑深藏于设计理念中，你要进入这个城市，就得首先接受它对生活的设计。这个设计已经先验地为你安排了一个世界，而这个世界本来是美国人的地方性设计，是根据美国人对上帝和生活世界的想象和理解设计的，如今已经成为普世的设计。世界的机场看上去都像是肯尼迪机场的羞答答的复制品。事实上，世界最古老的机场（College Park Airport）正是诞生于美国。飞机激烈地抖动着，似乎变成了一颗赤裸着的飞行在天空的白色心脏，剧烈地喘气，仿佛这种抖动不是气流所致，而是乘客们集体心悸的结果。每个乘客都在激动，有些乘客撤去安全带站起来，凑近窗子去看。这无法抵御的激动与数百年前某艘穿越惊涛骇浪、满载英格兰流放者的船只抵达哈得逊湾时的激动是一样的，为了拥向这新世界的首都，人们经受了各式各样的折磨。我旁边的一对老夫妇为了去美国与儿子相聚，在美国大使馆的签证处等了十年，耗资数万。也许还有更遥远的记忆，比如我，多年收听收音机的经历是否导致了心脏方面的毛病？我依然清晰地记得我如何心一抖，迅速关闭收音机，把它藏起来。为收听收音机，我甚至秘密地自学无线电知识，购买漆包线和矿石，自己装配收音机。有对夫妇一直在担心下了飞机找不到行李，向空姐问这问那，这是中国国际航空公司的航班，一小片飞在天空的中国领土，只有几分钟了，稍后，你问什么都没有人可以回答了，除非你说美式英语。飞机颠了一下，在跑道上奋勇疾驰起来，冲向了最后的结局，停在肯尼迪机场。小时候我经常去昆明圆通山下的一个元代建造的寺院中玩耍，那朱红色的寺院依凭着山崖，山崖上有一个洪荒时代留下的喀斯特岩洞，长年用木板封着，我们每次去都要朝那木板内窥视，我表哥说从这个黑暗的洞穴穿过去可以到达美国。现在，2004年的10月，我穿过了这个洞穴，来到了美国。

飞了十四个半小时，抵达肯尼迪机场。每个入境者都被预设为恐怖分子，必须在机场安检仪前举起手来。我多年前第一次乘飞机的时候机场没有这个机器，只要出示一张单位证明就可以了。我举起手来，警察用一个仪器在我双腿之间探了一下，那里会藏着什么？我自己也不确定。那黑暗的仪器是否可以正确无误地再次从成千上万的数据中认出我的指纹，我有点担忧。它认出来了，我从宇宙中像一颗星子那样通过了安检。肯尼迪机场就像一个巨大的医院，藏着各种仪器，许多座位、入口、出口、医院式的洗手间，散发着刺鼻的消毒液气味。我忽然觉得自己周身都是细菌，把手洗了三遍。我的手还在吗，我举起手，像个俘虏似的在镜子上照了照。我其实是很少洗手的人，虽然老师一再告诫，要勤洗手，但我从来没有听进去。机场本是美国地方风格的建筑，玻璃、水泥、钢筋，透明开放，一览无遗，少有曲径通幽。奇特的建筑风俗就像中国云南的傣族人喜欢用竹子和泥巴建筑他们的居室，但傣族的竹楼没有被世界接纳，成为普适性的建筑，而纽约地方的建筑已经成为全世界的建筑，在中国香港、金边、罗马、首尔、深圳……都是这样的格式，因为更符合人性？谁的人性？李的还是张的，或者约翰的、马丁的？我看见同机来的妇女愁眉不展，她显然不适应这陌生的建筑物，它的目的是令恐怖分子没有安全感，却忽略了所有进入这建筑的人都没有安全感，抽象的安全感被设计出来，具体的生命却惶恐不安。古代传统培养起来的尊严必然被践踏，无人能够幸免，新的尊严是否之后会确立起来，不得而知。惶恐不安，担心着通不过安检，担心着护照有问题，担心着箱子有问题，担心着走错路，担心着找不到登机口，担心着接站的人站错了出口……如果你英语好的话，问题会少些，如果你数学好的话，麻烦会少些，这是一个学校，你必须马上毕业才能离开，朝大玻璃外面看了一眼，这是一个人很少的国家，就像西双版纳的飞机场，荒凉、冷漠、傲慢。西双版纳傣族自治州已经没有多少竹楼，它处心积虑地模仿美国。美国肯定不知道，麦当劳快餐店会出现在世界的那些遥远的角落里，即使那里一句美式英语也不讲。大家一个跟一个走出机舱，就像密封完毕的罐头，过去结束了，现在抵达未来。一位急匆匆的女士越过我朝里面跑，她的护照啪的一声掉在正站在机舱出口微笑的空姐的高跟鞋前，蓝眼睛的空姐弯腰帮她捡起来，笑笑，别着急。是的，别着急，有人在百度上

为你准备了这个：

与海关对话的原则心法：

1.第一条守则：千万要诚实！很多被拒绝入境而遭遣返的例子，都是因为说谎欺骗海关。欺骗海关官员绝对有罪。

2.千万别慌张。慢慢说，有自信，不要表现得很心虚、遮遮掩掩的样子。

3.不需要讲完美英文，简短、简洁，听得懂就好，甚至用单字回答都可以。

4.除非海关想跟你聊天打哈哈，不然也不需要讲太多，否则讲太多失误可能也越多，也可能被套话……

5.如果听不懂海关问什么，千万不要点头说yes yes。可以表明自己英文不好，海关会找人协助。

通关前，要先准备好：

（1）美国护照or本国护照与绿卡/有效签证；

（2）长条形蓝色的入境申报表Declaration Form 6059B；

（3）其他与签证相关的辅助文件，如入学证明、工卡等。

注：以前入境要填写的I-94表格（俗称小白卡）自2013年起已经电子化，入境时无须另外签写。

呵呵！

我推着两个箱子，其中一个大纸箱乃受人所托，从北京带往纽约，什么金贵的东西值得从东方运到西方，日行八万里，老子的《道德经》、孔子的《论语》，还是《唐诗三百首》《红楼梦》？后来我知道，人家托我运输的是火腿肠、方便面、过冬的棉衣、安宫牛黄丸、风油精和电饭锅。就像1970年，我父亲被流放到乡村，当我去看望他时所带的那一类。难道美国没有这些最基本的东西？当然有，但是这些在十四个小时前仅仅价值一百美元的物品，现在价值一千美元。两个年轻的警察诡秘地朝我的大箱子眨眨眼睛，那意思是我知道你带了什么，但并没有检查，做了个鬼脸。这两个小伙子看上去很天真，留着小胡子，一副从来没有在关系复杂的世界里挣扎过的样子，两个牛仔。另一次就没有这么便宜了，这两个小伙子忽然变成某种猩猩、大象、零件和金属混合而成的机器人，大头皮鞋踩着机场，命令我打开箱子，一切，仔细地搜查了我，我像个可怜的卡夫卡蹲在地上，怎么也拉不开旅行袋的拉链，我不知道这家伙到底私藏了什么，那个手印？在机场一家餐厅里，听到几个年轻的美国人响亮无比、旁若无人的笑声。我从未听过这样强烈的大笑，无拘无束，仿佛晴朗的天空。

走下飞机的旅客大部分心事重重，除了拿到绿卡的。美国大使馆的签证经历令他们心有余悸，"9·11"之后，他们被要求留下手印，按手印这件事预先设计了对人的不信任。在中国，自古以来，按手印的要么是罪犯，要么是借债者。在美国大使馆，我一生中第一次按手印。但"手印"这个词不是在此刻才出现，我以前曾经因为自印诗集而写下一份交代材料，让我写交代材料的穿制服的人最后说，我们对你够好的了，不要你按手印。"手印"这个我从前不怎么在乎的词，从那一刻起墨汁淋漓，仿佛刚刚被仓颉造出来。在成都的美国大使馆，我被要求将拇指放在一块黑暗的玻璃板上，拇指按上去的瞬间，我有一种被再次种牛痘的感觉。指头似乎陷入了一片沼泽，迅速变得黏糊糊的，我被要求擦干净指头，再按一次。直到签证官满意了，我的手印进入了某个系统，没有丝毫疼痛，似乎什么也没有发生。我忽然想起很多年前的一个冬天，我撸起袖子，光着手臂，跟着同学走进中华小学的医务室去种牛痘，后来我的手臂上长出一个疤，疤掉下之后，留下了一个永远的痕迹。牛痘到底是什么？我从未仔细想过，我觉得它与这个黑暗的沼泽有某种联系。去银行你得按手印，过海关你得按手印，早晨打开手机你得按手印……忽然间，手印这种东西无所不在了。入境处的官员是位黑人妇女，巨胖，堆满了椅子，随时要漫出来。懒洋洋地，眼皮都懒得动，她指指，示意我把手指放在一个魔盘中，按了一秒，我的一直吊着的心咯噔了一下，迅速飞想着如果盘问甚至审问的话，怎么狡辩。但她已经盖章挥手让我过去了。

过海关

夏天　走向海关时出了一身汗　担心起来

过了这关就是大海啦

盐够了吗　鳞是否足以抹去肉身？

很多年了　有个密探一直藏在某处　从不出面

只感觉谁在暗中观察　分析　记录　汇报并领着薪水

黑暗深处的海豹　随时会把暴露者衔出水面

现在　忽然这么近　紧贴着我　推了一把似的

隐私被公开在亮处　队伍依次向关口移动

判决的时刻临近了　我看见守门人正歪着头

审视白纸黑字　多次出境

自信也没有危害过任何人　做事对得起良心

也没有破坏过公园的一草一木

呼吸急促　神色反常　拼命要露出做贼心虚的样子

汗如雨　无法控制自己像一个逃亡者那样

面对海关　我不能肯定过去的日子中

他是否　已经走错了路线

是否言论过激　行为不检点

是否思想的秘密管道出现裂缝　漏光

或者肾结石已经　于不知不觉中转化为海洛因

自觉地接受仪器终身监测　但深夜里

还是会在荒凉的广场上醒来　察看自己的手指

大部分时间中　我不太知道什么事可以做

什么不可

那么多社论　那么多微言大义　那么多量杯

此一时彼一时　老虎由于花纹来历不明被捕

树木因为议论风被消灭　茶太浓有变色之嫌

教师忠于情书　朋友爱梅　曾经都是罪

后来又统统解禁　多年反复折腾　旗袍和玫瑰

都不显老　只是当事人九死一生　战战兢兢

纷纷草木皆兵　再也不敢了　拉上窗帘说话

是我父亲和同事后半生的小毛病

告密者和打手全部失踪　大海复归平静

鱼虾王八各自归位　还是要吃咸的　沧海桑田

君子三畏　畏天命　畏大人　畏圣人之言

捉摸不透的深　何时　它会再次翻脸不认？

说普通话的目光炯炯　盯着我的光头看了三秒

真后悔没带头发

敲击键盘　核对数据　搜索电脑

可别出现乱码啊

"哪个单位的　去那边干什么？"

吃喝玩乐也许还无害生计地小赌一把却报告说去开会

不由自主　又扯了一个小小的谎

几乎就要　像一个罪犯那样举手投降的时候

一个章盖下来　打开出口　放了我

大海是一面灰色的透镜　看了一眼

鱼众正无言地打着呵欠　昏昏欲睡　鳃如云

鞋带已经散了　弯身重新系好

瞥见自己的影子　还在后面发愣

似乎在犹豫着　走还是不走

2005 年

想一想吧：

我经受了这场暴风雨，

我顶住了流放。

——庞德

"哦"了一声，从曼哈顿三十七街的一个出口走进纽约。我进了那河流的深处，在真实的河岸上，深处是永远看不见的。纽约在深处。河流底下的世界。五光十色的表面为下面的黑暗所充实。在飞机上你对这个城市的壮丽辉煌感到绝望，辉煌与壮丽意味着生命无法存在，没有生殖的乐趣。但在下面，你发现纽约生机勃勃，无数物质在发光，无数生命在搏斗。各种速度并存于同一空间，高处，直升机像鸟一样顶着风穿过摩天大楼的树干；中间，一栋栋建筑像是直立着的黑鳗，周身布满闪闪发光的珍珠，高速运行的列车在其间穿行，像一个疯狂的舌头扯着大楼内部的肠子飞驰而去。下面的大街流金溢彩，有个牙齿雪白的黑人从一家时装商店里走出来，两只手各举着一摞还挂在衣架上的名牌衬衣甩到汽车的后座上，一踩油门，飞驰而去。更下面，黑暗的下水道冒着热气，无数的管道像梅杜萨之筏①载着纽约城在时间的静流上漂荡。纽约像一台巨大的织布机那样飞速地运转着，光芒闪烁，清朗的夜晚，月亮小到只是一只独眼，在纽约你感觉不到月亮的存在，也没有人注意这个老古董。那些巨大的玻璃后面站着世界第一流的橱窗设计，商店里在出售减价的世界名牌。车流和人流在大街上以不同的速度移动，五彩缤纷地在摩天大楼和街道表面上下飞蹿、横行霸道，最醒目的是可口可乐公司的广告。一切都出品了，剩下的事情只是永恒的推销。小伙子踏着滑板飞驰于车流之间，警察骑着高头大马昂首而过，黑人小贩在卖烤白薯。卖报刊的小铺子里各种杂志堆积如山，有些在中国被大学教授视为经典，以能够阅读并引用为荣，一个大学教授的名字如果出现在这些刊物上，会够他受用一辈子。我看见这些"一刻钟"经典被许多人买过来，只是随便翻了一下就扔进了路边的垃圾箱，正像我在昆明对付那些苍蝇般的小报。

帝国大厦，102层。一度是纽约最高建筑，高443.7米。

---

① 《梅杜萨之筏》(*The Raft of the Medusa*)是法国画家泰奥多尔·籍里柯于1819年创作的一幅油画，画面描绘了夜色中绝望的人们在一望无际的海面上看到天边船影的刹那的情景，该画是浪漫主义代表画作之一。

内部犹如监狱，无数呆板的、千篇一律的门、号码、楼梯，买票之后鱼贯而入。

登纽约帝国大厦

一个被忘掉的日期

排着队

警察盯着　担心你把泥巴带上来

仪器检察完毕　帝国就安全了

电梯满载　升向八十六层

圣人登东山而小鲁

群众去巴黎　要爬埃菲尔铁塔

在纽约　每个裁缝都登过帝国大厦

门票是十二美元

被一条直线抛了上去

几分钟　未来到了

一个平台将大家截住

全世界有多少人憧憬着这儿

赞美之声　来自高山　平原

来自河流　沼泽地　来自德国的咸肉

北京烤鸭　巴尔干奶酪

红脖子的南美鹦鹉　非洲之鼓

美女们　你们的一生就此可以开始

有一位鞋帮绽线的先生忽然

在出口停下捂住胃部　按实了

深藏在怀中的绿卡

哦　谢天谢地

他的口音有点像尤利西斯

帝国之巅是一个水泥秃顶

所有高速路的终端　几根毛

分别是纪念品商店　卫生间和旗帜

在铁栏杆的保护下

面对秋天的云

如此巨大的脸

经不住一阵风

纽约露出来

工业的野兽

反自然地生长着

无数的物积累到这儿

已经空无一物

大地上没有可以比拟它的事物

墓碑林立……这个比方是最接近的

腐烂就是诞生　但这是谁的墓

四个季节过去了　没有长出一根草

先天的抑郁症

啊　可怕的美已经造出来了

隐喻无能为力　无法借鉴历史

也许可以像一辆工程车的方向盘那样

描述它　用几何学　用材料手册

用工具论　用侦探手段　用抛光法

用红绿灯和……一场同性相恋的车祸

纽约　你属于我不知道的知识

哦　纽约　男性之城

欺天的积木　一万座玻璃阳具

刺着　高耸着　炫耀着

抽象的物理学之光

星星变黑　月亮褪色　太阳落幕

时光是一块谄媚的抹布

一切都朝着更高　更年轻

更辉煌　更灿烂　更硬

永恒的眼前一亮

犹如股票市场的指数柱

日夜攀升　更高才是它的根

天空亘古未有地恐惧

这乌龟可不会再高了

取代它的已经君临

飞机像中风的鸟　双翼麻木

从A座飞向B座　最后一点知觉

保证它不会虚拟自己最危险的一面

朝着痴呆的金融之王撞上去

摩天大楼的缝隙里爬着小汽车

这些铁蚂蚁是下面　唯一

在动　令人联想到生命的东西

它们还不够牢固　太矮　流于琐碎

尽管屹立于历史之外　古代的风

经过时　这个立体帝国也还是要

短暂地晕眩　风吹得倒的只有

头发　三个写诗的小人物

还没有垮掉　在巨颅上探头探脑

福州弗睿　纽约帕吉特　昆明于坚

一游到此　不指点江山

不崇拜物　但要激扬文字

大地太遥远了　看起来就像

天堂　帕吉特为我们指他的家

他住在一粒尘埃里

永远长不大的格林尼治

疮疤　小酒馆　烟嘴

不设防的裙子　有绰号的橡树

金斯堡的蘸水钢笔患着梦游症

天一黑就令警棍发疯

尿臊味的地铁车站总是比过去好闻

吸引着年轻人　忧伤而美丽的大麻交易

危险分子在黑暗中交头接耳就像

革命时代的情人　各种枪暗藏着光芒

电话亭子隔板上的血痕属于60年代

上演韵事的防火梯永不谢幕　哦

弹吉他的总是泪流满面的叔叔　那个黑人

还在流浪　居然还有美人爱上穷鬼

圣马克教堂一直开着门　那地区

有三千个风华正茂者　称自己为

光荣的诗人　一块牛排躺在

祖母留下的煎锅里　有些经典的煳味

太小　尘埃中的灰

完全隐匿在地面了

更远处　哈德逊河之背光芒幽暗

不知道什么时候转过去了

帝国大厦　上来是一种荣耀

下去就随便了　没有光

免费　也不搜身

　　时代广场。百老汇和第七大道的交会地。这就是传说中天堂与地狱的交会之处。大白青天，这里也是灯火通明，电力与阳光交辉竞技。太阳没有地面灿烂。四周是旋转而上，光芒灿烂或者漆黑如夜的摩天大楼，巨大的广告牌恐龙般地攀着摩天大楼的身子向天空飞去。各种广告上下奔驰流动，变幻，七巧板般地自动组合出各种巨大的图案，都是世界名牌的广告。广告牌上一闪而逝着各种美色。纽约城的风景、非洲的动物园、加拿大的瀑布、北欧的大海、印度的教徒、泰国的集市……许多广告牌追求原始主义风格，印第安人、非洲人、埃及人、印度人、越南人、大胖子、轮椅、肌肉结实的运动员，广告牌日夜上演着羞涩、天真、原始、野性、朴素、纯情……这些与商业无关的东西，人们内心渴望这些，但他们永远不能如此，那样朴素纯情的话，他们就永远攀登不上纽约的高楼了。商业得往与它的本性完全相反的方向做广告，商业有多么贪婪，广告就多么清心寡欲。商业内幕多么黑暗，广告就多么光明灿烂，商业多么无耻卑鄙、尔虞我诈、背信弃义，广告就多么天真纯洁、诚实无欺……广告其实永远在宣传它一秒钟都不会是的东西。最醒目的是可口可乐公司的，那桶棕色的水骄傲地升起来，又变成水花，一个愚蠢而英俊的男子在水花四溅中呾着舌头，意思是，好喝得要命。过分地宣传，就像骗局，世界骗局早已不是地摊上的土玩意儿，摸张牌，手帕下面变出个鸡蛋什么的。如今的大骗局利用的是最先进的技术、机器，分分钟在升级换代。

　　广场的地面上聚集着五光十色的人群，拖着旅行箱的（有人挤进来看一眼就要去赶飞机）、背着旅行包的、捏着手机的、捂着胸口的、牵着小孩的、搀扶着老人家的、端着冰激凌舔的、戴墨镜的、西装革履的、风尘仆仆的、霓裳羽衣的、花枝招展的、黑人、白人、黄种人、希腊人、波斯人、玛雅人、印第安人、因纽特人、汉族人、哈尼族人、彝族人、藏族人……广场的中心搭了一个可坐几百人的玻璃看台，人们一堆一堆地坐在看台上看美国最伟大的西洋景。这不是一个普通的广场，也不是30年代的时代广场，更不是那个知识分子的美国广场，这是商业和物质主义的圣地，犹如麦加、故宫、长城或者梵蒂冈。就像是安迪·沃霍尔或者劳申伯格的巨大装置，波普早已不是先锋艺术而是美国生活的广告业务，已经拼贴出这时代最艳丽华贵的装置。在这里最可以看出人类的普遍心思，很少人不被征服，很少人不重新开始思考自己的未来。这是一个崇高的广场，所有人都仰着脖子看电子屏幕，不屑一顾，非礼勿视根本做不到。那些广告飞升到天空，又降落在地面，戴着各式各样的墨镜，无数的墨镜，纽约的光辉太夺目。"支配想象的是未来，而不是过去。黄金时代是在我们前面，不是在我们背后。""世界是我的观念，我的活动，我的经验。""生活就是发展，而不断发展，不断生长，就是生活。"（杜威）附近的洛克菲勒中心的塑钢雕塑是一根通往天空的大梁，几个彩色的、背着旅行包的青年男女沿着柱子爬向天空。这就是美国的文化精神。天堂在高处，但并不虚无，在这里站上一刻钟，就会明白这个世界的大势所趋。条条大道通罗马，虚无，这就是我们时代的罗马。许多人甫一从四十二街的地铁车站出来，惊魂未定，刚刚摆脱国家或者民族主义的噩梦，旋即被时代广场惊得目瞪口呆，丧失判断力，傻掉了。不知道这是天堂还是地狱，都是，就看你自己怎么混了。未来开始了。看台上的人屁股下都垫着一张地图，似乎现在到了终点站，不需要啦。西装革履的总裁、靓女、成功人士、明星、政治家、银行家、科技精英、推着婴儿车的妇女、来自东欧的难民、穿越亚马孙丛林而来的印加帝国的后裔、警察、乞丐、卖艺人、街头画家、卖薯条的小贩……以及亚当和夏娃都潜行在广告公司培养的伊甸园中。一个乌黑发光的非洲裸女在为汽车工业坐台，一张广告上，她的丰乳肥臀、秋波和翘起的高跟鞋暗示着那些面包般的钢铁侏儒通向温柔之乡。世界各地的灰尘，被发家致富的狂风卷到这里，来自西安的尘埃，来自匈牙利的尘埃、来自波黑的尘埃、来自克里米亚的尘埃、来自波哥大的尘埃、来自哥伦比亚的尘埃、来自朝鲜海岸的尘埃……这些灰尘现在来到了他们梦寐以求的乌托邦，被纽约的洪流搅拌着，就要成为摩天大楼骨骼中的水泥粒子，现在还没有被密封进去，还置身事外，被疯狂壮丽高迈挺拔的电子屏幕上的图像惊得目瞪口呆，微风掠过大海般地发出阵阵惊叹。新人类诞生之地，亚当和夏娃隐藏在广告牌的光怪陆离的伊甸园中，万光千色，每个人都在想象中向上爬去。向上是天堂，人类俯伏在深渊底部。那些图像就像南美丛林发疯的大丽菊每隔几秒爆炸一次，许多人都做出胜利的"V"形手势。一船船的五月花，都是到岸得救的样子，这就是彼岸。千千万万的手臂朝摩天大楼上的光谱高举着照相机、手机，快门的声音就像是阵雨，只是这些手臂乱哄哄的，像是刚刚生长出来的杂草。那种来自阿姆斯特丹红灯区盯着橱窗内的全裸妓女的眼神，那种崇拜，那种嫉妒，那种羡慕，那种摩拳擦掌，那种跃跃欲试，那种箭在弦上，不知道有多少肱二头肌悄悄地在衣服下面鼓着……与物合影留念从来没有像此时此地这么光明正大、理直气壮，拍了一张，再拍一张，就像是一种祭祀，只要将这个物质女巫拍下来，你就会拥有，拍照就像在大雄宝殿烧香叩首。人们发呆，忽然笑起来，被广告逗笑了。有人在这里举行婚礼，新郎新娘以广告为背景照相，亲戚好友围着他们做出"V"形手势欢呼。世界变了，婚礼都从教堂搬到了广告牌下，这种细节意味深长。

时代广场的黄昏灿烂、激烈、活跃。地铁穿出地面呼啸而过，无数的电视屏幕在跳假面舞，那都是世界第一流的广告，色情被设计成纯洁昂贵的东西，粗俗丑陋被设计成绅士派头。西部牛仔们昔日肮脏危险侠骨柔肠的生活的行头，今日成为纽约上流店铺空虚昂贵的时髦货。在那些落日般的广告牌下面的深渊里，汽车的洪流滚滚，仿佛水库刚刚开闸。

最显眼的车子是黄色的大出租车。交通时时被汹涌的人流阻断，警察不得不站在马路上指挥。全副武装、骑着高头大马的巡警高于人群，但也是广告牌底下的小不点儿。广告牌的光芒五颜六色，游客的脸也跟着变换成红色、粉色、蓝色、紫色……人群像是会变换脸谱的假人。有点像乔伊斯笔下光怪陆离的都柏林。它要求一种拼贴的智慧，无数的碎片，被商业的黏合剂修补得密不透风。警车声不时撕开时代广场，又迅速合拢，像一个速冻的伤口。那些挤在观景台上的伸着脖子看西洋景的家伙有许多是非法移民？是不是有人会在瞬间想起这一点？摩天大楼和广告牌下面的深渊里，垂着美国国旗和黑色的已故政治家的雕塑。瞧，那小子今天还在街头滑着滑板穿过汽车缝隙，明天也许就上电视了。这个国家的艺术领袖安迪·沃霍尔说每个人都有一刻钟成为明星，是的。人群滚滚而来，被五光十色的橱窗刺激得发狂，许多人提着一摞挂着名牌衣服的衣架钻进汽车，连衣架都不下，这样到家可以直接挂进衣柜。黑人在卖光盘，衣着光鲜的青年昂首街头，忽然有一个人停下来，唱歌或者摇摆起来，成了艺术家，开始卖艺。无数的酒店、商店，从时代广场放射出去，纽约周边被无数空无一人的街道包围着，停着幽暗的小汽车。

　　一个俗不可耐的商业主义的广场。但依然给人灵感，自由的潘多拉盒子解放欲望，也激发了原始的创造力。那个叫作安迪·沃霍尔的家伙起身回到他的工作室，他的词汇不再是惠特曼式的，知其不可为而为之，丑陋的可口可乐筒和梦露的明星照是他的灵感之源，他因此成为这个时代的美国诗人。他不再歌唱大地和身体，也不批判讽刺工业化的现代牢笼，就是这样，一切都毫无意义，只是"是"着。他深得道家精髓。纽约就是安迪·沃霍尔的作品，他的拼贴。纽约人在审美上的古典趣味、浪漫主义趣味早就被波普运动改造完毕。波普不是在现代艺术博物馆里，就在纽约的大街上。就是一个垃圾堆，看起来也仿佛是劳申伯格的作品。安迪·沃霍尔们为资本主义赋予了一种无所不在的美，颠倒了传统上美与丑的位置。时代广场是新名词的累积，无数广告碎片的累积。各种创意，用过立即作废，无休无止的创意一个个袭来，垃圾般地占有空间，一个空间接着一个空间，累积起名词和广告的积木。过去永远是废墟，只有未来在不断地延伸。更高、更快、更N。名词意味着空间。时代广场这个大教堂只有当下，转瞬即逝乃是一种美，绝不寻求千秋万岁。纽约认同的只是成功，成功就是美，美没有死板固定的标准。成功是纽约美学的上帝。美只需要存在十五分钟，天机早已被安迪·沃霍尔道破。这种转瞬即逝也隐喻着永恒的一面，难道时间不是转瞬即逝的？有凝固的时间吗，凝固的时间不是时间而是死亡。伦勃朗在纽约绝对是一个孤独过时的老怪物。可口可乐充满诗意，汽车充满诗意，电脑充满诗意，马桶充满诗意，摩天大楼充满诗意，玻璃、水泥、钢筋充满诗意，资本、技术、商业巨头别着徽章的白袖口充满诗意，诗意不再是惠特曼、狄金森的那一套，不是什么头上的星空、荒野、草叶、森林、落日、萤火虫、月光……你得在这儿，这个人工的大地上活个滋润。认命吧，这就是你的天堂，天堂不在来世，就在纽约。安迪·沃霍尔在讽刺吗，没有。他戴着在塞尚们看来奇丑无比的墨镜。一个王维、贾科梅蒂或者莫兰迪永远不会出现在这里。他们是动物保护区的野兽。穿黄皮鞋，戴罗敦司得眼镜、肘子里夹着一个磨旧的小牛皮包的纽约知识分子不屑一顾地穿过，他必须穿过这个广场，才能抵达他的工作室。纽约一日游的观光车顶坐着乘客，看纽约这个国家级保护公园。就像行驶在非洲的野生峡谷中。忽然，某块巨型玻璃被阳光一擦，登时射出利刃般的光芒，刺得游客全闭了眼睛。

周围是麦当劳、运动店、点心店、电器中心、CD店、礼品店、教堂（在旧大陆，城市以教堂为中心，在曼哈顿，教堂只是一些龟缩着脖子等着太阳的老人），阳光像舞台上被忽略的射灯，这里打出弱弱的一束，那边挂着干巴巴的一条，像是遥远的回忆，这曾经是光明普照的原始丛林，印第安人的岛。现在不需要太阳了。灯火和广告牌彻夜不灭，就算太阳已经落山，夜晚来临，这里一切照旧，没有时间，没有停电的时候，像是一种人造的永恒。停电就是世界末日，末日只是拉一下电闸。

最辉煌的商店都在卖运动服装、跑鞋。"罗拉，快跑！"正是时代广场的基调，在这里你必须奔跑，这里没有凝固，一切都瞬息即变，无数的机会，你得手疾眼快立即抓住。

阿甘本在《敞开：人与动物》一书中的一段话，科耶夫说"美国生活方式"就是最适合历史终结时代的生活方式，美国在世界上的当下状态，预示着所有人类的"永恒"未来。这样，人回到动物不仅仅是正在实现的可能性，而且现在已经确凿无疑。

很难相信这个国家竟然诞生过爱伦·坡这个阴郁的诗人。"我再说一遍，我确信爱伦·坡和他的祖国不可同日而语。美国是个巨大而幼稚的国家，天生地嫉妒旧大陆。这个历史的后来人对自己物质的、反常的、几乎是畸形的发展感到自豪，对于工业的万能怀着一种天真的信仰。它确信，像我们这里的一些不幸的家伙一样，工业的万能最终将吃掉魔鬼。

在那里，时间和金钱的价值是如此之大！物质的活动被夸大到举国为之疯魔的程度，在思想中为非人间的东西只留下很小的地盘。爱伦·坡出身良好，他公开表示他的国家的大不幸是没有血统贵族，因为在一个没有贵族的民族中，对美的崇拜只能退化、减弱直至消失。他谴责他的同胞身上的只有暴发户独具的恶劣趣味的种种征象，直至谴责他们的铺张昂贵的奢侈。他把社会进步这一当代的伟大思想视作轻信的糊涂虫的迷狂，称人类住所的改善为长方形的伤痕和可憎之物。爱伦·坡在那里是个孤独得出奇的人。只相信不变、永恒、self-same……"（波德莱尔）1845年1月29日，《乌鸦》在纽约的《明镜晚报》发表，各报刊争相转载，爱伦·坡成为纽约最著名的诗人。纽约转载这样的诗句："从前一个阴郁的子夜，我独自沉思，慵懒疲竭/面对许多古怪而离奇，并早已被人遗忘的书卷/当我开始打盹，几乎入睡，突然传来一阵轻擂/仿佛有人在轻轻叩击——轻轻叩击我房间的门环/'有客来也，'我轻声嘟囔，'正在叩击我的门环，唯此而已，别无他般。'"爱伦·坡显然失败了，事情并非"仅此而已"，那只乌鸦比坡暗示的更加强大。

纽约结实、精致、耐用、聪明、笨重。这是一个生活之都。在物质主义席卷世界的30年代，纽约最伟大的杂志是

《生活》杂志。一切都是为着生活，哪怕那是不道德的生活，只要生活，怎么都行，"生活就是艺术，艺术也是生活"（杜威）。生活，这就是纽约的政治正确。在这里疯狂爆炸的乃是生活的花朵，有商业主义的实力和活力、有技术和想象力的极致，怎么都行，只要生活。一个疯狂的生活之城，除了生活它没有别的目的，纽约并不是所谓美国形象的象征。纽约并不是为了象征所谓的美国主义，那里的一切都来自对生活的迷狂。阳光是好的，纽约享受阳光。股票是好的，纽约购买股票。阴谋是好的，人人诡计多端。善良是好的，人们普遍行善。权力是好的，人们热衷选举。蓝调是好的，纽约到处是音乐家，地铁、公园、百货公司门口，许多人的腿里面藏着一段舞蹈，忽然就打开起舞，忽然走了。忽然就出现一支带着鼓、小提琴、单簧管的乐队，站在一个街口就吹拉起来。小贩是好的，每个街口都有小贩在卖热狗、烧烤什么的。耳机是好的，每个人都戴着一副耳机，被蓝调之海养着。总之，什么是激越生命、生殖的，纽约就干什么。自由不是概念，必须一点点争取，它永远不会大面积地一次性地到来。纽约就像街头的那种蒜味烤肠，一根根男性生殖器般的怪物，微微发红，冒着油粒。纽约的危险来自它与西方传统的关系，西方那个根据观念设计世界的传统是危险的，纽约也不能幸免，纽约无论如何是西方的一部分。虽然它是新英格兰，但新英格兰没有摆脱五月花号起锚的地方的传统。以观念去设计规划世界，从柏拉图就开始了，纽约成功地修改了这种思路。"一种思想的真，并不是那种思想所固有的一个静止的特性……它是逐渐成为真，通过种种事件而被造成为真的。因此，真理的检验要在结果方面才能找到……某一真理究竟意味着什么，其最终的检验乃在于它所指使或激发的那种行为。"（詹姆士）"传统上一般人说到一个名词，往往误认名词自身是固定的，殊不知从一个变动的历程上来看，实际上名词是一种活动的过程。例如：'健康'并不是一个静态的、固定的名词，而是具有发展与变动成分的名词。要健康，就得从事各种的活动：健康检查，熟读有关健康的书籍，培养与健康有关的各种习惯，实践各种健康的活动，摄取富有营养的食物，选购食物，等等，这些都是活动，是一个历程，不只是一个静止的、认知的健康名词而已。它实际上是串联成一个发展的历程，吾人对健康的认知与理解，实应掌握其活动的历程或各种活动，才更能落实而具体。"（杜威）纽约把保守的英格兰传统修改得更随便、更粗鲁、更有活力，抛弃了死板的观念，更倾向于身体、行动。但纽约依然暗藏着危险。纽约过于坚硬冷酷，摩天大楼不是百兽相亲的森林，一股股冷风从水泥框架中暗暗袭来，如果你分文不值，那么纽约就是地狱。分文不值在世界任何地方不是都很危险吗，不是，在亚马孙森林里，你至少可以采集野果。人开始就是这样活下来的。纽约没有一颗野果。

街道、公园里忽然会冒出巨大的树，可怕的苍老，周围是如此年轻，所以很可怕。比美国的历史更古老的树木。曼哈顿原来是原始森林，印第安人没有踪影。下水道冒着熏肉的热气。纽约的火藏在摩天大楼下面。可别小看这些摩天大楼，与古代文明藏在大地上不同，在密西西比河岸的某个洞穴里，你会遇到一个出神入化、戴着鸟羽王冠、超凡绝伦的酋长。而如今这个时代最顶尖的语言、智力、天才、大师、方案、鬼主意、阴谋诡计、行动计划……都藏在这些灰色的玻璃后面。

纽约响着蓝调，来自黑教堂的钟声。蓝调是大地音乐，产生蓝调的大地是悲伤的，这是黑人对世界的一个伟大的贡献，世界的朝天耳终于俯首朝下，听见了棉花地里的黑色甲壳虫们的声音。

设计是为了更新、淘汰，美国的做工太牢固、结实，很难被用坏，只有通过设计来更新换代。名牌并不存在，名牌是做工的结果。普遍地结实、精致、耐用。名牌只是牌子被叫响了，其他都一样，并不意味着质量的更上乘。质量是普遍的，普遍的上乘，每样东西的做工都是一流的，美国的做工普遍诚实，都有资格自我吹嘘。名牌并不意味着质量，只是谁家的广告做得更成功而已。质量是由法律来保证的，你如果制造假货，你就完蛋了。广告并不是宣传质量，而是要在浩如烟海的名牌中被注意到。可口可乐的成功，在于它日复一日地重复。

在纽约的一处露天的旧货市场，摆着很多玻璃瓶子，这个国家喝掉了那么多酒，美国喝各种酒，不仅仅是威士忌、葡萄酒，还有伏特加、二锅头、清酒、大象酒、烧酒……这些瓶子现在空着，等着一个叫莫兰迪的人。旧并不是不能用，只是落伍了。纽约有许多二手货市场，有强大的淘二手的族群，使用二手货并不是贫穷，而是爱好。怎么过都可以，没人说三道四，都有理论，都有整套的哲学，生活的哲学不止一套。怎么都行，只要你自己活得好，只要如此生活并不危及他人，触犯法律。美国的自由主义其实是很小心的。纽约人在公共场合，都很小心，尤其在人群拥挤的地铁里，小心着不触碰到别人，不断地说"三克油"。而在私人的领域，比如自己的头型，那真的是自由自在地飞翔了，什么头型都有，千奇百怪，令人作呕，灿烂如花，编结成绳子、炸弹、刺猬、藤子、链子、绞架……随便。

公园里到处是享受夏天最后之阳光的人们，光辉的公园。睡觉的、遛狗的、小口小口在喝咖啡的、在小本子上记点什么的、读书的、跑步的，许多人朝着不同的方向发着呆，朝一棵从前印第安人部落留下的大树，朝某种花，朝公园外面的行人，朝一块草坪，朝草坪上几个玩飞碟的人……生活不是为了证明某种意义，而是证明生活本身是值得过的。

时代广场与圣帕特里克教堂不同，时代广场是拜物教的教堂。它没有顶，那是空间的累积，无限地永不休止地上升。而圣帕特里克教堂有一个黑暗的圆顶，上帝在这黑暗的圆顶之下，上帝并不能超越这个顶。顶对于底下的朝圣者来说，其实意味着上帝是可以抵达的，他和他们共处于一个顶下，上帝意味着有限。但时代广场的拜物教教堂则意味着无限。圣帕特里克教堂充满着回忆，它总是回到开始，每当你进入那沉重的金属巨门（它反复地重复着一个回到过去的动作），你就回到了中世纪，虽然这是21世纪。但管风琴响和赞美诗的质量依然是中世纪的。

诗人弗睿站在百老汇的一个邮筒前等着我。他旁边站着另一个人，黑皮肤的人，像黑夜一样望着大街。弗睿的头发在他的黑夜的映照下，显得相当白。我们第一次见面的时候，弗睿满头黑发，握着一卷诗集。此刻他空着手，属于美国较贫困的人群中的一位。由于他三心二意，一方面要挣钱活下去，一方面又想着在美国写诗。佛罗斯特、加里·斯奈德、阿什贝利、米沃什、布罗茨基这些人令弗睿着迷，美国，这是一个可以写诗的地方。我也以为他到美国是去写诗的，为什么不呢? "一生好入名山游"，李白当年游山玩水，从未超出长江黄河流域。要是在今天，李白肯定还不是满世界去走。艾伦·金斯堡跑到四川去找李白的遗迹，布拉格、伦敦、瓦拉纳西、太平洋、大西洋、两河流域、昆明……满世界去写。这是一个世界文学的时代。就像30年代前往巴黎的文学青年，弗睿前往纽约的时候箱子里装着稿纸和钢笔，美国可没有方格稿纸。弗睿在美国写得不少，他用中文写，然后寄回中国发表。这种事情比英法联军抢劫圆明园高明得多，那是明火执仗，这却是文明。语言是无法禁止的，如果你的母语足够强悍。诗人这种强盗是隐身的强盗，不请自来，无法驱逐出境。弗睿在美国住了二十年，写了一本佛罗斯特没有看过的汉语诗集。所以，他没有混进白领阶层的队伍，二十年前，穿过肯尼迪机场的滚滚人流中，想着过来写诗的绝不会多，恐怕也就是弗睿一个，仅此，他就和那个被关在比萨监狱写诗的庞德一样牛×。"六十年前，诗是穷人的艺术：一个人口袋里装着一本希腊书，独自走到旷野。"(庞德)

邮筒旁边就是建于1903年的新阿姆斯特丹剧院，这个剧院常年只演一出音乐剧《美女与野兽》。每天8点准时开演。俊男靓女，载歌载舞，一会儿戴着面具，一会儿炫耀身段，一会儿唱支歌。我看了几分钟就开始瞌睡，控制不住自己的眼睛，回到童年时代那些瞌睡虫的日子。这歌舞剧是给孩子看的，却成为外国游客观光纽约的一个重要项目。说的是美女（美国正确的象征）如何成功地劝诱、训诫、改造野蛮人（野兽）成为文明人的故事。演出结束的时候，游客们纷纷购买芭比娃娃，作为"访美"（多么了不得的一个动宾结构词组）的证据。这是美国的另一个入口。从肯尼迪机场出来，一切规矩都不同了，得小心行事。自由意味着你接受了规则。《圣经》记录着多种不能做的事。美国有一部二百多年的法律。其中包括：天黑后禁止妖怪进入城镇（科罗拉多州），在任何时候都禁止妖怪闯进浴室（内华达州），戴着面具走在街上是违法的（纽约州），社会组织或团体开会不得穿统一着装（北卡罗来纳州），不能把下蛋的鸡关到笼子里（加利福尼亚州），唱歌五音不全是违反法律的（北卡罗来纳州），从1月到4月，在没有获得许可的情况下，不能为兔子拍照（怀俄明州），如果刚吃完洋葱或是大蒜等食品，在四小时内参加公共活动或是搭乘公共交通则是违法的（印第安纳州），鸡未获允许，不得过马路（佐治亚州奎特曼市）。呵呵。

大街上多是卖年轻人用品的商店，卖化妆品和鞋子的店最多，几乎每个人都穿着运动鞋，走得很快。与这里的步行相比，中国大街上的人步行的速度就像无风时刻的落叶。在一家卖耐克的店门口，几个黑人小伙子在跳舞，乐器是油漆桶、盘子、锅。每个人都有出场绝活，单手撑地旋转，飞起张开腿，做龙卷风状，跳得相当好看。最后上场的是一个胖子，做只有他自己的身体才可以做出的动作，音乐的节奏跟着他棕熊般的身体慢下来，跳得很准确，没因为胖而随便，赋予了摇滚一种笨重、沉稳的节奏，路人狂热鼓掌。他停下来，朝我挤挤眼，示意我往他端在手掌上的帽子里放钱。在纽约要看到这一幕很容易，转个街口就可能遇到。一部分人从早到晚疯狂工作，一部分人从早玩到晚。有些人背着旅行包，踩着一块滑板，在汽车流之间穿来穿去，就像在冲浪。我跟着弗睿去地铁，晚上很冷，摩天峡谷里面风很大。清朗的夜晚，月亮微不足道。有些车站的长椅子上睡着些裹得紧紧的人，整个夜晚他们都不会动一动了。

"饭颗山头逢杜甫，顶戴笠子日卓午。借问别来太瘦生，总为从前作诗苦。"古时候，中国诗人在大地上相遇，"下马饮君酒，问君何所之？君言不得意，归卧南山陲。但去莫复间，白云无尽时"，一生能够遇见一次就很有缘了，何况那些惺惺相惜者。如今，护照、交通将这种限制打破了。我和弗睿上次见面是在哥本哈根的一栋公寓里，我们在那里倒时差、做饭、睡觉、讨论诗歌，跟着牟森的"戏剧车间"去演出，那里有一个叫作"大炮"的剧院。弗睿在牟森的戏中扮演他自己，一个诗人。就像杜尚的小便池在博物馆扮演小便池，只是换了一个名字出场，小便池还是那个小便池。几年不见，他头发已经发灰，仿佛一种黑夜将逝的黎明，"近乎于一种灵魂"。我们将继续哥本哈根的谈话，除了诗，我们似乎无话可谈，枯燥的家伙呵。我们是通过诗相识的，不是发小、不是同学、不是邻居，诗就是我们的"青梅竹马"。诗令我们成为一种可以辨识的肉身而相遇。在纽约，像《诗经》的作者那样讨论一种已经有着三千年历史的写作技术，相当地超现实。我们说着汉语，谈着他在美国完成的长诗《曼凯托》，一边穿过杂语混响的时代广场上的汹涌人群朝他画画的那条街走去。路上的人就像刚刚从某个大工厂下班出来的男工女工，穿着随便，大多数是运动鞋、卫衣、拉链衫，前胸、后背印着各种商标，还有些穿条纹衬衫的人，看着就像监狱里的囚犯。人们行色匆匆，赶着路，其实他们只是在散步，这是美国大城市特有的速度。有人撸了撸袖子，有人抓抓自己的额头，没有谁敢于随地吐痰。嗓子痒痒的，得找个地方好好地吐上一口。衣冠楚楚，步态像病人出院的往往是外国佬。胸前挎着个傻瓜照相机，东张西望，磨磨蹭蹭，大惊小怪，随时准备着因为"美国的"而惊喜过望、倒地抽风的样子。人行道包着钢做的边壳，美国生产了太多的钢铁，用于人行道的装饰，真是闻所未闻。一组警察笨重地跑过去，电棒在屁股上晃着，速度很快，负重不轻，身上全是铁家伙。

钢铁被美国玩得很好，玩成了一种艺术。艺术家们用它制作了无数的作品。要成为艺术家之前，你先得是一个电焊工。首先是工人，美国许多诗人都是如此，他们可以娴熟地使用各种工具。

我和弗睿有很多默契，二十年前，我们一道在中国的南方写诗，他在海边，我在高原上，都住在70年代盖的那种筒子楼里，一上楼就喘气，窗子上安装着铁栅栏。秘密通信，担心着某一封被揭发检举，我们居然敢写白纸黑字的信！如今已经没有人再写这种信了。我和弗睿因彼此通信而成为莫逆之交，通信是最高的信任，信，那就是白纸黑字的自我交代，把柄。我在美国没有住处，也没有钱住旅馆，得去他的住处睡觉。弗睿住在法拉盛，十五平方米的房间里有三张单人床，住着他和他表哥。房间里没有空调，有一个摇头风扇。

一台十英寸的电视机，他们把那张床上摞着的杂物、箱子收拾了，腾出来给我睡。弗睿的表哥一回家就打开电视机，躺在床上看港台拍的武打片。法拉盛的电视机都在放武打片。弗睿每天在时代广场附近的五十三街为行人画肖像，他用铅笔画素描，文具盒里装着十多支，没有客人的时候，就把那些秃掉的削削。就像那些黑皮肤的擦鞋匠，他只是盯着路上来来往往的腿，看它们有没有一双会停下来。他们这一组再往西走，守着人行道的还有流浪汉、歌手、乞丐……肖像每幅十到二十美元不等，有时候顾客高兴，给一百美元的也有。他靠这个生活，在中国他做梦也没有挣到过这么多钱，单位上一个月班最多给他十美元。弗睿少年时跟着父亲住在海边，望着不给一口水喝的大海。与弗睿一道在曼哈顿五十三街画肖像的中国画家有七八个，都坐在小板凳上等着，像是一些落在海岸防波堤上的鸟类。这些人技术参差不齐，弗睿是其中的佼佼者，画得最专业，他毕业于外省一所老牌美术学校。有些人到了美国，失去了历史，胆子就大起来，从来没摸过笔的，也敢兜揽生意。有个写狗爬字的家伙，公然卖字，老美不知道什么颜真卿、怀素，看着像波洛克，纷纷掏钱。涂鸦大师基斯·哈林说："我对中国的书法、马克·托比的作品和杜布菲的'粗野艺术'观念很感兴趣。仅仅一根线条就可以传达出如此丰富的信息，那根线里小小的一点变化又可以创造一个完全不同的含义。在所有的意义上，从一开始，节约的概念就在作品中扮演了一个很重要的角色。"老美将书法理解为涂鸦。弗睿这样的匿名肖像大师在这种街头未必被待见，他画得最好，收入却一般，远远不如"野兽派"。自从杜尚以后，世界审美风气变了，人们喜欢看不懂，喜欢野怪黑乱，越是画得不像，一塌糊涂，越觉得莫测高深，现代艺术为天才和骗子们留下了巨大的发挥空间。只是老派的顾主也还有，并不少，所以弗睿还可以维持。他通常将他们画得如其所是，稍微升华一点，显得堂堂正正。客人相当高兴，觉得比自己还像自己。身材高大的警察站在他们身后，走来走去，并不干涉。他们选择这个地段不仅因为人多，还因为旁边有个小卖部，可以在那里买杯咖啡、矿泉水什么的。警察没事就站在小卖部旁，一只手枕着柜台，一杯接一杯地喝咖啡，不说话。忽然，警笛大响，三个穿长筒皮鞋的警察从"一堵墙"里冲出来，抓住一个貌似布罗茨基的老者，推到墙上又扑倒，按翻在地，铐住，拖进了警车。那么勇猛、使劲、愤怒，似乎那是一头吃了人的老虎，其实那人看上去只是一个衣衫褴褛、病恹恹的老狗，胡子花白，表情漠然，见惯不惊，一声不吭，倒地的动作很专业，不会伤筋动骨，下跪、瘫倒、躺在地上，木然束手就擒，就像导演要他做的。另一幕发生在肯尼迪机场，有个晚上我的航班取消，改成第二天起飞，从机场出来去旅馆的时候，看见玻璃门外面的凳子上坐着一个身材强壮的黑皮肤的人，正在腿上擦着什么，眼睛在黑暗里发亮。第二天早晨又回到机场，那人已经不见了，凳子下面扔着几块暗红色的干掉的肉块。弗睿其实不喜欢写生，后来他回国，都是画抽象画。他一般要画到晚上十点左右，渴了就买瓶矿泉水，美国人不喝开水，就是冬天也喝凉水。弗睿的胃被凉水弄坏了，经常疼。

法拉盛喧嚣、热闹、拥挤、危机四伏而干净。皇后区安静、孤独、傲慢、高度戒备而干净。除非你已经自绝于社会，否则你不敢脏。西方清教主义的一大胜利，就是成功地驱逐了脏，再也闻不到中世纪那股弥漫在空气中的臭味。没有马味、鸡味、牛味、羊味、鸭味……只有香水或者化学消毒水的味道，与油煎食物、汽车尾气的味道混合，形成了一种特殊的都市味道，像是医院、工业区、与屠宰场毗邻的地方发出来的。每天，弗睿一大早就拖着箱子去赶地铁，在法拉盛大街边上的一家小店花三美元买四个包子、一罐豆浆。包子馅大味好，每天都卖得一个不剩。店家考虑到人家要带着赶路，打包打得很严实，汤水绝不会溢出一滴。弗睿将包子塞进旅行袋里背着，作为午餐，吃的时候还温着。晚上回来时，超市就要打烊了，卖了一天剩下的果蔬、鱼肉什么的就会摆到路边，相当便宜。中午如果去吃自助餐，五美元一位，里面摆着三种鱼，五种肉，十多种蔬菜。要排队，座无虚席，吃完就走。每个月收入几百美元，足够在法拉盛吃成个大胖子。吃不算什么，住在什么地方才是问题，住在皇后区和住在法拉盛的人都吃麦当劳、自助餐，但是属于两个壁垒森严的阶层。皇后区的中产阶级经常要悄悄地开着车到法拉盛来批量采购，顺便吃个便宜、量大、味美的午餐。毛贵夫妇就这么干，他们夫妇开着车到了法拉盛，找一家快餐店吃上一顿，再装上几份在保温盒里，扔到汽车的后座上，留着晚上吃。这是他们一家消磨时间的方式之一。在美国你得重新创造消磨时间的方式，打工挣钱全世界都一样，但是剩下来的时间如何消磨就不一样了。西方人消磨时间的方式都差不多，教堂、酒吧、夜总会什么的。中国人就麻烦了，没有茶馆、没有庙会，没有"杨柳岸，晓风残月""矮纸斜行闲作草，晴窗细乳戏分茶"，时间无比难熬。毛贵夫妇自己创造了些消磨时间的办法，早晨去公园里散步，甩手、扭腰。然后去图书馆翻翻中文报纸的广告页，或者去某个救济机构排队领点东西，然后到法拉盛吃个快餐，再回家睡午觉。下午看个中央电视台播的电视连续剧（他们喜欢反腐片），傍晚再把中午买的快餐吃吃，还热着呢。再看个电视剧，一天也就差不多了，睡吧。有时候他们会在华人报纸上登个启事，约几个人某个星期三在法拉盛的一家餐馆打上几圈麻将，AA制。广告提前半年就要登出。

有一天，龙卷风袭击了纽约，皇后区到处滚着被腰斩的大树。一座教堂被雷击中，掀开了它的顶。藏在下面的座位暴露了，袭击是在教堂里只有上帝独自一人的时候发生的，没有人伤亡。那时候我在德罗家里避难，他家就在皇后区的一栋楼房里。飓风刮过屋顶，就像剃刀在刮着某人的坚硬的下巴。在这里住一个星期，大概只看得见十多个人，平时基本上看不见人，也无法确定他们是不是在房间里，总是"这里的黎明静悄悄"。星期日，听到某个房子里传来歌声，循声而去，拉开门，里面满满一房子表情庄严的人，这是一座教堂。

韦舥一直不适应皇后区的气味，他觉得这个区永远有一种洗发水和郁金香的混合味道。他一辈子都在翠湖公园旁边住，那里总是弥漫着夜来香和金桂的味道，他住在四楼，窗子安着防盗栅栏，透过栅栏，就可以看见那棵金桂，夜来香倒是看不见，它住在风里。这股怪味甚至弥漫在1702年建造的圣佐治教堂里。每天，教堂侧面的红色大门一开，韦舥就进来，一直坐到天黑，中午吃点教堂免费供应的午餐，喝一点水。他满头白发，六十九岁时逃来法拉盛，有两室一厅的房子，算是过得不错。我认识他的时候他三十岁，才子一个。打拳、写诗、画画、养兰花、做木材生意，他的梅花画得相当好，笔墨学吴昌硕。六十五岁的时候举办了一个画展，备受好评，卖掉了七幅。他本来在中国已经过上了优哉游哉的好日子，画画、玩玩、吃吃，每天都有人来约他去吃、去画、去避暑、过冬、赏月、登山……号称"老玩友"。他在湖边上有一个画室，在城里有三套房子、一百多个朋友、五十多个去处、一家心爱的肉包子店……忽然就一刀两断，逃到美国来了。原委是，他六十岁的时候觉得自己的钱还不够用，就与人合伙买了一块地，开了一家房地产公司。入股的都是他这辈子交往的朋友、熟人、师长、亲戚、同志、相好……大家基于一生的信任，都把积蓄投到这块地上，盼着分个再大些的房子。他在冬天的某个黄昏望着窗外的一角阴天，一时想不通，心一横，卷款而去，按下手印，在肯尼迪机场过了关。扔下那一干人在老家捶胸顿足、报警。有个人差点跳楼。韦舨在法拉盛住下来，洗了澡，买了一辆汽车，像往常一样，八点钟出门去看那棵柏树，他已经以它为模特画了三百张水墨。忽然间天塌地陷，他发现自己无处可去。那里根本没有什么柏树。这个老人失去了消磨时间的方式，他的玩场。他无事可干，反思自己的一生，觉得罪孽深重，就开始上教堂。只有坐在教堂里，他每天除去睡觉之外的时间才能消磨。他坐在那里，昏昏欲睡但是睡不着。有一天我在教堂外面看见他慢慢地走着，夹着一个保温瓶。我正要去肯尼迪机场赶飞机，没有和他打招呼。

有一个黄昏，纽约在发紫。华盛顿公园里来了两个黑人鼓手，不知道他们来自何处，肯尼亚？密西西比河？天空？他们在地上打开一只方形的铝箱，取出鼓槌，就开始打鼓。鼓是几只翻过来的涂料桶。鼓声一响，一片荒原从天而降，围观的都成了非洲人，情不自禁地想要手舞足蹈。我在世界上走，现在遇到最好的鼓手了，我知道。听众即刻就忘记了周围的存在。华盛顿公园周围是繁华大街、地铁站，有一栋镀金的大楼中间有一个洞，喷着热气，物质煌煌耀眼又有些诡秘。鼓声即刻镇压了一切，像是收服了妖魔鬼怪，回到他们祖先的部落里，诸神也来了，在摩天大楼的玻璃上听着。鼓手穿着背心，露出结实的炭色肌肉，有时候望望天空。鼓声停止时，听众蜂拥而上，朝那只箱子投币，箱子顷刻满了。他们就靠这个活着，快活似神仙。只是半个小时，一声口哨，搬鼓的搬鼓，收箱子的收箱子，走掉了。观众不散，愣怔着，仿佛失魂丧魄，还站在荒野上。

另一天去古根海姆玩，出来看见门外台阶上坐着一位胖而高大的中年人，黑色皮肤，从怀里摸出一只碗来，轻轻拍出节奏。那声音听起来就像是大地的心脏在跳，不是我想象的那样火山熔岩般的扑腾，很轻，有某种被克制的沉重感，就像是草原克制着非洲的大地，否则它那么丰满，恐怕要喷出来。我觉得这就是大地之声，简单、朴素、自在。而他用这么小的一个家伙，就弄出这天深地厚的声音，神！这位黑人把帽子放在脚前，即刻就满了，他看都不看给钱的人，收起来就走掉，缓缓而去，像一头大象。大象不会感激非洲。他很自信。这种水平，白听是你的耻辱，他靠这个吃饭，就像寺院里的僧侣，你给了钱，绝不敢自以为施舍，还觉得有罪，吝啬，给少了。这些人都是靠绝技谋生，不在体制、单位，完全的自由人，想几点来就几点来，想走就走，明天在原地、同一时间并不能碰到他。这种艺术家像吉卜赛人一样，很难遇见，得有缘分。有很多年，我一趟趟去西藏高原找那些传说中的格萨尔王歌手，每次都是"他们刚刚走了""他们还没有来"。过了二十年，我才在草原上的一个小水潭边遇到他们，措手不及，都不知道这些歌者是谁。流浪艺人靠手艺谋生，必须把这一套玩到极致。"志于道，据于德，依于仁，游于艺。"只为个饭碗，是无法达到极致的。玩到极致，饭碗也有了。他们的共同点，都是真的喜欢艺术，像对待自己情人那样狂热衷情地对待艺术，而且比通常所谓的爱情更持久热烈，然后这活计又像女人一样养活了他。就像贾科梅蒂说的："自从我第一次拿起画笔来试图完成一幅速写或一幅画，就是为了抓住并揭露一种真实。从那一刻起我就同样为了保护我自己，为了养活我自己，为了我的成长。同样，我还为了支撑我自己，使我不放弃，使我尽可能地去接近我自己的选择，我还为了抵御饥饿与寒冷，为了抵御死亡。"我喜欢到世界上走，最大的乐趣就是与这些街头诗人相遇。咖啡馆、学院里面也有许多诗人，但是那些见面的方式都太模式化了，暗藏着庸俗不堪的隐喻（被认可了）。有些人大名鼎鼎，但是他的作品离开了批评家的解释，你就看不懂。不像这些街头诗人，坦率直接，听吧，你喜欢，养着他，不喜欢走人。

华盛顿公园是一个玩的地方，音乐家、小孩、学生、老人、鸽子都喜欢这里。有些苍老的树，这些树顽强地告诉后生，纽约从前是一片原始森林，住着印第安人。"被砍倒的林中巨人，我坐在它桩子上/无法想象强健的柱子曾经立在这儿/无法看到幽灵般的冠层在我头顶上伸展/柱子的坚韧在一个生命体的蓝图中曾经是种美德/现在被塞进另一个图谋，它成了/对我臀部的考验，成了折磨人的没扶手的扶手椅/为什么它显得眼熟？我为什么会不知不觉地落到这椅子上/就好像我也曾被砍倒？"（梅丹理：《绿中谜》，王浩译）

弗睿住在法拉盛靠近地铁的一栋公寓里。这个公寓是70年代的旧楼，铁盒子电梯就像一座小监狱，厚重的铁梭门总是开得迟疑不决，嘎嘎喘着，似乎在犹豫着要不要放你出去，让人提心吊胆。铁门上方的小铁窗可以看外面抖动的钢索。停下来，先看看外面站着的是谁。四壁溅着各种来历不明的斑块痕迹，红的、黄的，坑坑洼洼，就像一个由机械、电力、抽象画和速度组成的装置，一个当代艺术的现成品。它们默默无闻地待在纽约一个公寓里，为各式各样的来访者：偷渡的、警察、房东、小偷、维修工、非裔、亚裔、拉丁裔（确实没有白人，他们不会住这种地方）、打工族、妓女……所共同涂鸦，已经完美，只要拆下来换个地方，就能获奖，卖掉，成名。一百多年的工业文明在美国已经长出包浆，显出唯美的苍老之色。比如1883年5月24日交付使用，横跨纽约东河，连接着布鲁克林区和曼哈顿岛，长1834米，世界上首次以钢材建造的大桥，由上万根钢索吊离水面41米，被誉为工业革命时代全世界七个划时代的建筑工程奇迹之一的布鲁克林大桥，已经有诗人为它写诗了，过去世界诗歌史上的诗歌颂的都是木桥、石桥、"魂断蓝桥"之类。

> 多少黎明，在它微微波动的休憩中感觉寒意，
>
> 海鸥翅膀倾斜，冲过桥下又扶摇而上，
>
> 撒下纷扰的白环，面对大桥连接的海湾水域
>
> 凌空高建起自由神像——
>
> 然后，以无瑕的曲线，飞出我们的视线
>
> ——哈特·克莱恩《桥》

所以纽约会出来激浪派、军械库，出来杜尚、劳申伯格、安迪·沃霍尔、基斯·哈林……这些人。在工业革命之后，有人要继续写的话，不写这些写什么。"线突然断了，信号消失，气球飞向青蓝色的拂晓天边。卡文迪什天文台来了一伙又一伙人，在公园里布满了大块磁铁和电弧接头，还有满是量表和曲柄的黑色铁控制板。军队也全副武装地亮相了，带着装满最新式毒气的炮弹——淋巴增生组织经历了轰炸、电击、毒攻，颜色和形状不时变换，树木上方的高空中出现了黄色脂肪块，媒体的闪光粉相机中出现了一个丑陋的绿色伪足动物，朝军队的警戒线爬过去。突然，'呼隆'一声，令人恶心的橘黄色痰涎洪水般淹没了一个观测哨，把那些不幸的

士兵吞了进去，可他们却没有惊叫，而是在笑，很快乐的样子。海盗/奥思莫的任务是和淋巴增生组织建立联系。目前，形势已经稳定下来，增生组织占领了整个圣詹姆斯公园，那些古典建筑已不复存在，政府办公室也搬了地方……"（品钦:《万有引力之虹》）我指着电梯箱子的一个面对弗睿说，学这个就可以了，都不用去美术馆，电梯的那一面看上去就像安塞尔姆·基弗或者弗兰克·奥尔巴赫的作品。弗睿的表弟在这个公寓里租了半层楼，一个独立的门进去，里面有五间房子，一个公用厨房，一个公用卫生间。他自己住一间，其他的转租给他人，每间房的租金七百美元。大家共用一个冰箱，里面放着各家的牛奶、海鲜、水果、剩菜。表弟在80年代的某个深夜，揣着两百美元，钻进一艘货轮的底舱，昏天黑地睡了一个半月，从太平洋东端漂到西端，混进了纽约。消息传回家乡，家乡人马上放鞭炮，请闽剧班子去祠堂唱戏。来到美国二十几年，一句英语都不会讲，为一个通过电话给他活计的老板干活，老板也不会讲英语，兜揽的是装修生意。表弟会配制水泥，也会砌砖，在老家学的。在老家砌砖，来美国还是砌砖，国家不同，砖块的大小、颜色、硬度也不同，砌是一样的。"美国的砖好，结实，规整，抹泥的时候，一刀过去，基本上就是三厘米厚，就像机器抹的。抹不平的话，砖就砌不出直线。"他住在美国，基本上不和原住民（那些黑人或者白人）来往，曼哈顿都不去。朋友都是住在法拉盛的老家人。自己扎稳脚跟后，又把他老父老母、姐姐、姐夫，一家子都弄到法拉盛，后来他家乡一个村子的十多户人家都学着他来到法拉盛，这些有传统的天才只差没有把老家的祠堂也搬过来。表弟春节就不用回家探亲了。在纽约过春节，时令不对，没法做春天该做的事，但是仪轨是超越物候的，过春节，一个村的人举着妈祖像去街上走一圈，跳舞，放鞭炮，然后吃年夜饭。如今他一边当房东，一边继续老行当。老胡是他的租户之一，西安来的，辞了大学助教的工作，老婆离开医院，两口子跑到纽约来陪着儿子读书。老胡做得一手味道极好的红烧肉，他常常抬着锅子过来，给我们每个人碗里放一两块红烧肉。他不说英语，不吃麦当劳。我们说起机场海关那台按手印的机器，他太担心他的手印按不进去，用力过度，那个小平台被按得微微发抖。

生锈的布鲁克林，生锈的昆斯大桥。站在这些大桥下面就像站在废墟下面，但只是表面锈迹斑斑，其实还在使用。工业美国已经不是20世纪初的那个闪闪发光的小伙子了，一些地区已经衰落。富起来的人们搬走了，只留下流浪狗和穷人。荒凉的厂区，已经停工，墙上到处是涂鸦。运气好的话，你可以找到一小片基斯·哈林。有一对流浪者睡在哈德逊河边的一堆建筑垃圾里，河岸的石头是水泥桩子和旧引擎、汽油桶什么的。废墟里的情人，自己选择的生活方式，你可以选择富贵，像个肯德基大王那样在大西洋上开着游艇，也可以选择贫穷、流浪，堂·吉诃德式的生活，只要你耐得住。后者并不比前者卑贱，这是美国的教养。《纽约时报》报道过他们。过一种脏乱差的流浪生活是一种波西米亚的时髦。将日常生活艺术化，一切都是美。"美而不自知，吾以美之更甚"（庄子），"美哉轮焉，美哉奂焉"（《礼记·檀弓下》），"请礼部侍郎张谓作《甘棠颂》以美之"（《元次山碑》），"甚美"……这种始于中国在宋代达到高峰的"美之"运动也在美国兴起。宋代人将大地上的一切视为美，"大块假我以文章"，太湖里面的一块庸常石头，在他地无人以为美，搬进江南的四合院就成了艺术现成品，诸神在世的显身。"道法自然""师法造化""道在屎溺""笔落惊风雨，诗成泣鬼神"，以艺术取代诸神，艺术家自己当上帝，中国自古如此。上帝死了，要有新的上帝，尼采认为这个新上帝就是艺术，与中国思想不谋而合。先是欧洲，现在是美国受杜尚影响，将工业现成品视为美，杜尚领导了后现代的"美之"运动，"生活就是艺术"，将哈德逊河岸的工业垃圾场视为艺术。这个运动确实将工业文明的冷漠坚硬乏味无聊软化消解了许多，改变了人们看世界的角度，已经不是卓别林时代将流水线视为魔鬼了。人们与机器、物资达成了和解，汽车、电梯、高速公路、摩天大楼看上去都不那么令人隔膜了。一根电线杆子的支架上放着一个黄色的果汁筒，布鲁克林经常出现这种涂鸦式的作品。安迪·沃霍尔、劳申伯格那一套已经深入纽约骨髓。遇到一个亮闪闪的黑人，现成品，对视了一阵。现代主义已经老迈，摩天大楼成了老古董。坐落在曼哈顿岛第五大道一百七十五号的熨斗大厦（Flatiron Building），1902年完工，二十二层的钢结构建筑，芝加哥学派的风格，曾是纽约市最高的大楼之一。一个平庸的三角形，依靠外在的装饰使得自己看上去像是一件摆在纽约桌布上的典雅家具。如今已经成为古典，游客们驻足，朝它指指点点。

大约一百多年前，1910年，英国作家伍尔夫说了一句话：1910年12月30日，人性改变了。那时她家里聚集着一个文学沙龙，著名的布鲁姆斯伯里团体[①]，常客包括诗人T.S.艾略

[①]20世纪初以降的欧美文化思想领域，布鲁姆斯伯里团体无疑是最具魅力和影响的知识群体之一。这一汇聚了众多知名作家、艺术家、评论家、思想家以及经济学家等智识精英的文化群落，并不是一个有统一纲领的系统性组织或社团，而是志同道合的亲密朋友们在一起聚谈交流形成的松散的团体。（援引自张楠：《"文明的个体"：弗吉尼亚·伍尔夫和布鲁姆斯伯里文化团体研究》，复旦大学出版社2018年版，第13页。）

特。这位出生于密苏里州的圣路易斯的哈佛大学毕业生后来在长诗《荒原》里写道：

那风

吹过棕黄色的大地，没人听见。

仙女们已经走了。

此诗发表于1922年，都快一百年了，仙女们还没有回来。塑胶生殖的仙女取代了中世纪圣像画上的那种仙女。

美国的另外一个人种是汽车，街道上可以空无一人，但不能没有汽车。必须时刻注意它的存在，否则有生命危险。这些汽车只认交通规则，不认人。

弗睿带我去纽约世贸中心对面的21世纪世界名牌二手店，这两栋高一百一十层的豪宅已经不见了，以前我在照片上见过。许多人站在建筑围栏边看，比它没有被炸毁的时候看的人还多。它袒露了自己的深处，一个巨大的搭着脚手架的坑。并不妨碍大家在旁边未被摧毁的房子里继续购物，似乎都还听得见那些从楼上坠下的死者在号叫，死亡没有散去，悲伤的天空。这家名牌二手店永远人满为患，还没有开门就排着长队。二手意味着不多，有时候也就是一件而已。那些排着队的衣架上挂着各式各样的独一无二的衣服，弗睿有时候进去为自己买一件打到一折的意大利或法国原产的衬衫、皮带什么的。纽约是个鼓励购物狂的城市，满街的人都穿着世界名牌，穿这个牌子只意味着大众化。所有的牌子都必须保证质量，或许材料、设计、做工是金字塔式的，有高低贵贱，但质量必须保证货真价实。一双一百美元的鞋就是一百美元的鞋，一个三千美元的包就是三千美元的包。制度控制着质量，你可以胡说八道，胡思乱想，但是你不能弄虚作假、偷工减料，否则会被逮捕判刑。大家在海带般的货架里鲸鱼似的游来游去，兴奋、无聊、疲惫，渴望着再发现一块更便宜的新大陆。平常可望而不可即的世界名牌在这里便宜得令人贪心，有的货柜几乎是在抢购，那些玩意儿平庸极了，只有平庸才会成为世界名牌，讨得从欧洲到亚洲、从玻利维亚以北到西伯利亚以东、从马里沙漠到地中海群岛的暴发户们的普遍欢心。其间也不乏风格独特的先锋派外套、后现代夹克、包豪斯风格的眼镜、三宅一生设计的包包……或许设计生产出来就没有卖出去过几件，只合极少数波希米亚族的口味，而这里正是纽约那些穷讲究的波希米亚喜欢来的地方。点钞机下雨般地一阵一阵地响着，店员忙得不亦乐乎，目光僵直。付款处排着长队，人人都抱着救生圈似的一堆，信用卡一张张亮起来，就像鱼鳞。在纽约这个城市可以什么都没有，绝对不能没有钱。钱意味着最基本的自由，然后才是其他自由，比如施展才能的自由。像我大学毕业时，一分钱都没有，就被国家分派到一个单位去当编辑，马上领钱的事情是绝对不会发生的。基本的自由意味着你有时间向纽约展示你的本事。"在一次找工作的时候，他给《时尚芭莎》的编辑罗素·莱恩斯（Russell Lynes）龙飞凤舞地写了一张便条，语气天真幼稚。在明信片上，附着一幅自画像——风格奇特的涂染技法画的脸部素描，用聊天泡泡框写道：'你好，莱恩斯先生，我的人生简单，连张一便士的明信片都填不满……毕业于卡内基技术学院，目前住在纽约，正从一个蟑螂成群的公寓搬到另一处蟑螂成群的公寓。'"（黛博拉·戴维斯：《安迪·沃霍尔的公路旅行》）我终于找到了一件意大利产的毛线织的背心，设计独具匠心，用的是廉价材料，前面镶着一块灰色的皮，皮子与线结合在一起，很有创意。后来我发现这块皮是假的，只是做出了磨砂，一眼看上去像是真皮，诱人不假思索。二手货就是二手货，它的猫腻最后必被发现，越来越难卖了，只好逃到二手店来。

乘着地铁前往曼哈顿，仿佛再过了一次童年。车窗到处是从未见过的建筑物、植物、水池、停车场、购物中心、广告牌、汽车群、云彩、光线……我从未见过那些汽车，也没有见过人们像这样开车，每辆车都疯了似的，绿灯一亮就像枪战片里的赃车那样抱头鼠窜并发出山崩地裂的巨响。我不知道那些积木般的房间里住着谁，都在干什么。周围的人说的话我一句也听不懂，像是进到一个动物园的笼子里，大家都在议论纷纷，我一句也听不懂。"下一站是不是布莱恩特公园？"旁边的猩猩根本不理睬我，我的汉语他们毫无反应。这种童年感并不幼稚，纽约我多少知道些皮毛，只是对不上号。陷入了初来乍到的混乱，总是担心着坐过站，那个插票的小口像个恶煞似的，永远不知道下一次那座超短裙式的小门还会不会打开，我的手印锁在里面。这个门对许多黑人并不存在，他们从楼梯口冲下来，双手按住挡板，两条腿仙鹤般腾起，飞过去了。这是纽约地铁的七号线，会经过韩国社区、俄罗斯社区、印度社区、希腊社区……老迈的钢铁恐龙正发出巨大的摩擦声，仿佛穿越轧钢车间，无数的生命热烈地向着飞速运转的核心扑来又惨叫着被粉碎了。车厢里臭烘烘的，挤着各式各样的人物，站或坐，没有表情，都看着某处，那里其实没有什么可看的，只是要避免与别人目光对视。这是一个讨论诗歌的好地方，这种话题永远可以旁若无人。我和梅丹理抓着车厢里的不锈钢柱子，谈到了第三代的几个诗人，提起一些名字，他真是个专家，我们讨论了我主张的"拒绝隐喻"。纽约人种驳杂，长成什么样子的人都有，你在你的国家或许是一个丑八怪，但在纽约，你可能相当出色。我的朋友兰珍，在中国她恐怕很难嫁出去，但在这里，她是相貌独特之人，动不动被用作书籍的封面。纽约的魅力就在于它容忍各种各样的人，对人的容忍，不只是知识分子津津乐道的什么思想，不同观点，容忍首先是表象、相貌。没有上帝赋予的人类的各式各样外表，哪里来的自尊、傲慢、谦卑嘛。车厢两边的光芒诡异的玻璃上反映出人们变形的脸孔。他们大都是你一辈子做梦都想象不到的人物，全世界的人种都有，黑人、黄种人、白人、红人、古铜色的、白得像石灰的……一个活着的人种标本博物馆。我环顾着并时时惊叹，人还有长成这个样子的！纽约地铁是相貌奇异者的天堂，如果你在你故乡的审美标准里属于怪物一类，那么在纽约你就太正常了，与众不同正是纽约的正常，长得符合杂志上的一般标准，"俊男靓女"，倒很平庸。我的长相在中国被人们礼貌地称为"大智若愚"，我记得在那个被称为"中国纽约"的上海，我曾经遭遇小市民在背后指指点点"娘侬看伐懂""寿头"，就因为我的相貌看起来有点像黑人或者少数民族，嘴唇很厚，肤色偏深，我一直在太阳底下晒，我喜欢把自己晒黑，我崇拜非洲之色。"你是不是佤族？"我至少三次遭遇毫无道理的询问，仅仅因为我相貌"出众"。什么人没有啊，地铁就是人种博览会，必须放弃从你的国家带来的偏见，丑陋在这里成为魅力，家乡美人在这里也许倒是真相毕露的平庸，注意的人都没有一个呢。在中国20世纪末期流行的审美观点看来，某些纽约地铁乘客会被怀疑为黑老大、毒枭、流窜犯、恐怖分子、精神病人或者白痴。全世界的"大智若愚者"似乎都逃到纽约来了，比如安迪·沃霍尔。"他皮肤苍白、凹凸不平，眼睛无神，总是需要带上讨厌的特殊眼镜，长着大蒜鼻，头发也少得吓人，大多数时间要戴着帽子掩盖秃顶。"（《安迪·沃霍尔的公路旅行》）全世界的人精都窜到纽约来了。与世界别的地方比较，纽约人真的是普遍的出众，普遍的奇形怪状，普遍的酷，普遍的匪夷所思，普遍的戏剧化。对面仰天而坐歪头睡去的家伙看上去就像刚刚从刚果河里爬上来的河马。旁边鼾声如雷的公务员看起来像是因纽特人。斯威夫特的小说里写到的那种巨人在这里被熟视无睹。那位背着冒牌的OSPREY登山包的黑女郎看起来像是刚刚从巴黎的时装表演晚会上走出来的模特儿，在一张广告上见过，较瘦。有三个黑人男子的皮肤就像杭州的上等丝绸那样细腻，我怀疑他们的皮肤就是秦淮河边的一架纺车织出来的。有个白人有我三个那么大，山峦般的臀，简直可以爬过去。那位先生酷似大猩猩，另一位则忧郁得像个耶稣，大象般的购物者、卷帘门般的工头、豹子般的经纪人、自动步枪式的教授、线装书般的门卫、城堡般的厨师、面团般的运动员、牛仔般的诗人、白雪公主般的阔妇、送外卖的安泰、要去图书馆的后羿、住在唐人街的阿波罗、在布鲁克林棚户区烧火煮饭的赵飞燕、女娲、鳄鱼、棕熊、狮子、长颈鹿、豹子、狼、野猪、孔雀、百灵鸟……世界人种的标本馆。女娲玩泥巴的功夫真是深不可测。我有点大惊小怪，但没有人对我大惊小怪，纽约似乎就没有排外这个词，而我却大惊小怪，一个刚刚入境不到二十小时的家伙居然有着排外心理。有一年我和梅丹理在昆明一间小酒吧里跟着一个乐队跳舞，大家围着梅丹理，他长得太像一棵白色的桉树。人有丑的吗？人有美的吗？这要看你怎么看了，上帝只是创造了这一个那一个，没有什么美丑是非。这是人的偏见。纽约可不管你有没有"历史问题"，"每个人都有机会贡献他所能贡献的东西，其贡献的价值应根据它在由同类贡献所组成的总和中的地位与功能来确定，而不是根据任何先定的地位"。（杜威）如果纽约是一个鼓励自由精神和创造的城市，那么它首先是从对人的身体的尊重开始鼓励的，它最彻底地鼓励着那些非我族类的身体和精神倾向。"你可以长得像一块泥炭或者一杯咖啡。""说一口带昆明口音的蹩脚英语。"纽约是安迪·沃霍尔这种人的纽约，"对自己的外貌缺乏安全感……可能不是一个美男子……但他欣慰地发现，外貌上的缺陷并没有影响他的魅力"，在纽约，安迪·沃霍尔"慢慢变成了安迪·沃霍尔"（《安迪·沃霍尔的公路旅行》）。我的一生松了一口气，我自己就是块冒牌的泥炭，"在人群中他其貌不扬"。就像刚刚完成整容手术，自我感觉前所未有地良好，仿佛流浪者回到了自己的部落，随着地铁里不断地拥进各色人等，我仿佛也回到了一直藏匿在自己身上的真身。这就是纽约的魅力，你确实地意识到你可以毫无道理地、无拘束地处理自己的生命，马塞尔·杜尚到了纽约，成了另外一个人，从前在巴黎的时候，他只是在"扮演自己的小号"。现在他终于发现自己是个"现成品"。

地铁行驶的过程中，随着所到达的街区乘客也发生着变化，那变化太鲜明了，简直就是泾渭分明。上帝不知道怎么排列一下，随着乘客成分的变化，不用看站牌，就可以判断到了哪个街区。这个站，里面全是美女帅哥，肌肉、口红、名牌、模特儿的高度和傲慢，都是在大公司上班的家伙，弱肉强食、优胜劣汰的结果。这种结果现在如此密集地依偎在一节车厢里，令人目瞪口呆，这可不是前往奥斯维辛的上等犹太人车厢。列车到达哈莱姆地区的时候，乘客大多数是黑皮肤，刺鼻的气味混合着尿液、铁锈、水泥、狐臭、劣质香水和河流的泥沙味，蜂拥而上或渐次离去，就像一股来自黑暗丛林的波浪。当列车到达唐人街的时候，车上大多数是黄种人，车厢柔软起来，似乎速度慢了，大家温文尔雅也冷漠无情，可以闻到地铁出口处飘下来的、刺鼻的、来自鱼档的、发臭的咸鱼味道。而在曼哈顿的某些街区，香水的气味令你意识到你正从无数的世界名牌底下穿过。无数的移民、劳工、奴隶、淘金者、难民、流亡者……如今摇身一变都成了纽约人，"人杰地灵，徐孺下陈蕃之榻"，刨根究底，个个都在藏着一部不远万里、九死一生、惊心动魄的逃亡史，个个都是屈原，个个都是尤利西斯，个个都是阮籍的表率、骄子、超人、人精、头杆、托福第一名、英雄、豪杰、强人、红人、铁汉、英豪、硬汉、好汉、枭雄，出水芙蓉、鹤立鸡群、卓尔不群、出类拔萃、出人头地、超群绝伦、一枝独秀、佼佼不群、庸中佼佼、独占鳌头……被嫉妒的、被镇压的、被驱逐的、被压制的……不是张爱玲、胡适、林语堂、费孝通、布罗茨基、米沃什之辈，谁能混到纽约来？那些曳尾于涂中，"含德之厚，比于赤子。毒虫不螫，猛兽不据，攫鸟不搏。骨弱筋柔而握固。未知牝牡之合而朘作，精之至也。终日号而不嗄，和之至也……"的家伙是永远不可能到纽约来的。世界的终端站，在纽约地铁上获得一个位子是人生的重大胜利。弗睿的表弟花了八万美元偷渡纽约，钱是借的，一个分文不值的家伙，欠债八万美元把自己投向一个非法的未知数，这需要多大的胆子？在法拉盛的公寓里，他给我算过这笔账，八万美元，人民币是五十万元左右，在老家的苦海（东海与南海之间）里苦一辈子也挣不到。在法拉盛四年就还清了。他瘦得像一把剑，典型的福建相，颧骨较高，肤色沉着。穿着拖鞋走来走去，床头放着一台DVD，没事的时候就看国内拍的古装剧，剧终的时候搭块毛巾走去公用卫生间洗个澡，总是洗得响亮欢快，还哼着一支中国老歌："你总是心太软……"

地铁在经过布鲁克林大桥的时候爆发出一串激烈的爆破声。一只耳朵悄悄地聋了，拥有者浑然不觉。

阿发站在皇后区的一个地铁口等着我，地铁的光线使得他的脸几乎看不出来。他像影视剧里的地下党一样，握着一本刚买的《时代》周刊。他要带我到哈莱姆区去走走，在那里最好的黑人餐馆吃上一顿。阿发祖籍非洲，身材高大、壮实，走路的样子总是像在往回走，他从曼哈顿往回走着，从波士顿往回走着，从地铁车站出来往回走着，从洗手间往回走，一头黑暗的大象，不知道他要回哪里去，只是觉得他的一切都是在回去。我们在波士顿认识，那时候他说着小学一年级的汉语，足够了，诗人和诗人交谈只需要几个单词，我们已经可以谈起形而上学。他是工人出身的诗人，如今美国有名的诗人大部分在大学里面教书，至少要跟着博尔赫斯当个图书管理员什么的。工人诗人已经不多了。他青年时代读大学，很受歧视。只读了两年就退学。后来进入父亲所在的伯利恒钢铁厂当临时工，不喜欢，又去巴尔的摩制造厂的宝洁公司上班，在那个"油乎乎的世界"中，阿发写出了《水之歌》，他的第一本诗集。"诗歌帮助了我。我可以把诗歌写到纸上，然后感觉好多了，而且可以继续坚强地生活。"如今他在波士顿的一所女子学院教授美国文学，"每天有许多姑娘在身边转来转去"。当了教授，以蓝领诗人自居。他的经历有点像卡尔·桑德堡，那位工人出身的美国诗人，为工业文明唱赞歌，80年代的时候，他的诗在中国有过影响。

芝加哥

卡尔·桑德堡

世界的猪屠夫，

工具匠，小麦存储者，

铁路运输家，全国货物转运人

暴躁、魁梧、喧闹，

宽肩膀的城市：

人家告诉我你太卑劣，我相信：我看到你的女人浓

　　妆艳抹在煤气灯下勾引乡下小伙子。

人家告诉我你太邪恶，我回答：是的，的确我见到

　　凶手杀了人逍遥法外又去行凶。

人家告诉我你太残酷，我的答复是：在妇女和孩子

　　脸上我见到饥饿肆虐的烙印。

我这样回答后，转过身，对那些嘲笑我的城市的

　　人，我回敬以嘲笑，我说：

来呀，给我看别的城市，也这样昂起头，骄傲地歌

　　唱，也这样活泼、粗犷、强壮、机灵。

他把工作堆起来时，抛出带磁性的咒骂，在那些矮

　　小屏弱的城市中，他是个高大的拳击手。

凶狠如一只狗，舌头伸出准备进攻，机械有如跟莽

　　原搏斗的野蛮人；

　　光着头，

　　挥着锹，

　　毁灭，

　　计划，

　　建造，破坏，再建造，

在浓烟下，满嘴的灰，露出白牙齿大笑，

在命运可怕的重负下，像个青年人一样大笑，

大笑，像个从未输过一场的鲁莽斗士，

自夸，大笑，他腕下脉搏在跳，肋骨下人民的心在

　　跳，大笑！

笑出年轻人的暴躁、魁伟、喧闹的笑，赤着上身，

　　汗流浃背，他骄傲，因为他是猪屠夫，工具匠，

　　小麦存储者，铁路运输家，全国货物的转运人。

　　　　　　　　　　　　　　　　（赵毅衡　译）

金斯堡死掉之后，美国诗歌是学院派占着上风，崇拜新

批评。诗人只有混进学院派主导的诗歌小圈子（写作营、诗歌节）才"有效"。诗人的地盘比上世纪小了很多，像"垮掉的一代"那样祭祀般的大型诗歌集会绝迹，加利福尼亚的旧金山的"城市之光"书店已经成为旅游景点，一切都死去了。当代诗人彬彬有礼，举着杯红葡萄酒，在各个诗歌小圈子里面转来转去，蹭个免费餐，物以稀为贵。我年轻时也当过十年工人，写了许多与工厂有关的诗。那时候的世界诗歌普遍有一种左派气质，工厂是令诗人自豪的经验，金斯堡、米沃什都写过工厂，布罗茨基在西伯利亚当过工人，罗布·格里耶在德国人的坦克厂当过车工（那时候他可不是什么抽象枯燥的"新小说"领袖）……"他曾经有过那么值得自豪的年代/钟响八点烟囱冒烟太阳把一万块玻璃擦亮/吃过早点夹着饭盒走在有铁锈味的弟兄们中间……"世界变了，"工人阶级"一词的地位越来越低，这个富不起来的阶级如今被叫作底层，与下岗、难民、弱势之类的词为伍。阿发令我想起桑德堡，桑德堡是白人，他是黑人，高大，随便，没有白人天然的傲慢，亲切，就像一位兄长。他名字的意思是"织布者"。

　　　诗人阿发祖籍非洲　继承了酋长血统

　　继承了阳光之酷　河流之邃　榔头之硬

沉默寡言　两百年　一直默默地敲击石头

说着家乡话　调节黑暗　改造流速　织布者的后裔

为世界纺织虚无　他用过扳手　流水线

垃圾车　纸　爱笑的男子　待遇不公

西蒙斯的小教授　母亲和兄弟们的照片

摆在办公桌上　都是高大的橡树啊

切成了五寸一张的小薄片　象征着遥远的爱

我在梦里遇见他　成了伙伴　我们都穿着翻毛皮鞋

昆明煤机厂　锻工房的黑铁匠　早晨起来练哑铃

女工们夜夜睡不着　什么时候留洋了？

走吧　该去朗诵了　一米九的黑色大叔站起来

学院当场矮掉　"在我的头上缠绕着藤蔓"

　　有一年阿发来昆明找我玩，我领着他去了翠湖公园，我说，小时候我经常在这棵树下玩。他问我，这是什么树。他正在学习汉语，一个英语的大人和一个汉语的小孩同时住在他身上。我说，是柳树。阿发说，我母亲家的门前也有一棵柳树，我母亲去世的时候，那棵柳树也死了。我说，它知道。后来，我们走到一棵槐树下的时候遇到我的另一位朋友，加拿大的杜静，她也会说汉语，而且会说昆明话。她问我们在说什么，我说，柳树。杜静说，我们老家也有一棵柳树，很大的柳树，小时候我经常在里面玩，它就像一个城堡，你可以躲在里面……那个什么，她说不出来某个词，比了一个躲在某种东西里面探头张望的动作。"后来我们家从说英语的地方搬到说法语的地方去，人家就把这棵大柳树锯倒了，我们那里有一家木材加工厂。"我们在槐树下说着柳树，就像在一个人的家里谈论着别处的某人。他们在说汉语的地方说着柳树，他们的母语都是英语。后来我说到柳永，柳永的词"杨柳岸，晓风残月"，也是说柳树的，流传了几百年，但仔细想想，他什么也没有说，只是说了一个他看见的事实，而几百年过去，这个事实依然如他看见的那样。晚餐有一个菜是凉拌的藕片。阿发没有吃过，他喜欢藕的味道。就说起"藕断丝"连这个成语，请服务员去拿片生藕来，掰开给他看丝，汉语的许多词汇，是可以立即在现场复原的，哪怕它已经被用了几千年。因为有藕，这个词的意思立即明白了。阿发在本子上记下了"藕断丝连"，他写的是繁体字。阿发写了一首诗，说，今天是他孙女的生日，这是给她的。这首诗是："藕断……"很有力量，"藕断丝连"这个成语我们已经麻木了，被阿发这么一用，恢复了力量。诗的奥秘就在于如何"藕断"。阿发听声音的样子，似乎一切声音都是来自上面。我听声音的样子是声音在周围、下面，我注意的是世界中的声音，他注意的是上苍的声音。他说，他写的时候，首先是声音。然后才是意义。为什么写作，阿发说，认识自己的生命。

工厂里的那一队队工人哟

阿发

你思念的东西会回来让你重新想起
它在你心头盘旋，你必须把它忘记，
你不知道生命会持续多久，那填充
你心灵空间的记忆只会带回这种恐惧
在被遗忘的心灵里——在畜栏里，工人们
遇见老板；在铺着黄色金属管的简易广场
我们等待着白天的工作，被派出去
去干老板根据市场订单要求我们干的任何活计
那市场在外面运行，远离此地。

必须把东西连起来、熔化了，然后重新组装
必须把东西打造得随手可用，或者，能载着

一批人走过一段固定的距离

必须给东西通上电，从而能照明

能打开电视、点着烤炉，让表盘亮起来

必须把东西装箱，跟软物放在一起

以免在还没到该破碎的时候破碎

必须让东西活起来，这样生活才会充实

而不会空虚，才能带动车轮和涡轮。

　　现在，我们在哈莱姆的大街上走着。这是一个阴暗陈旧而粗野的街区，有点脏。某种荒原、部落、工厂、马丁·路德·金、公寓、涂鸦、墨镜、光头、卷帘门、污水坑、牛仔裤、NBA、气味浓重的厕所、街头露宿者……的混合物，缺乏亮闪闪的摩天大楼，仿佛是纽约的中世纪，纽约少数几个尚未被工业化彻底祛魅、完成了训诫的地方。不像曼哈顿那么衣冠楚楚、珠光宝气。街边蹲着一些漆黑如炭的人，仿佛刚刚从地下挖出来，一些烟头在黑暗里明灭。没准会在某个墙角落发现基斯·哈林的涂鸦。天气冷，我得买顶帽子。我们走去一家小店，我想看看橱窗里那顶垂在一根木棍上的渔夫帽。玻璃门，一个肥胖的黑人正靠在柜台后面的椅子上打呼噜，脸上流着眼泪，淌着鼻涕，已经流到他那宽松的灰色圆领衫上。他睁开一只眼看着我，我示意要看看那顶帽子，他迟缓地，像是要去卫生间似的拄着玻璃柜台站起来，慢慢走到橱窗那里，把帽子取出给我看。我还给他，他拿着走回椅子去，扔在一边，坐下，继续睡。"你的土豆熟了。"我咕噜了一句汉语。他听到了，忽然敏捷地站起来，把帽子放回了原处。哈莱姆名声不佳。有眼力的摄影家在这里拍摄了无数镜头，这地方洋溢着原始天真之美，某种远古祭祀刚结束、身体被解放、挺身而出（相对于华尔街资本主义的老迈世故、装腔作势、精打细算、循规蹈矩、阳奉阴违、道貌岸然、自命不凡），可以随便坐着、躺着，或者飞奔、拳脚相加。祭祀刚刚结束，路面杯盘狼藉，墙壁污迹四溅，正在酝酿的下一场，一个随时要伸出罪恶之手或者喷发创造之焰的火柴盒。"'为什么纽约要把穷人留在城里？既然轨道交通已经这么发达，为何不让他们迁移到地价更便宜的周边，而把好地段留给更有支付能力的人？'这是我们在纽约规划局交流城市更新理念时，我们的团员最不解的一个问题。当时他们刚给我们介绍完就在曼哈顿附近哈德逊河边的一个老街区规划调整的理念，那里曾经是著名的黑人居住区，既穷又乱且犯罪率很高，可距市中心很近，隔几个街区就是富人区。对来自中国的我们来说，最不解的是，既然已经有这个机会来重新调整规划，为何不趁此机会彻底改变城市风貌，让纽约更美丽？那位美国人陷入了几秒钟的沉默，然后他说：'我是非洲裔美国人，我记得美国历史上就有几次你们说的那种大迁移，结果是遭受了极大的抵制，以臭名昭著留在史册。我们的理解是任何人都有权利留在他们生长的地方，除非他们自己想走，任何人都没有权力让他们走。'"（陈方勇：《为什么纽约要把穷人留在市中心？》）

有个文质彬彬的四川人告诉我，石头没砸中，小偷疾驰而逃。活该，谁叫你当小偷。世界被各种谣言笼罩，因为害怕和好奇，他们夫妇曾决定开着车穿过哈莱姆，长焦镜头刚刚从车窗伸出去，一个石头就砸过来，得亲自去看才不为所惑。谣言永远是整体主义的，以偏概全。但是世界是细节，是一个个此在。此在与彼在只相距几厘米，但完全不同。名声不佳意味着这个地方很暧昧，暧昧是人性的基础，确定不疑的东西是物。含义不明，或许正在犯罪，或许根本没有，或许在罪与非罪之间。那种清楚无疑的地方多么乏味啊，纽约政客们的目标是将这个世界改造成一个巨大的仓库，分门别类，干净卫生，井井有条，水至清则无鱼，便于宰制。暧昧、黑暗、不确定、魅力正是人性的古老温床。诗是人类最原始的发明，人之所以成为人，就是因为诗的诞生。诗就是对暧昧、不确定者的好奇、感恩、持存。神灵藏在不确定里。

哈莱姆住着许多黑人，20世纪20年代，哈莱姆发生了一场黑人文艺复兴。百度说，可以概括为两点：一、在黑人的觉悟和民族自尊心大为提高的情况下，一些黑人青年知识分子开始重新评价自己的艺术创造才能，开始塑造"新黑人"形象——一个不同于逆来顺受的汤姆叔叔型的、有独立人格和叛逆精神的新形象；二、重新认识到艺术是艺术，不是宣传。艺术不是工具而是存在方式。这一运动的主要领袖艾兰·洛克说："美是最好的牧师，赞美诗比布道更有效果。"黑人，过去是一种歧视、自卑，现在去蔽，上帝的作品，天然的优势。作家詹姆斯·鲍德温发表了小说《桑尼的布鲁斯》①。"一个黑人，从小生活在黑人区，那里充斥着无法无天的事情。当他成了一个年轻力壮的小伙子，却找不到一份像样的工作，饥饿、贫穷、性饥渴伴随着他。突然间，海洛因来了，它让你幻想，让你沉醉，不再想自己的任何麻烦，也不再去想任何人的麻烦。它使你离开现实，离开痛苦，到任何想到的地方去，得到任何想得到的东西，在梦幻中，一切都身临其境

---

① 《桑尼的布鲁斯》："海洛因，爵士乐，兄弟不和，父母临终的嘱托，悲伤、愧疚和救赎，一切尽在区区二十页之中。"（援引自托马斯·福特斯著、王爱燕译：《如何阅读一本文学书》，南海出版公司2016年版，第283页。）

般的随心所欲。""它能同时令你感到温暖和寒冷，还有距离。还有……肯定。"黑人不仅仅是黑人艺术，它影响了纽约的文艺，基斯·哈林说，有一次他在街头作画，行人看了很奇怪，就相互嘀咕，这人怎么画得同哈林一模一样呀？他一定是在模仿哈林。于是有人冲哈林喊道："嘿，你以为你是哈林呀？"哈林抬头一笑，说道："谢谢你，我正是哈林。"哈林说他的形象受到了他1983年到1984年间在黑人聚居区所见过的一种"工间舞"（或称"休息舞"）的影响。在这种舞蹈中，一些舞者向后仰着站在地板上，舞者可以从他们身下穿过，这些动作称作"桥和蜘蛛"。他的涂鸦与黑人的说唱乐有关，"像一个技艺高超的说唱乐手，能够在一个永无止境的乐章中一行接一行地押韵，从没有终止的韵脚"。哈莱姆的理发店闻风而动，理发师和那些头颅共同创造了无数新发型，你认为你是谁，就可以去做个你的发型，你的头只是你的。咖啡馆里响着忧郁的蓝调，爵士乐大师在哈莱姆云集。电影也出现了，《在哈莱姆的光辉岁月》《最后的蓝调魔鬼》《爵士蓝调》……如今，这种"文艺复兴"已经成为一种生活态度，新一代的黑人似乎都下意识地意识到自己是天生的艺术家，黑人就是上帝的艺术，艺术都不必了。确实是的，哈莱姆的大街无论从哪个方向看都是作品，人物、事物，那些门，那些窗子，那些破败的阳台，那些电线杆，那些球，那些可口可乐筒，那些混杂着火车、蓝调、叫骂和呻吟的嗡嗡喧响……都是现成品，"我的艺术就是生活，每秒，每一次呼吸都是铭刻于无处的作品……那是一种恒久的陶醉"（马塞尔·杜尚）。在哈莱姆这不是理论，就是现实。力度、野性、愤怒、垃圾感、暴力感、克制感、温柔感、怜悯感、害怕、亲切……都恰到好处，没有违法，但是令人满血复活，只需用相机咔嚓一下或者来首十四行诗。美的力量太强大了，艺术很苍白，曼哈顿相形见绌。我在哈莱姆握着相机大步走，只有天空中那些浅灰色的云层注意到我。阿发带我去了一家博物馆，里面正在展览几位艺术家的作品，比外面的哈莱姆软弱多了。一些孩子在一间大房子里面学习剪纸。然后我们去那家黑人餐馆，里面已经坐满，我们得等一下。就像矿山的食堂，黑压压的。后来我们吃了一种烤鸡和煎饼，味道不错。

在星期日，时代广场周边的街道，摆着集市。卖玉米、帽子、眼镜、布匹，都是廉价货，但做得并不草率，十美元两副墨镜，结实。在越南生产的。

匿名，比如说，佛像不是谁的像，不是某人的像，而是一切人的像。根据地方性而有所加减但不是某人的像，与伟人、名人的像不同，后者就是某个人，如果不知道此人，就不知道这个是谁的像。比如希特勒、康德、罗丹……不可随便更改，否则就不是了。这就是匿名。纽约有一种现代主义的宗教性，谁也不知道纽约是谁，它不是一个地方，它是一切。

在空无一人的地铁等车，我很害怕，有个裹着头巾的人从另一头的入口走进来，提着一个大包，像一头猩猩闯入了你的心脏。不知道下一趟车到来之前会发生什么。我看多了好莱坞的警匪片。美国电视剧深受杜威思想的影响，拍得就像纪录片。贾木许厌倦了，他拍幽灵和鬼魂。

下午我们去纽约东村阿发的朋友家，一对艺术家夫妇。两口子都白发苍苍，"垮掉的一代"的余孽，三K党的死对头，出门要看看后面。房间是长方形的，纽约房间大多数是长方形的，如果掀开纽约的顶盖看，这些房间和写字楼里面的间隔几乎一样，但是家具的陈列五花八门，各得其所。豪华、整洁、简陋、混乱、富贵、贫瘠、病态、洁癖……个个不同，这家就像一个巨大的杂货铺。门厅的玄关上放着夫妇俩与克林顿的合影。支着一排排货架式的柜子，上面摆着他们的作品，各种古董、纪念品、小玩意儿、书籍、画册、沙发、酒、咖啡、奶酪和硬面包……杰米身材修长，满头白发，他说了一个小故事，有一天他下楼去，走在百老汇大街上，有三个白人一直跟着他……他耸耸肩，一副无所谓的样子。我一直以为这种事都是好莱坞导演们编造的，杰米看上去就像一位好莱坞导演。

纽约依然住着许多艺术家、诗人，但是已经不像上世纪50年代那样知行合一，"挨着饿歇斯底里浑身赤裸，拖着自己走过黎明时分的黑人街巷寻找狠命的一剂……他们贫穷衣衫破旧双眼深陷昏昏然在冷水公寓那超越自然的黑暗中吸着烟飘浮过城市上空冥思爵士乐章彻夜不眠，他们在高架铁轨下对上苍袒露真情……"（艾伦·金斯堡：《嚎叫》）。如今住在纽约东村必须是中产阶级，他们可不会再"套着短裤蜷缩在没有剃须的房间，焚烧纸币于废纸篓中隔墙倾听恐怖之声"，50年代，东村的那些先锋派画展很多都在旧工厂的车间里举办，它们必须挂得很高才行，以防止观众在作品上面泼酒或者烫烟头，这种情况在卢浮宫是不可想象的，那些烙烟头的人没有被捕，他们只是将画挂得更高。同质化在工业革命的第一天就开始了，东村是抵抗同质化的基地，至少在50年代，工业国的另类，那些特立独行的天才、不想活的家伙（自杀在这里是家常便饭）、留恋旧世界的人们都聚集在这里，他们将旧世界的世界观（狄金森、惠特曼、爱伦·坡那种世界观。"人们经常把我看作疯子这我不在乎。然而有一个疑问却久久盘桓在我心底，这就是：疯狂到底是不是人类智慧的最高显现呢？""月亮流溢出珍珠色的光华/那些长苔的堤/那些通幽的径/那些快活的花/那些哀怨的树/都无影无踪/连那玫瑰的芬芳也在空气慈爱的手臂中消失一切都消逝了——只剩你——只剩你/只剩下你那双眼睛神圣的光芒/只剩下你眼中那个仰望的灵魂"——爱伦·坡）——处理成一种先锋派。安迪·沃霍尔的想法其实相当古老，就是道在屎溺。如今住在东村的只是一种观念，身体非常难熬，许多天才死了，老了、病了、疯了、离开了，继续下来的人艰难度日，地价越来越贵。住在纽约东村，成了一种为住而住的奋斗，必须有很多钱。金斯堡们成为旧世界的价值连城的垃圾，就像皮耶罗·曼佐尼那个叫作"艺术家之屎"的罐头，里面装着他自己的粪便，曼佐尼去世四十多年后的2007年，他编号为18的"艺术家之屎"在米兰的苏富比拍卖会上，拍出了12.4万欧元。

惠特曼在世的时候，住在纽约长岛，他在这里出生。许多中国人喜欢去长岛，他们不是去找惠特曼。长岛有许多巨大的世界名牌购物中心，全是厂家直销。其中有一家就叫惠特曼购物中心。路边有一栋19世纪风格的房子是惠特曼家。我在1973年读到了《草叶集》，是云南人楚图南翻译的。这是我读进去的第一本西方诗集。我第一次读的西方诗集是《海华沙之歌》。1965年，在昆明民生街一家清代留下的小阁楼里，我的同学潘应聪的哥哥有一本朗费罗的诗集，已经发黄，我去他家做作业的时候，看见了这本诗集，我翻了一阵，完全不知道它要说什么，我正在上小学四年级。我只记住了朗费罗这个名字。我以为惠特曼是一个中国式的才子，比王维豪放些，李白、岑参之类的人物，整日在山野水岸或者荒原大漠漫游。"上午11点，我写下这些，在岸边一棵茂盛的橡树的遮蔽下，我在那里躲避一场突如其来的阵雨。""我喜欢真正的农场小路，两侧是老栗子树形成的篱笆，灰绿色的树干上满是湿软的苔藓和地衣，篱笆底下零散的石头堆中间生长着大量的杂草和多刺的蔷薇属植物——不规则的小路从中间蜿蜒穿过，还有牛马的足迹——每一个季节都以各自相伴的事物为标志，循着气味便可在附近发现它们——在四月里提前开花的苹果树，猪们，家禽，一片八月的荞麦田；在另一片田里，玉米的长穗子在拍打着——这样一直来到池塘边，池塘由小河扩张而成，孤绝而美丽，周围是年轻年老的树木，隐秘的远景。"（瓦尔特·惠特曼）其实他本人如此：做过布鲁克林两位律师的办公室杂工，《长岛爱国者报》的见习编辑，《长岛星报》排字工，学校的临时教师，《长岛人报》

创办者和编辑,《长岛民主报》排字工, 曼哈顿的临时印刷工, 作家（出版禁欲小说《富兰克林·埃文斯》),《布鲁克林每日鹰报》(民主党重要报纸）编辑,《新奥尔良新月日报》记者,《布鲁克林自由人报》创办者和编辑, 文印店老板,《纽约每日新闻》编辑, 旅游指南作者（《推销员与游客长岛指南》), 威廉·卡伦·布莱恩特的《纽约晚报》记者,"布鲁克林艺术协会"主席, 木工, 然后在1855年夏天, 他成为诗集《草叶集》的作者（见《纽约文学地图》)。"游客和问话者包围着我, 我遇见些什么人……早年生活对我有哪些影响/我住在什么地区, 什么城市……什么国家, /新闻……发现, 发明, 协会/新老作家, /我的伙食, 服装, 社交, 容貌, 事业, 钦慕之人, 税费, /我所爱的某一男人或女人确实对我冷淡或只是我的想象, /家人或我患病或做错事, /或丢钱或缺钱/或灰心丧气或得意忘形, /这些都不分昼夜地来到我身边, 又离我而去, /但它们都并非'我'自己。/虽被生拉硬扯, 我仍是我, /我觉得有趣, 得意, 怜悯, 无所事事, 单一, /俯视, 直立, 屈臂休息, /头转向一旁好奇地张望, 不知会发生什么奇迹, /同时置身于局内与局外, 观望着, 猜测着……"(《草叶集·我自己的歌》)

那时候为了去美国, 人们穷转恶算。高弥是个男的,三十五岁，曾经当过铁匠、公务员，身高近一米九。为了拿到美国绿卡，娶了个七十五岁的美国妇女。这位妇人一头银发，黑眼圈，略显松弛。喜欢满世界周游，有时候乘火车，有时候乘飞机，有时候乘轮船，在非洲她骑着大象，在印度她走路。我应该见过她，1972年，尼克松访问中国，带来了几卡车美国人。有一群要到昆明来参观百货大楼。消息立即私下传开了，那时候的报纸上只登社论和学习心得，各种新闻都是道听途说的小道消息，大多数小道消息最后都能证实。这个消息是德罗告诉我的。美国人来了！星期天来。他的眼睛闪着一种青春的光。到时候百货大楼任何人都不能进去，店员和顾客都是经过专门挑选的积极分子，已经在培训如何购物，行走，回答外宾的问题，既要有纪律，又不能太做作，培训了一个星期。我记得我8点就到了百货大楼附近，那一带已经戒严，有五条街的街口对着百货大楼，每条街上都是黑压压的，人头攒动，就像关在大笼子里的袋鼠。戴红袖套的工人纠察队拉着草绳，堵在街口。我们只能远远地看百货大楼的门。德罗已经被挤到别处去了，我一个人守在人堆里，早春，十五度，浑身是汗，等到10点钟。公共汽车拉来了一车美国人。一个个火炬般走下来，满街哗然，他们穿着五颜六色的毛呢大衣，红大衣、黄大衣、绿大衣、黑大衣、蓝大衣……一片金发，闪闪发光。这是我平生第一次看见活着的外国人，是这样的！我周围的市民，灰压压一片，很多人穿着工作服，屁股上缝着锅盖大的补丁。那时候工作服是天天穿，一个月洗一次，手洗。浑身油污的人多的是，是正常的。美国人就像一群郁金香、玫瑰、百合被倒在煤场里。我们像海浪喧嚣着往前涌，想要看得更清楚些。工人纠察队拼命挡着，有人大叫，这是中国的土地，为什么外国人可以进去，工人阶级不可以，崇洋媚外！崇洋媚外！工纠队员只是笑呵呵地拦着。美国人进去转了半小时又出来上车走了。那个美国妇女"应该"就在这里面。高弥本来在云南一个县的文化馆穿着球鞋上班，平时写几首抒情诗，用墨水和钢笔抄在笔记本上，还画点插图。早上起来背几个英语单词，跑步，在单位食堂吃三菜一汤，读过厨川白村的《苦闷的象征》。我们是大学同学，毕业政策是从哪里考上的回哪里去。他本以为上了大学就可以离开穷乡僻壤，他读什么专业都可以，只要能离开那个只有一条街的老家，不再当铁匠，他觉得这个工作真是奇耻大辱，他上大学前在县城北门街的一个铁匠铺上班。毕业分配对他打击很大，虽然他没有再回到铁匠铺，而是到了县文化馆，他还是非常生气。回到县城就愤世嫉俗，以诗人的名义骂骂咧咧，好吃懒做。单位上人人疏远他，那个诗人！是这个县的笑话的开头之一。熬了一年，就辞职跳上火车到了北京，目的就是要出国，哪国都可以。那时候北京兆龙饭店里面住着许多高鼻子和金发碧眼。高弥没事就进去里面坐着，坐在大堂的沙发上，打扮得像个华侨，跷着二郎腿。大堂还以为他长期住在饭店。他住在一个亲戚的家里，睡地铺。兆龙饭店的礼品部卖着美国进口的洋娃娃，那时候可是罕见之物，但是太贵了，他买不起，他挨着其中一个洋娃娃。有一个夏天，长得像那个洋娃娃，穿高跟鞋的杰弗琳娜终于出现了，走过来就坐在他旁边，描口红，他几乎晕过去。那时她的一艘乳白色快艇"杰弗琳娜"号正停在加利福尼亚的一个港口。高弥醒过来就和杰弗琳娜攀谈起来，他已经会几句英语，再加上比画，两个人就谈上了。一周之内他就拿到了护照，半年后拿到了绿卡。杰弗琳娜知道高弥并不是因为爱她，她已经老到只能同情了。高弥是要利用她去美国，虽然口是心非，"我爱你"叫得山摇地动。杰弗琳娜女士心怀怜悯，就像修道院的嬷嬷那样全心全意地帮助高弥。在杰弗琳娜看来，高弥就是泰坦尼克号上落难的英俊铁匠（她喜欢他的手），她的信仰要求她帮助他。他们当晚上床，三天之后回云南老家登记结婚，半个月后已经飞到美国。半年之后离婚。高弥成了美国公民。在旧金山华侨办的中文小报发表文章《怎样找个老太太混到美国来》，一时轰动侨界。他站在法拉盛一家超市的门口从袋子里掏出这张报纸给我看，他总是带着。高弥家在云南昭通，那时是一个穷山恶水之地，改变生存处境是一辈子的头等大事。高弥目前在法拉盛开着一个百货店，卖中国进口的笔墨纸砚和新华书店的儿童读物。然后他请我吃自助餐。"我家有电梯、洗衣机、抽水马桶、洗碗机、微波炉——你知道是什么吗？"我第一次知道世界上有微波炉这种东西，就是高弥告诉我的。高弥未来的目标是游泳池，有游泳池的别墅，那时他六十二岁。

梅丹理是美国人，流浪诗人，"垮掉的一代"的余孽之一，披着长发，个子高得像一根电线杆。身上有股浓烈的味道。他到处流窜，美国、印度、中国……很多时候分文不值，满不在乎。他关心的是"乞丐的移动群体"，有一天他从印度给我发来一条微信，拍了一段小视频，那些印度乞丐坐着牛车到处流浪。他其实就是他们中的一员，"乞丐"一词在他的词典里与诗人同义。过地铁检票口的时候，他突然从后面抱住我的腰，贴着我滚进了那个方向盘式的铁栏杆。我很不适应这件事，还没有反应过来，一个黑人从楼梯上冲下来。单手一撑栏杆，飞起两条长腿跨过去了，相当漂亮。我们在中央公园下车，走到那些大树下，一边走一边谈着诗，踢着路上的小石子，讨论拒绝隐喻。"我的一生斜洒在岁月里／蜿蜒蛇行／穿过镇子和城市／需要一位老朋友戳一下这记忆的蛇／让我感到它伸向过去。"（梅丹理:《我和乔治》）。"垮掉的一代"是一种生活方式，而不仅仅是一堆愤世嫉俗的修辞、造句。"他们套着短裤蜷缩在没有剃须的房间，焚烧纸币于废纸篓中隔墙倾听恐怖之声，他们返回纽约带着成捆的大麻穿越拉雷多裸着耻毛被逮住……夜复一夜地作践自己的躯体，用梦幻，用毒品，用清醒的噩梦，用酒精和阳具和数不清的睾丸……"（艾伦·金斯堡:《嚎叫》）他们真这么干，身体力行，知行合一。"一片片灰色／在这阳光跌落的地方／房屋似乎更重了／既然他们已经离去／事实上／它在记录的时间内变空／曾经产生平局的时刻／一场比赛退去／缓缓地退进黑夜／未来学院正在打开。"（约翰·阿什贝利:《上个月》）与"垮掉的一代"不同，这是想象和分析的结果。约翰·阿什贝利不是一种出类拔萃的生活方式，他很平庸，他的一生几乎看不见他的身体。脑满肠肥。（"……我渴望／纪念碑，"他说，"我要比喻般地／运动，就像波浪爱抚没有思想的／海岸，我认识你们这些人／你们将献出每一件我不想要的／好东西。但请记住／我死的时候接受了它们。""……一个超然的／形象，一个并非为我们发生的奇迹。"——阿什贝利）2017年9月3日，这位教授，美国当代最重要的诗人之一，于纽约的家中去世，享年九十岁。梅丹理走的是金斯堡这一路，"垮掉的一代"兴起的时候他们还是学生或者刚刚出生。大学里随时可遇到模仿嬉皮士打扮的诗歌教授，他们像奥登评论的那样："……意识到如果他忠实地对待这个世界的本质，那么他必须接受奇怪的意象的并置，因而他会被诱惑去制作雕琢而且古怪的作品……"（奥登:《约翰·阿什贝利的〈一些树〉》）要再遇到金斯堡这路人可就难了。我们相约在大都会艺术博物馆门口见面，他个子高大，披着长发，穿着邋遢，表情有点为生计所迫的玩世不恭，一看就是金斯堡那一代人的儿子。"垮掉的一代"如今已经销声匿迹，成功者进入了上流社会，频频出席各种诗歌节。剩下不多的散兵游勇，依然缺少吃的，自由而寂寞。我们穿过中央公园，一边谈着拒绝隐喻。梅丹理写诗，在台湾学会了汉语，精通，一直在研究道教。他这几个月在昆明，那几个月在北京，忽然出现在印度，忽然出现在费城，出现在这里，出现在那里，居无定所，这是一种生活方式，他喜欢自己背着自己的家，就像凯鲁亚克那些人。现在，我们在中央公园里走着。"……凉爽清流边/风声簌簌在苹果树梢/片片颤抖的绿叶/倾泻下沉沉睡意……我们在午后变老……"这是王红公（Kenneth Rexroth，肯尼斯·雷克斯罗斯）的诗，我们谈到了他。他一生都在翻译杜甫。"如果说以赛亚是所有宗教诗人中最伟大的，那么杜甫就是非宗教的。但对我来说，他的诗歌是唯一有可能经得起给20世纪画上休止符的这个纷乱年代的考验并留下来的宗教。你必须怀有艾伯特·史怀哲所说的'敬畏生命'的态度，才能理解和欣赏他的诗。存在的，即是神圣的。我已经翻译了相当数量的他的诗，他陪伴了我四十个年头。他使我成为一个更好的人，一个理解力更敏锐的人，以及使我成为了一个——我希望——更好的诗人。"王红公死于1982年。庞德曾经影响了一群美国人，他们迷恋中国、诗歌、儒教、道教、寒山……如今他们一个个死掉了。

当我们与萨福在一起

肯尼斯·雷克斯罗斯

我们躺在新英格兰一座荒凉农庄

满是蜜蜂的废弃果园里

夏天在我们的发中，夏天的气味

在我们成对的身体中

夏天在我们的嘴里，夏天

在这个死去的希腊女人

明亮的、断断续续的诗句中。

…………

当我们，和萨福一起，靠近死亡

我的眼睑在你披散的头发的秋天里

沉入睡眠

你的身体在我的臂弯中

在睡眠的边缘移动

仿佛我怀中抱着的

是一只鸟

充满了夏日黄昏的天空。

（马永波　译）

　　纽约有许多博物馆。自然历史博物馆，阴森森的。里面陈列着各种动物的死尸。MOMA主要展出现代艺术。有一天里面展出马蒂斯的回顾展，我和李劼约着去看，以前只看过几幅，这次仔细看了一遍，觉得他的线条还是过于僵硬。李劼对马蒂斯赞不绝口，他来纽约十多年了，一直待在纽约的一个房间里写作，在台湾出版他的书。他是一个滔滔不绝的人，我们相识于昆明，一个遥远的雨夜。大都会艺术博物馆，大部分作品是固定的，永远在那里，只有地震可以移动它们。这既是作品本身的品质，也是展览馆对它们的尊重。大门口有个黑人在吹黑管，几年前我去的时候，他在吹南美曲子，现在他吹中国歌曲。也有许多临时展览，我遇见了Leon Levinstein（莱昂·莱文斯坦）的摄影展。我一向喜欢直接看作品，然后再了解作者，如果喜欢的话。我非常喜欢这个人的照片，一看就知道是我同类，我指的是看世界的立场。看看那个边走边扣领扣的青年，兰波不就是这样走过巴黎街头去写诗吗？回去就查资料，Leon Levinstein 1910年生于西弗吉尼亚州，后来搬到纽约。罗伯特·弗兰克的朋友。从1946年开始，他花了三十五年的时间拍摄纽约街头的陌生人，作品从不被市场看好。他拍下的那些瞬间已经进入无意识的层面，无意识的然而是资料性的。摄影最难弄的东西，非文学性，比布列松的东西更有力。不是架起脚架等来的，"自己出来的"，不知道有什么意义，但魅力无穷。他说："大多数人只看到他们期望看到的。作为一名摄影师，如果足够好，他将看到一切。"诗意是先验的。世界已经在那里，"偃然寝于巨室"，何须再摆布，看就是。

纽约大都会艺术博物馆的门票是捐赠式，你想给多少就给多少。就是只给一美分，也可以进去。这种门票制度足见它是伟大的博物馆，心胸宽广，自信自豪也信任观众。最近，大都会艺术博物馆的售票处写上了"大人票二十五美元"。有些旅游团利用了门票捐赠式制度，私下收团员二十五美元，却用一美分去买票。博物馆发现了，针对旅游做出了规定。原来的规定针对纽约州居民来说依然有效，还是你愿给多少就给多少。有一天我看到十多幅格列柯，以前只在巴黎看过一幅。格列柯的东西充满激情，像蓝色的火焰。与就在附近的凡·高对比，那也是个燃烧的画家。格列柯的燃烧是宗教性的，凡·高的燃烧是精神性的。两人都很狂热，祈祷般的画面。还有俄罗斯画家列维坦的作品。我二十岁时，看到他的《薄暮月初升》的印刷品，非常感动。俄罗斯的薄暮就像昆明，昆明是一个薄暮之城，有一种秋天的气质，虽然没有一棵白桦树。在中国馆里面，有云南的青铜作品。阿嵯耶观音，来自大理国，还有一尊大黑天神。另一天我和弗睿、多多进去，再去看伦勃朗，多多照了一组相片，将我和弗睿的相片与伦勃朗的肖像重叠在一起，出现了一种奇特的效果。

有段时间我隔天就去里面逛一趟。从法拉盛乘地铁到中央公园大约是一小时，大都会艺术博物馆就在中央公园旁边，一张票可以多次出来又进去。看累了，到马路对面的中央公园里面睡觉。有许多人在中央公园里睡觉，那是一个睡觉的好地方。我们吃了包子，喝些水，各自倒头躺在草坪上，头上是一棵大树和蓝天。第二天，弗睿的表哥大喊起来，我们带回来一种红色的虫子，爬在他的床上，把他咬得全身都是疙瘩。他表哥用老家的办法，弄了四个大碗，盛满水，将他那张床的床脚都移到碗里，虫子还是狂咬，最后只好把所有被褥都扔掉。他表哥一直怀疑虫子是我从中国带来的。这些虫子是怎么过的海关，我一直在寻思。

哥伦比亚大学旁边有个教堂，在路上听到教堂传来的钟声，以为是从中世纪传过来的，人们总以为教堂的钟声是为自己而响。圣约翰神明大教堂奠基于1892年。二十年后，教堂东端落成。1925年，教堂中殿奠基。"二战"中停工。1979年恢复施工。2001年12月，一场大火烧毁了教堂的北翼。这座教堂经历了战争、大火、废墟和一百二十多年日复一日的祈祷，到现在，依然没有完成。许多石头已经生锈长苔，门廊的外墙泛着黄色，像是堵巨大的厕所墙，白石被无数场暴风雨的尿液冲刷得泛黄，有些地方掉了一层皮。"还是不是石头？"或者已经成为《圣经》的一页。祭坛四周有八根花岗岩石柱，石材是在缅因州Vinalhaven（韦纳尔黑文岛）开采，每根直径近两米，近17米高，重130吨。巨大的青铜门高5.5米，宽近1.83米，重3吨。教堂里有个诗人角，纪念美国的文学大师，他们的名字镌刻在地板的石制名牌之上。马克·吐温、华盛顿·欧文（教堂介绍说，美国文学的奠基人之一，第一个得到欧洲承认的美国作家，"美国文学之父"）、菲茨杰拉德、梅尔维尔、格特鲁德·斯坦因、狄金森、惠特曼、艾伦·金斯堡、艾略特、史蒂文森、佛罗斯特、奥登、玛丽安·摩尔、毕肖普、郎费罗、爱默生、海明威、爱伦·坡、最早的诗人 Anne Bradstreet（安妮·布莱德斯特里特，1612—1672）。这个教堂最终是什么面貌？不知道，似乎根本不想一步到位，一座生长也衰败着的教堂。

我和梅丹理走进哥伦比亚大学，在一个垃圾桶旁边坐了一阵，谈起金斯堡。"他曾经在那里演讲。"那里是一个大理石铺成的小广场，台阶边坐着几个学生。忽然想起了那首《谢南多亚》，就想去买盘磁带。梅丹理带着我去教堂附近的一家CD店。找到一盘叫作《河流》的歌曲集，里面有《谢南多亚》，他说，这是一盘老带子，已经很少有人知道了。

哥伦比亚大学的一家书店，标着 POETRY ANTH 的书架有九个，每个陈列着九排诗集，我数了一阵，大约有两千本。这件事应当报告唐朝。

晚上，走到皇后区那边，我们在一家小店里吃了三明治，以为要分手了，他却说，可不可以跟着我去我朋友家睡一晚。

德罗说，只能睡客厅。梅丹理说，没关系，我有一个睡袋。他就在德罗家的客厅里睡了一夜，第二天我起来的时候，他已经走了。

过了几年，我再来哥伦比亚大学念诗。梅丹理不知道在世界的何处流浪，那盘刻有《谢南多亚》的磁带摆在我在昆明的家里，斜靠着音箱。有一天他写信来："你浩（好）。最近一年多，我在阿拉斯加州帮我女儿照顾小外孙。我的女婿是印第安人、白人的混血儿，在Eyak（埃雅克）保留有祖籍。我的一首自己很喜欢的旧作，终于翻译成中文。还有近期一首写的关于黑白美学的散文组诗。见附件。"这次是作家李陀带我来，他和梅丹理一样高，但很瘦，也是梅丹理的同龄人。80年代，梅丹理去了中国，李陀来到纽约，他们并不认识。我们穿过一些柱廊，先去东亚系的图书馆看看，这个图书馆看上去就像一个中世纪的东西，许多发暗的木头，玻璃柜子，其中几百排书架上藏着几十万册汉语书，他们收罗的汉语书仔细到连街边地摊上的盗版书都有，密集得就像沙漠，令经过的作者觉得自己太薄，薄如一张纸，我一阵害怕，迅速退出。刘禾主持了我的诗歌朗诵会，我读了几首诗，卖掉了几本诗集。

星期四晚上于坚来系里读他的诗。光头的诗人，静静坐在门边一角，一身土色布衣，披着微暗的灯光。光线落到他左手腕上，一枚宝蓝色藏珠，硕大鼓圆。诗人后来说，这是专门从布达拉宫请回来的，出远门时才戴上。

的确，远道而来。诗人，和他的昆明话的诗歌，在一个纽约的暮夏之夜。

听于坚读他的诗，主调是一种浸着浓郁口音的普通话，听着听着，某些音节像挣脱谱子突然唱起歌来，抛物线般抑扬驰转，仿佛全部的意义都聚集在声音的弧度上。我没去过云南，我猜诗人只是点到为止，虽然他说是要用老家的昆明话来读自己的作品。每当换用方言来表达，或者说"表演"的时候，总有那么一瞬间诗人突然脸红，台下听众则不时轻轻一笑。聆听的兴味，远地的气息，回荡在空气里——是缄默的阅读所无法传递的。

当晚读的诗选自《便条集》，除一首《登纽约帝国大厦》的长诗外，其余都是短诗。听下来似乎也以短诗见长。质朴，谦卑，琐屑生活物事，陡然或锋利或沉着，爆发出让时光屏息于一刻的穿透力。比如这首给我印象最深的《一枚穿过天空的钉子》：

> 一枚穿过天空的钉子／一直为帽子所遮蔽　直
> 到有一天／帽子腐烂　落下　它才从墙壁上突出／
> 那个多年之前　把它敲进墙壁的动作／似乎刚刚停
> 止　微小而静止的金属／露在墙壁上的秃顶正穿过
> 阳光／进入它从未具备的锋利／在那里　它不只穿
> 过阳光／也穿过房间和它的天空／它从实在的　深
> 的一面／用秃顶　向空的　浅的一面　刺进／这种
> 进入和天空多么吻合／和简单的心多么吻合／一枚
> 穿过天空的钉子／像一位刚刚登基的君王／锋利
> 辽阔　光芒四射

整晚上我们不止一次谈到于坚的诗歌语言，因为
他的语言很白，很散文化，顺带也很便于翻译。《便条
集》新译成英文（*Flash Cards: Selected Poems from Yu
Jian's Anthology of Notes*），主持这项工作并甄选诗作的
是北岛与哥大东亚系教授刘禾，翻译者Wang Ping与Ron
Padgett本身亦是诗人，译笔甚服帖。然而就诗人本身
的语言来说，于坚当晚读的诗，几乎没有欲将翻译者推

向绝望的深渊的遣词造句。他写停电时的一盏开关，火车车窗外转瞬即逝的灯火，写纽约摩天大楼的缝隙里蠕动的小汽车，地铁上邂逅的黑人大妈的一根白发，着眼多在寻常物事。问他为何对日常生活中的细节格外留意，诗人说，因为上一个世纪的纷争与苦难，让中国人很久不能好好过日子。作为一个在偏僻边城长大的人，他想写的就是日常生活，因为在这样一种生活里，他看到"人"的存在的尊严。

素白的语言，显然与这样一种抒写普世人生的诉求很般配，然而于坚的诗歌语言的张力，我想，或许隐藏在另一个被纸面文字所遮蔽的面向，无法通过缄默的阅读来抵达。这一点，是当诗人谈起他第一次开口讲普通话的故事时，我突然意识到的。

于坚说，他在上小学三年级以前从没讲过普通话。有一天老师说，同学们，从现在起你们要讲普通话。他从学校回到家，看见他妈，就用普通话喊了一声，妈——

"那一声'妈'，很怪，很刺耳，那种难受的感觉，我现在都记得……"诗人尴尬地一笑。满堂忍俊不禁。

这个细节何止是一桩笑话。事实上，这个注脚太耐人寻味了：偏偏诗人用普通话说出来的第一个字是

"妈"，并非完全自愿，带着实验的性质，而由这一个字引发的突兀刺激他至今无法忘怀。强制推行的国语无异于一种外语，愈亲近的称谓愈加剧了这种疏离，在记忆里抹不去的那一声的"妈"里，想必回荡着荒诞的余音。

诗人说，昆明话而非普通话，才是他的母语，也是他写作的语言。换言之从一开始，他的写作便无法摆脱两种语言之间的交锋与抗衡、摩擦与共振，在内外之间，在私我与国族之间，也无可避免地，在诗人和他的异地读者之间。若最初的吟咏已杳不可寻，这一晚，在诗人自己的喉咙里，他的诗至少暂时蜕下喑哑的字壳，勉强还魂了一把。作为听众之一，我想问的是，透过诗人口音浓重的普通话，我们是否继续听见那一声怪异的"妈——"留下的回响？而那些山歌似的弧度，那些对于陌生的耳朵不再制造语义的声音，是否正竭力暗示，此后所有隐隐的较量，都不甘心在被剥夺了声音的字符里永远埋葬？

——《联合早报》应磊

书上说，密西西比河是北美洲大陆上流程最远、流域面积最广、水量最大的河流。"密西西比"是印第安人的称呼，意思是"大河"或"众水之父"。密西西比河渗透了美国，通过暗藏在岩层深处的潮湿末梢，也通过威廉·福克纳。这个密西西比河某处的居民，像一种颜色很深的水，他进入密西西比河，那河流的灰度增加了，而大河最后进入大西洋，于是遥远的中国昆明有一个叫于坚的读者读到威廉·福克纳的小说，那小说叫作《献给爱米丽的一朵玫瑰花》，这是一条鱼带来的。在终点，来历已经失踪，只剩下一个用汉语记录的短语，"一条鱼带来了玫瑰"，这在诗歌中是成立的。弗睿是福建马尾海岸一渔民的后代，有人说，他的诗有着佛罗斯特的风格，我肯定当他写作那部薄薄的诗集《南方以北》的时候，他根本不知道某个在美国种植诗歌的农民。诗人越过大海来到了纽约，密西西比河穿过美国进入大海，这是一回事。一个人的河流也就是一个大陆架的河流，弗睿和佛罗斯特都是支流。有一条河流存在于文明深处，平常看不见，只是当你翻佛罗斯特的诗集，闻到弗睿的味道的时候，你才哦了一声。

> 这地方，根本就不用砌墙：
>
> 他种的是松树，我种的苹果，
>
> 我的苹果不会越过边界

到他树下吃松子，我告诉他。

他只是说："墙高有睦邻。"

——佛罗斯特《修墙》(节选)

早年我去美国，其实就是去看德罗，没有德罗在纽约住着，我恐怕不会到纽约去。

德罗已经死了，他得了胰腺癌，死在纽约一家最好的专治癌症的医院里。

约瑟夫·洛克1922年前往云南丽江，为美国《国家地理》杂志撰稿。他的文章被庞德看到了，庞德为丽江写诗，"流淌江水的石鼓旁/密藏着两件传世宝……""环水泱泱/石榴满枝/不见稻田稻花香/天高气爽好丽江。""当牡鹿喝足清清的山泉/羊儿也装满龙胆草的嫩芽回来。""雄踞丽江的是青翠映衬皓白的雪山/洛克的世界为我们挽住了多少记忆/留下的足迹犹如飘浮彩云。"1962年12月5日，洛克心脏病突发，独自一人在夏威夷檀香山家中逝世，在1938年发出的一封信中，洛克说，与其躺在夏威夷医院凄凉的病床上，我宁愿死在那玉龙雪山的鲜花丛中……

我和德罗是青年时代的朋友，20世纪70年代我们一道在昆明一家工厂的锻铆车间当铆工。他先我一年进厂，已经是老工人了。蹲在铸铁平台上，"你得这么做"，他老练地将一根焊条夹到电焊钳上，我乖乖地跟着。有许多手艺我师傅认为是无师自通，不用教的，我通不了，德罗就教我。德罗戴着帆布手套，穿着一条裤腿肥厚、油渍斑斑的劳动布裤子。他个子矮，这个世界的裤子对他总是太长。他父亲是大学政治系的教师，讲马克思的政治经济学。刚刚要升教授，"文革"开始了。德罗中断学业当了工人。我们同病相怜，彼此关照。每天的工作是组装矿山运输煤矿的车斗。这是一个综合性的活计。搬运、用剪板机下料、甩着大锤校直槽钢、在底盘上钻眼、铆接、用冲压机造型、焊接……我们一会儿当电焊工，一会儿当剪板工，一会儿开冲床，一会儿当锻工，一会儿抬着铆钉枪突突突突地在底盘上打铆钉，有时候还要驾驶天车……都是一天中干的活计。这个工作不枯燥，但是非常危险，稍不小心，就发生工伤事故。我和德罗都出过工伤事故，他被老唐因为感冒打偏了的铁锤击中手掌，我被行驶中的天车上吊着的货物撞到，从堆积如山的煤车斗上滚下来。80年代初我第一次看到卓别林的电影，发现这个美国佬就在我的工厂上班，活脱脱就是德罗，只是换了一个名字。我和德罗，他十七岁，我十六岁，边干活边开着玩笑，议论各个车间的女王。我们最欣赏的女王是跃碧，白得就像菱瓜。

我们给她取了个绰号：煤斗西施。

北郊工厂的女王

北郊工厂有许多漂亮的小伙许多鹰眼都记得你

记得一个穿工装的气质高贵的姑娘扎黄蝴蝶骑红单车

你在黎明驶进上班的人流时世界突然安静了

你按着铃铛像一只美丽的麂子穿过宽肩膀的峡谷

许多胡子脸都红透了像一颗颗在雾中上升的太阳

天天 那些小伙子都找呀找呀慢慢骑在车上前瞻后顾

大家心照不宣你上白班他们也要求上白班了

许多传说从十八岁就缠着你许多美丽的传说

说是你收到许多许多红信封有一回手都被烫煳了

说是你很高傲臭美说你发誓绝不嫁给当工人的

说是有一天你和一个大兵咔咔咔咔在南屏街上走

为了这个传说有许多大兵莫名其妙吃了小伙子的苦头

又传说是市长的儿子招来许多叹息诅咒羡慕嫉妒

据说有一个弹吉他的铁匠为你自杀了又说疯掉了

这些天北郊的小伙子们吐出的烟圈比大烟囱还浓

又传说你上夜大了学英语夜大的名额一下招满了

很多年很多年你是那条路上的希望是人海中的一朵鲜花

很多年许多胸膛敞开着像是一个个等待着春天的空花瓶

终于有一天你出嫁了嫁给煤机厂的一个木工

小伙子相貌很平常很瘦好像你的个子还比他高一点

你们公开地骑着单车肩并肩有说有笑穿过那宽肩膀的

　　峡谷

那峡谷于是有点辛酸有点后悔有点失望又有点高兴

高兴你找了一个和他们一样骑单车上班的小伙子

高兴你多美丽多美丽的女王呀嫁给了工人阶级

于是有许多自信在你们身后升起来升起来

再后来你当母亲了你的小女孩是一只红蝴蝶

她坐在父亲单车的后架上一家三口还是两辆单车

一只红蝴蝶一朵白茶花一棵橡树你们一家子上班下班

当你们穿过峡谷的时候胡子脸们仍旧呼吸急促

那些钳工铆工车工翻砂工锅炉工电工技术员和司机

望见你心就跳得像锻工房的大汽锤

有一个锻工甚至因为眼睛发直从单车上摔下来了

　　　　　　　　　　　　　　1983年

　　德罗闲不住，没事也要找事做，整天忙得像个陀螺。还要找话说。滔滔不绝地干活也滔滔不绝地说话,只是睡觉的时候才不说话。他特别喜欢讲国家大事,总是带来许多政治上的小道消息,他把单车一靠,停在车间的墙角上,像通讯员般地疾步走来,我们就围过去,"北京有什么消息?""尼克松来了。"然后我们就听到了广播。我们觉得他就像是一个特派员,他不属于这个工厂,属于某个"上面"。我们经常一起靠着车间的小宣传栏唱当时的流行歌曲:《全世界人民一定胜利》。东风吹,战鼓擂,现在世界上究竟谁怕谁?不是人民怕美帝,而是美帝怕人民……得道多助,失道寡助……那时候工人唱歌有一种嘻哈风格,有些句子就是说唱,干号。比如:得道多助,失道寡助。唱得热血沸腾,唱到声嘶力竭,然后我们就拉掉电闸跳进工厂的大池洗澡,那里永远热气腾腾,就像这首诗写的:

大池

下班路上灰色的人流在这里消失了

变成了一群雕塑　被夕光和水刷得闪闪发光

马约尔或者罗丹的作品　(还不能由中国的雕塑家署名)

威严谦卑清高圆滑手杖帽子眼睛皮鞋口罩面霜皮包

等等大街上用的东西都脱光了　中国人在大池里变得
轮廓分明　长的短的胖的瘦的红扑扑白生生挤在一起
松弛颤抖喘息坐着站着躺着个个如醉如痴
工人们看见书记的胸脯那么肥嫩　忍不住笑了
他在大会上那么威严　铜墙铁壁没有丝毫脂肪的样子
有的男子健美如久已失传的兵马俑　使另一些男子嫉妒
悄悄地钻到水里去了　但在这儿每一个人都要公开自己
每一寸皮肤　中国的另一截身子　藏在汉语后面
藏在名字　家庭出身　职务　政治面貌和衣服后面
洗涤着污垢说着关于身体的笑话不断地谈起不在池
　中的女人们
侯宝林马寅初王麻子李小四张老三和我都在这个池里面
泡着

1984年

　　那时候还没有私人浴室、马桶这些东西，工人们完全彻
底地知根知底，彼此都知道各人身上的细节，拿某人的缺陷
开开玩笑。我们发现有个人居然长着一小节尾巴。卡夫卡从
来不敢来这里洗澡。德罗是个害羞的人，总是半遮半掩的样
子。有人从后面推他一把，他趔趔趄趄跌进大池里，捂着私处，

大家笑得直呛。有一天德罗给我看一张揉皱的红杠信笺纸，上面用蓝墨水、笔迹猥琐（想抄又不敢抄）地抄着一首诗：

> 当蜘蛛网无情地查封了我的炉台，
>
> 当灰烬的余烟叹息着贫困的悲哀，
>
> 我依然固执地铺平失望的灰烬，
>
> 用美丽的雪花写下：相信未来。

多年后我才知道是食指那首《相信未来》里面的几行，那时候这首诗地下流传，都是手抄。或许就是德罗自己抄的，他不告诉我，这首说什么相信未来，意思是现在不好。够大胆的。他偷偷摸摸地给我看了一遍，立即折起来，塞回了夹克内兜。他很得意，他能够搞到各种"秘密文件"、小道消息。他悄悄地借给我内部出版的《赫鲁晓夫回忆录》《你到底要什么》《多雪的冬天》……我从来没有告诉别人，我看过这些书，我不能说。德罗将书递给我，又一把抢回去，看着我一脸绝望，又递给我，他喜欢逗我。你看三天！他塞给我雨果的《悲惨世界》。你看到星期五！他星期一递给我杰克·伦敦的《马丁·伊登》。李瑛的《红花满山》也是他给我的。他知道我在写诗。有一天德罗说他父亲要在院子里盖一间厨房，请我去帮忙。我就到云南大学去了，他家住在云大的教授楼，一群皇后区那样的联排别墅，每家都是两层楼，两家一栋。这种房子有书房、客厅、卧室、洗手间，但是没有设计厨房。盖这个楼的时候，所有人都在公共食堂吃饭。我和德罗骑着一辆三轮车去找旧砖头，那时候学校里没有学生，有些建筑物倒塌了，校园里到处散落着砖头、破棉絮、烧毁的纸张、清式家具（梳妆台、太师椅）、民国家具（写字台、书柜）……学校里到处是高音喇叭，正在播放某人的讣告"他的一生是光辉的一生、战斗的一生"。这句话我们经常会听到，高音喇叭每年都要传出来几次，我们都会背了。我们很快就捡了一车砖头。陈教授亲自砌墙，系着围腰。一边抹泥，一边讲政治经济学，马克思的《资本论》他倒背如流，不能只看现象，"要透过现象看本质"。一个星期，厨房就盖好了，中间吊了一只灯泡。房子够支一个炉子、一张矮桌。我们在铆焊车间一起干了五年，一起骑着自行车下班，在星光下回家。1976年，德罗成了工农兵大学生，离开了工厂。工农兵大学生不需要考试，由组织委派，重在政治表现。我继续在车间里干活，像一颗螺丝。德罗到解放区去了，大学，那时候就像解放区一样遥远。我二十一岁了，大学的门还关着。德罗读的是化学系，见面时依然滔滔不绝，没有像化学系那样沉默，那里的人都默默地坐在玻璃试管后面。我们从来没有谈论过一秒钟的化学，什么都谈论过，包括他的爱情，他恋爱了，结婚了——就是没有谈过化学。德罗偕着他的新婚妻子，悄悄地去了美国。我们知道的时候，他已经是归国华侨了。德罗经常回昆明，一回来就召集老朋友吃饭。大家总觉得他脸上有一种"终于过上了好日子"的神情。他一讲美国如何，大家就转移话题，尽量转到"美帝国主义""中美关系"这些话题上去。大家囊中羞涩，买单成了他的专利。他永远迟到，笑着，嘴边有一颗很大的黑痣。"美国人，说说奥巴马嘛。"他就开始讲奥巴马的医疗计划。话锋一转回到中国，中国电饭煲比美国的好用，消炎药美国的比中国的见效快。他看世界是实用主义的，忽略意识形态。美国对于他，就是电饭煲或者不是。有一天我们走去三十六街地铁站，一群鬼从地铁口拥出来，个个青面獠牙，披着长头发，我愣着，这些鬼还穿着人的裤子、运动鞋。德罗笑道，今天是万灵节，没想起来。他父亲去世后，他卖掉了房子，把母亲接到纽约去住。房间里还剩着些旧书，他问我要不要，我就去了他家。家具还是那些，几乎没添置过什么。那对沙发也在，那种会议室用的蒙着蓝布的沙发。德罗很兴奋，谈着他的新计划，他要带一个团去尼亚加拉大瀑布，还要去马丘比丘。我得到一大堆空的CD盒子。几本书，1966年版的《毛主席语录》，郭沫若的《李白与杜甫》，《马克思恩格斯列宁斯大林论文艺》，《政治经济学批判》，我很奇怪，他父亲留下的书与我父亲的几乎一样，他们互不相识。

德罗在纽约的家约一百五十平方米，两层楼房，客厅、起居室，两个卫生间，三个卧室，宽阔到可以跳舞的厨房，还有个地下车库（里面的一个储物间租给一个留学生住着，每个月八百美元），地毯、烤箱、冰箱、微波炉、洗衣机、电脑、汽车……一应俱全，就是《生活》杂志广告里经常出现的那种幸福家庭："我们很幸福，我们什么都有，我们用的是Radiant熨斗，我们就要去度假……"那时候我在昆明的家刚刚开始安装马桶，我们忍着便秘谈论这个奇怪的家伙谈论了一个星期。德罗的厨房里放着一台十八寸的电视机，从早到晚开着，只看中央电视台的节目。依旧滔滔不绝，从早说到晚，说中国发生的各种事、政局的动态。除了中国来客，他没有可以说话的人，左邻右舍都说英语，日日夜夜关着门，绝不会有人坐在家门口晒太阳，聊天，美国没有这种风俗。邻居十天半月碰到一次，打个招呼就不见了。我们一见面，他就像打开的收音机滔滔不绝，从这个台换到那个台，这个台讲国家大事，那个台讲回忆录，另外一个台讲段子，说两个小时不会停下来，或者在电话里说，一个电话讲半小时。他自己开着一家公司，我跟着他去，在一栋灰蒙蒙的摩天大楼里。电梯爬了很久，喘着气。走廊里排列着许多房间，灰蒙蒙的玻璃窗，隐约看得见一台台缝纫机，一些亚洲面孔的人在埋头工作。他的办公室也是灰蒙蒙的，有一张大班桌（插着美国国旗），一个转椅。后来他关闭了公司，带一些中国来的小型旅行团，坐在司机旁边，"现在下车去洗手间，十五分钟后回到车上"。他家成了一个临时旅馆，许多朋友来纽约都住他家。有一天发现他家客厅的地板上放着八个同一牌子的包，Cozyee。是一位老乡买了带回昆明的。"很便宜，在昆明的话，价格可以翻五倍。"他开车带各式各样的人去长岛的购物中心，那里世界名牌都是出厂价。留学生、亲戚、朋友、熟人，指点大家什么东西最价廉物美。他自己不买，笑呵呵地帮人家提着，有一种成就感的样子。我们开玩笑说他家就是那部抗日电影里面的"51号兵站"。星期天他去参加同乡会活动，同乡会轮流在某个人的住宅里举办。大家都自己带着吃的，统统摊开在一桌，滇味、川味、徽系、包子、饺子、扬州炒饭……大家共享，味道各有千秋，没有人带麦当劳。"投资二十万美元，让你家千金来美国留学，十年就收回来了，还要倒赚！"一位美籍华人（云南昭通人）教我，边啃着一只曲靖人做的卤鸡腿。这家的房子有五百多平方米，两层楼，有放映室、台球室、游泳池。外面是枫树、湖泊、野鸭子和水电站。两口子住着，十一个房间，八个房间总是关着门，起居室里摆着许多瓶子：Centrum（善存复合维生素）、Protein Powder（蛋白粉）、Fish Oil（鱼油）、Grape Seed（葡萄籽胶囊）、Lecithin（卵磷脂）、Calcium（钙片）、Viartril-S / Move Free（维骨力）、抗氧化剂、Astaxanthin（虾青素）。儿子在德国读书，夫妇俩从早到晚看中央电视台的频道，一人一台电视机。从《新闻联播》看到《我要上春晚》。

有一天，罗恩打电话给德罗，说要请我吃饭，让我自己选个餐厅。我说要去一家地道的美国本土餐馆。罗恩愣了一下，带我走进皇后区的一家麦当劳，端来一杯免费的绿色的水，忽然音乐大作，几个姑娘掀开裙子开始跳舞。彩色的桌椅。我们吃了一套坚硬的汉堡，像两个老迈的小孩，艰难地抱着那玩意儿咬，满嘴糊着红色番茄酱。最后喝了一种棕色的甜水。罗恩闷闷不乐，我闷闷不乐，不到十分钟就吃完了。我搞田野调查搞惯了，"写作的准备是田野调查"，这种习惯害了我，到哪里都要入乡随俗，吃"当地的风味"。忘记了这是美国，美国的特产就是麦当劳。"1955年创立于芝加哥，在世界上大约拥有三万间分店。主要售卖汉堡包以及薯条、炸鸡、汽水、冰品、沙拉、水果等快餐食品。"吃完我才认真研究了麦当劳。德罗后来笑眯眯地告诉我，罗恩的计划是请我去皇后区最好的中餐馆，他崇拜这家的味道。听我说要吃麦当劳，他愣了好一阵，以为是我的一个恶作剧，确实是恶作剧，出来的时候，那些跳舞的蓝色姑娘直冲我笑。两个人吃麦当劳只花二十美元。德罗说，去那家中餐馆的话，至少要花两百美元。他笑眯眯地瞅着那个刚刚"田野调查"完毕的傻子。

德罗的骨灰后来带回昆明，埋在筇竹寺的山上。那是一座一到春天就漫山遍野开着马缨花的好山，可以远眺滇池。埋着许多死在国外的昆明人。他是一个善良之辈，热心肠，忘我，这种人你一辈子不会遇到几个。再见了，老朋友！

昆明筇竹寺后面的山上躺着一个人

与父老乡亲躺在一起　享受着香火　四季

他是我年轻时的工友　德罗　小个子　初中生

敦实得像一个陀螺　穿着快乐的翻毛皮鞋

握着扳手　在世上转来转去　在命运面前

说着废话　倒下去又站起来　他活着

在所谓黑暗时期　挨饿　做工　侍奉父母

娶妻　生子　缝补旧衣裳　节省着用钱

好人哪　邻居们爱他　盼着飨宴　等着喜帖

为光宗耀祖远涉重洋　为世界补充了餐桌

大床　灿烂的房间　一棵松树　一个

小花园　一个烤箱　圣诞节的烛光中

送给女儿一块翡翠　女婿是西雅图的小伙子

他可是我们这伙人里最先开上汽车的咄　福特

窗帘被黎明做旧　碗筷挨着戒指　糖靠着盐

老师的骄傲　同学之榜样　最后他回到故乡

永远睡去　青山翠谷　地久天长　令我这个

老友泪水涟涟　我可不会随便掉泪　看哪

美好的一天　松树下　这人子完成了使命

睡得多么踏实　滇池在远处的天空下陪着他

曼哈顿西五十七街劳伦斯·米勒画廊正在展览多多
（DoDo Jin Ming）拍的大海和向日葵，展览叫作"多多金旻：
水火土气"。薇姬·戈德堡在《纽约时报》上说："她那复杂
而澎湃的海景，激昂如歌剧，强烈如贝多芬交响曲中高潮迭
起的乐章。"(《水的音乐，留在胶片上——海洋的回归》,《纽
约时报》2004年6月13日，黄灿然译）一栋苍老的土黄色公

寓，门口有面包店。电梯可以停在每一户的门口。弗睿按了门铃，门里面站着一位修长而苍白的女士，刚刚洗过头，眼神清澈。房间里陈列着价值不菲的洗印照片的设备、非洲木雕、贾科梅蒂铜。她正在听巴赫。中国北方人，朝鲜族。早年她是一位小提琴手，在香港管理乐团拉小提琴。1995年来到美国。"1988年前后，她观看了约瑟夫·博伊斯一次画作展览，受到极大震撼，此后，连小提琴也不再拉了。她开始画向日葵，尽管她自己也不知道为何选择它们。不久，她自学摄影，学习如何显影、如何放大。她决定调整照片的色调，并自己用氰化物稀溶液来制作调色剂。用了几个月后，才发现氰化物是非常危险的。"窗外是纽约之光，正在另一栋大楼的平顶上徘徊。无数亚细亚的移民提着箱子拥向肯尼迪机场的海关，几乎都是来淘金的，就是那些艺术人士也是如此，他们一旦发现势头不好，成功难乎其难，镀个金就纷纷逃走了。90年代纽约还有几个来自大陆的披着长发、说着蹩脚英语的艺术人士，如今一个也不见了。纽约不好混，纽约崇拜的是真正的天才。多多就像一只白鹤落在哈德逊河畔，与摩天大楼、布鲁克林、芭比娃娃、汽车、麦当劳、街头音乐、布鲁斯……共舞，轻盈而孤独，像约翰·克利斯朵夫那样沉入了她梦想的艺术生涯，这个梦是可以实现的，如果你有足够的才华的话，纽约绝不会打折扣。纽约是一个承认天才的城市，也给予各种等级的才能发展空间，它的艺术标准是一个唯美的（并非修辞之美）的金字塔结构。可以信任，很少出现有失水准的东西。她是白南准①那类献身般地投身于世界艺术潮流的少数艺术家之一，她的祖国不知道她的存在。过了十年，多多已经成为纽约最优秀的摄影家之一。"观者被卷入大海怒潮的漩涡里，海水激荡、搅动、混乱、无垠，融化如熔岩，疯狂如山中雪暴——同时又有精致、令人销魂的图案和令人迷惑的美丽。摄影家在拍摄这些照片时，有时要处于险境中，且总是全身湿透。她会抓拍一个镜头，然后迅速跳向另一块岩石，但当大海特别危险而时间又太短时，她偶然会把自己拴住，坐着任由铺天盖地的大浪扑向她。"（薇姬·戈德堡）《美国人》的作者弗兰克晚年活得就像魏晋人物，他很欣赏多多的照片，邀请她去他隐居的诺瓦·斯科迪亚岛为他拍照片。多多拍了几张，有一张是穿着旧衣服的弗兰克夫妇正望着森林，多多在后面拍了一张。朴素、深爱。永恒的森林。这是最触动我的作品之一。多多也是诗人，写忧伤而朴素的诗。她拍的埃及系列令我震撼，她找到一个与众不

---

① 白南准（1932—2006）：国际著名影像艺术家，世界级大师，"视频艺术之父"。最初的职业是音乐家和作曲家。

同的角度。金字塔被她拍得像是一些刚刚曝光的幽灵，它们本来就是巨大的不死的岩石幽灵。她用宝丽来相机拍海流，"在拍摄这组大海时，我知道我面对的是一个不属于这里也不属于那里的大海，它是一个越过我生活与梦境中的激荡的大海，是在一个不可能的世界里奔腾的大海"。她差点儿葬身大海。那些汹涌的、张牙舞爪的黑暗水纹，被她拍成了某种绝望的灵魂式的东西，正在扑向一个地狱的出口。她很孤独，孤独在她的祖国被人群淹没，在这里鹤立鸡群。她一个人待在世界最昂贵的公寓里，说汉语、听巴赫、读但丁、练习瑜伽、失眠、自己做饭。然后带着照相机去世界的某个角落，静静地按下她的快门。后来我们吃了她做的午餐，清淡简洁，就像落在郊外废墟上的一场雪。

莎朗·奥兹，1942年生于旧金山，毕业于斯坦福大学，并获得哥伦比亚大学哲学博士学位。曾获得国家捐赠基金、古根海姆基金会奖学金；她的第一本诗歌选集《撒旦的话》（1980）获旧金山诗歌中心奖，诗集《生者和死者》（1983）获美国国家书评奖，1998年成为纽约州桂冠诗人。她现在就坐在我对面，正在上海的一家旅馆里享用着有三文鱼、鸡蛋、奶酪和阳春面的早餐。她送我一本诗集，有几首被翻译成汉语，其中一首提到1966年和林登·约翰逊。"当我全身心地做爱/不是那种基于适度而开始的做爱/而是夜以继日地做/当我和他同居/我想我可能在冲击和敬畏中变得疯狂……一个个新教徒的孩子/在郊区长大/我觉得被林登·约翰逊欺骗了/被他夺走了/进入性爱之门的入口……"（莎朗·奥兹《1966年的到来》）我也认识一个叫作林登·约翰逊的美国人，也是在1966年，我第一次听到这个名字。那时我十二岁，大人在大街上喊着：打倒约翰逊，美国佬滚出越南！1968年，造反派的工人武装占领了五华山，那是省政府的办公地，我十四岁，我家住在五华山下面的机关大院里，学校停课。我们经常从后门钻到五华山去玩。这些带着步枪的工人搭了简易床，睡在礼堂、办公室里。他们传颂着一个英雄，绰号叫作约翰逊，是水泥厂的一个工人。他们讲他的故事给我们这些少年听，他举着三八式步枪冲向被"炮派"占领的冶金机械厂的大铁门，被躲在沙袋后面的转盘机枪击中。他倒下去又站起来，喊了万岁才倒下。他叫约翰逊。

2015年9月28日，"垮掉的一代"的"精神之妻"安妮·沃尔德曼和后纽约派的诗人罗恩·帕吉特跟着我去云南建水的文庙参加了祭孔。罗恩与安妮不同，安妮激情似火，罗恩冷峻内敛，总是在沉思的样子，正是垮掉派和纽约派的内在风格。有人递给每个人一枝祭祀用的菊花。罗恩接过来说，太重了。罗恩是我的老朋友，十五年前在瑞典第一次见面，二十年前他与人合作翻译我的诗。我们也合作写诗，他曾经与金斯堡合作过。我们跟着抬着牛头、羊首、黄酒、花朵的人群走向大成殿，鞠躬、献花。这一祭祀已经持续两千多年。在中国，反孔被认为是西方主义影响的结果，垮掉派诗人（百度称"垮掉的一代"或称"疲沓的一代"，第二次世界大战后风行于美国的文学流派。该流派的作家都是性格粗犷豪放、落拓不羁的男女青年，他们生活简单、不修边幅，喜穿奇装异服，厌弃工作和学业，拒绝承担任何社会义务，以浪迹天涯为乐，蔑视社会的法纪）会祭孔吗？纽约派诗人（他们是住在纽约的先锋派诗人，而孔子多么"腐朽"）会祭孔吗？会的。孔子乃诸神之一，为什么不？诗是一种祭祀，只是各位巫师的祭典不同。文字是一种祭典，音乐是一种祭典、舞蹈、绘画、摄影……都是祭典，我看到微博上有人留言说"垮教母与后纽约去孔庙祭祀？太魔幻啦"。后来我们谈到安妮办的"凯鲁亚克诗歌学校"，我问，写诗怎么教。安妮说，无法教。学生在她的学校读诗、讨论、冥想、听音乐、舞蹈、唱歌、漫游……诗是一种生活。教诗，教的不是写诗，而是生活。孔子早就在做，孔子是世界第一家诗歌学校的校长。

安妮和罗恩都住在纽约。安妮在华盛顿广场附近的马克道格大街长大，从前那个地方到处是穷困潦倒、对诗和艺术充满激情的小人物。艾伦·金斯堡、鲍勃·迪伦、皮特·西格……都曾在这一带活动，安妮在某个时刻遇见他们，立即加入到这支长发飘飘，怀里揣着劣酒、大麻、王维、寒山、《吠陀经》、蓝调……的队伍中。"在20世纪中，纽约市之所以能够吸引人，其部分原因在于它是有别于这个国家的其他地区的。与哈林区一样，这座城市的格林尼治成为数千名艺术家、作家、激进主义思想家和各式创造型人才的聚集地，这些人都不喜欢沉闷乏味的美国乡村和小城镇生活，同时对主导了20世纪20年代的种族和大众消费主义持包容态度。这个村子——这个称呼也被一直延续下来了——成为了信奉另类生活的新时代的希望的象征，而这种思想在那个时候被广泛称为'波希米亚主义'。虽然这个称谓过于广泛，但总的来说，波希米亚主义者拒绝常规的社会规范，接受边缘状态的社会、政治和人际关系，尤其是另类的性取向。从这层意义上来说，这个村子实际上成为了纽约的'拉丁区'。"[（美）Lisa Krissoff Boehm, Steven H. Corey：《美国城市史》] 1965年，安妮见到了大她十九岁的艾伦·金斯堡。"艾伦基本上是个Gay，但对女性也有向往。"有时，"他甚至表示说想要生儿育女。我们有过非常亲密的时光，共用同一套公寓，甚至住同一间卧室，但我们从未完成'关系'"。

五十多年过去，安妮·沃尔德曼已经成为世界著名的诗人，被评论家归在"垮掉的一代"名下，还封为教母。她的家依然安在曼哈顿，只是房子越住越贵，越住越艰难。从前纽约富翁们不屑一顾的"城中村"风格的东村已经成为世界著名旅游点，附庸风雅的暴发户蚕食这个地区，物业税年年看涨，现代艺术的原住民要继续住下去，成了一场搏斗。安妮老了，不想再搬家。她晃了晃拳头，我必须住下去！她得珍惜每一分钱，她问，签证费和机场来回的出租车票是否可以报销。云南师范大学第二届西南联大国际文学节，我请安妮来，她很兴奋，她想来云南。文学节开不出与她的影响力相称的出场费，她并不计较，放弃了其他文学节价码高昂的邀请，选择了昆明。她来信中提到的是另一些事，比如：我得与我丈夫商量一下；飞机凌晨1点到达，有人接机吗？她来了，在秋天的深夜。凉风起天末。我看见这位个子高挑，穿着一身黑裙，其间银饰闪烁的女巫般的老太太站在出口处，疲惫，茫然。世界老去的女儿，虽然已经七十岁，但并未佝偻，挺拔峭立。由于机场的混乱，我找到她时，她已经在出口站了二十分钟。发现我，她得救般的眼睛一亮，对着黑夜摇晃起鹰爪般的拳头，这双手由于过度写诗而瘦骨嶙峋，左手的无名指上戴着母亲给她的戒指。

2008年秋天，我认识了安妮。我和几位中国诗人应中坤诗歌基金会的邀请，漫游黄山。同行的还有美国诗人罗伯特·汉斯、罗恩·帕吉特等。安妮和汉斯是第一次见面。汉斯是美国桂冠诗人，在诗歌讨论中，他说，他出生在美国的南方，那里没有暴风雪。他的意思是，他不喜欢那些只有暴风雪的教材。我很惊讶，我以为这只是中国的情况。多年前，我写了《云南冬天的树林》一文，我的意思是，并非所有冬天的树林都是一样的。云南大地与北方普通话势力编辑的教材有许多格格不入之处。汉斯强调了地方性，我深刻共鸣。

秋天的寒夜，安妮站在树林的边缘手舞足蹈，我第一次听到了"垮掉的一代"如何"嚎叫"。她一直在努力将意义、声音、舞蹈融为一体，重返诗祭。身体之诗。1983年，我第一次读到金斯堡的诗："我看见这一代最杰出的头脑毁于疯狂，挨着饿歇斯底里浑身赤裸，拖着自己走过黎明时分的黑人街巷寻找狠命的一剂。"有"地崩山摧壮士死，然后天梯石栈相钩连⋯⋯嗟尔远道之人胡为乎来哉"式的力量。我强烈地感受到金斯堡诗歌的"挺身于世界"（梅洛-庞蒂），我热血奔流，生命被语言解放。金斯堡1984年来过昆明，据说他想寻找"垮掉的一代"的中国知音，他走后我才知道他来过。那时候我住在翠湖边的一间老房子里，没有卫生间也没有开水，我边喝灌在一只军用水壶里的自来水边看他的诗，非常心仪。

安妮是他们一伙的。那个晚上，我们坐在黑暗的黄山中朗诵各自的诗歌，安妮的朗诵令我震撼，穿一袭黑色的长袍，站在青松下，她已经修炼成一位女巫。也许她曾经是诗人，但现在她退回到女巫去了。她令我想起多年前我在云南山地部落里遇见的那些巫师，我完全不知道他们在说什么，但我感觉到招魂的力量。那天天气很冷，诗人们比较矜持，安妮的招魂缺乏呼应，她站在一片树林前面，很孤独。后来到了北京，她再次朗诵，情况就更惨了，在座的都是衣冠笔挺胸前挂着出席证之辈，她站在一个演讲台后面号叫，听众彬彬有礼。

听诗人安妮·沃尔德曼朗诵

诗人安妮·沃尔德曼　艾伦·金斯堡的知音

高山已逝　流水向东　垮掉派的教母六十三岁进入
　中国

于农历戊子年的秋天眺望黄山的峰群和松树之后

乘波音飞机去北京朗诵　一坐下就蹬掉鞋露出

风尘仆仆的脚丫　西装革履的大会装着没看见主席

　台上

十个脚指头莲花般分两组开放着　上面坐着一座英

　语的塔

格林尼治的土色渗入指甲　灵魂比她的容貌年轻

没有跟着某位美女在化妆盒前老去　沧桑之脸

安放在一袭刻意选择的袍子之间　像是被黑暗的高

　山裹着

麦克风强作镇静　转播史上它从未传递过狼嗥

仿佛这不是正襟危坐的白昼　而是午夜

有只母狼在荒野上得道成仙　成为精神之妻

爪子撕碎了自己的声音又在苍老的意义中缝合

她试图继续老师的风暴　当年在布拉格

五月之王妖言惑众　高举红玫瑰和诗集领导革命

不朽的号叫穿过机械之夜　试图在那水泥轮胎上刺入

致命的一针　最高法院要查封语言之光

被太平洋陪审团拒绝　于是那些悲壮的流言蜚语

散入飓风　吹遍世界　1984年　艾伦来到昆明

他在地下敲门　我们"一连交谈七十个小时从公园

到床上到酒吧到贝尔维医院到博物馆到布鲁克林

　　大桥”

她不知道此地的听众因仰慕曼哈顿的百货公司而来

胸前挂着出席证　　他们抛弃了丝绸和棉布

正在为脖颈上的绳子和得体的毛呢西装沾沾自喜

他们期待着女诗人端着咖啡　　领他们去纽约的上流

　　社会

他们要抬着香槟酒侃侃而谈　　他们要向城市之光致敬

女巫的咒语刚刚从岩穴涌出　　就被进口闪光灯打蜡

　　抛光

调节成低音　　丧失了汹涌澎湃的细节　　一片被彬彬

　　有礼堵住的大海

她声嘶力竭　　仿佛一个正在用哑语表演的小丑

拖着自己的声带爬过水泥台上的红地毯　　人们发愣

　　不解其意

从东方到西方　　这世界正在大兴土木　　拆掉大地

　　建造住院部

她必须疯狂她必须惨叫　　她必须乱咬　　她必须披头

　　散发

她必须点一把火　　塞进自己的喉结　　主持人用普通

话介绍

"这是一位享誉世界的朗诵大师　注意　她的音色
　　非常丰富

有很高的技巧和难度　她任教于凯鲁亚克诗歌学院"

会场在动物园对面　一匹斑马仰起头　正在像非洲
　　运动员那样

眺望奥林匹克中心　隔壁　星巴克咖啡馆刚刚装修
　　完毕

书架上停泊着凯鲁亚克的译本　我更喜欢阿什贝利
　　某人说

他反感她讽刺这个日新月异的时代　"为虚空上妆"

后来我们回到候车室　安妮姑娘　深邃的目光源自
　　一具

遥远的骷髅　童年她在东村学会走路

从此就不再有任何进步　她一生都在搏斗

学习如何把自己的脚塞进自己的嘴巴

她眺望故宫的样子就像一尊正在皈依的石头狮子

那场与资本主义的较量已经失败

安妮的诗与巫师总是重复古代的口传文本不同，她的文本是她自己创造的，而在朗诵的时候，她可以创造性地从意义向声音后退，以摆脱逻各斯的控制。她告诉我，她喜欢去印度漫游，访问一些古墓。去年安妮来信，说她正在旧金山，将金斯堡的骨灰与奥洛夫斯基的骨灰合葬在一处。奥洛夫斯基是金斯堡的终身伙伴。"我妈夜地里就露出她的巫婆脸给我讲了很多蓝胡子的故事/我的梦啊把我从床上轻轻托起/我梦见我跳进一根枪管用一颗子弹跟它拼到底/我遇上卡夫卡/但是它跳过一栋房子从我身旁跑开/我的身体变成白糖倒进茶水/我发现了生命的意义。"（彼得·奥洛夫斯基：《第一首诗》）

我的《便条集》的英文版出版后，她寄给我这篇文章，是她应出版社之邀写在我诗集封底的几句话。

继续鼓掌吧，我爱于坚和他的作品

安妮·沃尔德曼

我以笑声、谦卑和敬畏从中国当代杰出诗人之一于坚的文笔中采撷思想火花和发光的机智。于坚以悲悯的胸襟、优雅的气质和把事物搞透的能力而拥有一种富有亲和力及敢于裸露的吸引力。你对他的世界会想多多了解，在此世界中一位讲普通话的中年女"同志"不时地会变形成为一头狼；在这个世界，一头母鹿撞入诗人怀中，但他"没有草地和溪流/让它长久地逗留"。我们身处昔日骚客登临的黄山吗？还是在"文革"及诸多历史盛衰的影响下受禁闭？冲突的世界观在引人入胜的语言、冷静的见证与想象的缝隙中缠绕。于坚携有道家圣人的智慧与全景觉察。Ron Padgett——一位大诗人，其情怀和兄弟意识都足以承担这次了不起的翻译任务。他和中国本土出生的诗人王屏受到于坚诗歌的激发，鼓足了力气，以传播这份尖锐却悲痛辛辣的作品。在他们细心的译诗中，于坚特有的敏感刺穿一个黑暗时代。于坚还能幻化出非人类的精灵——豹、虎、龙——来漫游在他的潜意识和萨满巫师的图景之中，就像是它们前世的朋友。他劝诫诗人们：

诗人啊　你在何处

快从群众中站出来

你是最后一个

留着尾巴的人

——《便条集191》

于坚从人群中呼啸而出。让我们追随他的足迹、他的尾巴……我是否忘了提起，他是一摇滚明星级的诗人？继续鼓掌吧，我爱于坚和他的作品。

（梅丹理　译）

另一个夜晚，我们坐在昆明白龙潭边云南师范大学文学院的一间教室里，里面挤满了听众。青春焕发的脸。

在安妮·沃尔德曼演讲会上的致辞

20世纪产生了许多杰出人物。

其中一位现在就坐在我旁边。

安妮·沃尔德曼，现在坐在我旁边。

她昨天深夜两点半才到达昆明。刚刚穿越了天空，落日和另一个太阳。

昨天晚上，当我和她坐在黑暗的车厢中朝着我的大学奔驰的时候。我觉得就像一个梦。

我非常不喜欢飞机场，不喜欢它的气味，它的安全检查，举起手来！

但现在，我真的要感谢飞机，那个怪物确实也有可爱的时候。

金斯堡在昆明的时候，我不知道，其实我距离他只有百米之遥。当朋友告诉我的时候，我很难相信那是一个活着的人。经典难道不都是死者的作品吗？

现在，艾伦·金斯堡的朋友，亲爱的安妮就坐在这里。她美好地活着，安妮！谢谢你来。谢谢，伟大的飞机！

这是一个比各位诗人所操持的语言更神秘的时刻。

我闻到的是诸神的伟大气息。

正像今天下午墨西哥诗人奎亚尔说的，有些人在破坏，而我们在建设。

诗人是世界上能够出现的最后一个部落。

20世纪给我的印象，那是一个充满激情的世纪。而我们这个世纪，激情日渐消失，物的冷漠席卷每个毛孔。

但是今天晚上，安妮来了。她就是激情。激情并不抽象，它穿越时间和空间来到了昆明，古老的激情，裹挟着生命的魅力与神秘。

现在，让安妮的声音激活我们。

安妮朗诵的时候，舞台上只有一个立式麦克风，话筒取不下来。她只好狼狈地挥舞那根金属杆子。她的朗诵足之舞之蹈之的。过了两年再见面的时候，她还记着这件事。

再次见到安妮和罗恩，是在纽约四十二街的一个车站。春天已经开始，天气还是冷，一眼就见他们两个站在大巴下面的人群中。苍老而挺拔，说不出来的与众不同。一阵风扬起了安妮的头发，她还有那么多头发。七十岁的时候她得了癌症，曾经在丹麦的一个瀑布纵身一跃。滚到悬崖下而没有死，只是擦破了一些皮。"这意味着上帝要我活下去！"安妮告诉过我这个故事。她胸前挂着一个墨西哥的青铜项圈。坚毅的岩石般的脸，就要被时间削成雕塑，已经超越了性别。

> 四月是最残忍的一个月，荒地上
>
> 长着丁香，把回忆和欲望
>
> 掺和在一起，又让春雨
>
> 催促那些迟钝的根芽。
>
> ——艾略特《荒原》
>
> （赵萝蕤　译）

我在携程网上订的那家旅馆声称位于哈德逊河边上，地图上还有公园、健身中心、博物馆……号称景观酒店，还不贵。地图显示距离曼哈顿不过两三公里。就憧憬着如何沿着哈德逊河像惠特曼那样走去纽约城，经过大桥，伐木工，海鸥像仆从般随着……

纽约是纽约，纽约外面是美国。从美国的外省进入纽约，比世界上任何一个地方都感觉强烈，仿佛来到某种刚刚崩溃的大坝上。宾夕法尼亚车站的大厅里人群爆炸般地汹涌，到站的人逆流而行，赶车的人奔腾喧哗，每个人都走得很快，在几乎撞个满怀之际避开了。个个谋生技巧娴熟。出了车站，当街拦了一辆黄色出租车。司机是个黑脸的小伙子，矮。进了车子给他地址，北伯根梅多兰兹景观酒店。他就傻眼了，说是不打表，要五十美元。好吧，一掉头就朝郊区方向驶去，穿过漫长且毒气熏天的隧道，就过了哈德逊河。出来，弯来绕去全是公路，红绿灯、高压电线、公寓、废墟、空地、大仓库、麦当劳一闪而过……令人绝望。小伙子绕昏头了，打了几次电话向同事问路，他的手机一会儿指示在这里，一会儿指示在那里。绕了半天，计价表都跳到五十美元了，公路边才赫然出现了一栋白色长方形盒子。他要了七十八美元，说是从来没有来过这里。很老实的小伙子，他得开着空车回去，为不得不提高的钱抱歉着，他低估了这趟生意的难度。

这不过是一家汽车旅馆，周围是停车场、仓库、密密麻麻的公路和百废待兴的郊野。房间里散发着过度刺鼻的消毒液气味。用消毒液搞定一切，相当见效，一切都消灭了。金斯堡诗里提到的那些……脚臭、狐臭、香水、精液味、蟑螂、老鼠、壁虎……旅客成为房间里唯一的细菌。浴缸塞子失踪了，避免你用太多的水，你也不想，浴缸里落着一根谁的毛。没有细菌，但是感觉很差，变得孤独起来。窗子下面，高速公路上塞满便秘般的汽车。"他们徘徊在夜半的铁路调车场不知去往何方，前行，依然摆不脱忧伤。"（艾伦·金斯堡：《嚎叫》）纽瓦克，只有物没有生活的地区，金斯堡就出生在这里，难怪他要"嚎叫"。

宾馆不卖晚餐。有个小卖部，卖点蒸馏水、硬饼干、钥匙牌、打火机。一个悲伤的女子坐在里面扯着头发。服务生说旅馆后面有家中餐馆。绕过几排汽车，从嵌在一堵铁丝网之间已经坏了的大门走出去，来到一条冷风飕飕的街上。走了一阵，遇到一个在暮色中亮着的黑人，他站在一个黑洞洞的车库外面的孤灯下值班。似乎就要走到荒野上了，忽然发现了那家挂着英文招牌的中餐馆，一扇卷帘门那么宽。里面只有一张桌子，柜台后面的牌子上贴着些食物的照片，都是糊状的东西，看起来像是糖醋什么之类。一个满脸络腮胡子的白人男子正坐在桌子前喝啤酒，长得像西部电影里面的某人。另一位坐在角落里，只看得清一半脸。柜台后面一高一矮站着两个穿夹克的中国人。看我们进来干什么，有点儿惊讶。似乎从来没有中国人进来过。一开口，满口的汉语，去年才从辽宁过来的。那两个食客见我们进来，就站起来走了，带走了啤酒。点了一份烤鸭、一份米饭，没有汤，再要了一瓶可乐。很快就端出来，在微波炉里热的，半热不热，甜腻，油淋淋的，咬了一嘴，溢出一股已经放了很久的味道，难吃至极。二十五美元。哈德逊河无影无踪。中餐馆的小伙子说，那个河确实在后面，听说要走一小时，他们没去过。

这是一个勤奋的国家，上班族4点钟就开车上路去工作，封死了窗子震得要掉下去，外面一片灯火，灯火之间是长长的土红色货柜、空地、死掉的汽车堆、坑坑洼洼的公路、灰蒙蒙的汽车灯，没有半个人影。这是洛丽塔和亨伯特私奔的那种旅馆，或者布考斯基偶尔醉醺醺地进来躺一个晚上的那种地方。那种喜欢在精神焕发的早晨打着领带走进餐厅四顾，找个靠窗的位置，开始慢条斯理地享用公共早餐的美国乡巴佬来的地方，他们的私家车就停在外面水泥地上。吃完、结账，轮子一摆就可以回到公路。芭比娃娃般的小姑娘、穿夹克的青年、金发女郎、西部老油条、穿廉价条纹西装的私家车司机、税务员、密探、胸肌隆起的健美先生……早餐永远是那一套，咸过了头的猪肉香肠、油炸土豆球、水煎鸡蛋、面包片、苦得像抗生素的咖啡、发泡的苹果、似乎加了色素的橙汁……巨大的、绷着黑色塑料袋的垃圾桶，吃剩的食物反胃似的从边缘漫出来。非裔服务员是个胖女子，与另一位服务生，一个卷发的黑色小伙子挤眉弄眼。每天有几趟定时交通车到城里去，十五美元，终点是四十二街，你得按时回到停车点。我打定主意明天就搬走，即使预付的房费不退也不顾了。

德罗死了，如今在纽约我只认识罗恩和安妮。都是接近八十岁的人，要陪我去大都会艺术博物馆。

扭头朝时代广场那边的巨幅广告看了一眼，罗恩说，他从来没去过那边。他已经在纽约住了五十年。

纽约市图书馆里面正在举办一个惠特曼的展览。展品包括惠特曼的一绺头发和几页手稿。他的头发是焦黄的。从前在工厂秘密阅读楚图南翻译的《草叶集》的时候，可没想到惠特曼的头发。我问罗恩，你的头发在哪里，他说，在我头上。他的头发已经不多了。门口的橱窗里摆着一组与惠特曼有关系的诗人的著作，安妮和罗恩的诗集都在里面。

大都会艺术博物馆对非纽约州居民取消了"随意付费"

（pay-as-you-wish），纽约州居民需要提供居住凭证取票。其他人得买票入内，每张票二十五美元。

十年前我来的时候真是好时光哪，捐助一美元，进去看累了，出来去中央公园的草坪上睡一觉，再进去。十年前，抚仙湖还是可以游泳的，最近"立法"禁止了。二十年前，香格里拉还没有一处收费站，森林可以随便走进去，我曾经在碧塔海里的一个猎人小屋里睡了一觉，挨着微温的火塘。世界收费的速度在加快，得抓紧，呵呵！

又来到那些伟大的静物面前，很难想象它们近在咫尺。他们将永乐宫的壁画整块地、连着后面的泥巴一道揭下来，打包装箱，漂洋过海，再裱到博物馆的一面墙上，看上去天衣无缝。但是博物馆并没有成为永乐宫。整体粉绿色的调子，那些灵动飞扬的线条令整个博物馆所有的线条都相形见绌，那时代的人物逍遥而自信，飞扬而谦虚。尊卑有序，主次有别，上下有位，君君臣臣父父子子，个个不亢不卑。希腊、罗马、埃及、波提切利、野兽派、印象派、毕加索、马蒂斯、波洛克……的线条都嫌太硬。元代的手。今天的手已经画不出这种线条了，满世界是玩手机的指头。

中国馆里的东西都是伟大作品。不是德薄位尊之辈。看的人还是不多，观众集中在印象派的馆里，许多人抢着与凡·

高的《星夜》合影。

他们居然将埃及的一处神庙"截成一千多块"搬了进来。丹铎神庙，落成于公元前15年。那些不可思议的石头，某一块刻着19世纪西方人的"到此一游"。

重新找了一家旅馆。惠灵顿旅馆在纽约第七大道和五十五街的交会处。建于1929年，有六百多个房间。中国旅客的评论大多抱怨这个酒店"老旧""服务人员都是连路都走不稳的老人家"。"老旧"在汉语中已经成为一个价值判断，强烈的贬义词，骂人的话。子曰：温故而知新，可以为师矣。故就是旧，温故知新是中国思想的根基之一。温故，就是道法自然。没有比自然更旧的了。道是旧的。"在存在者之前，在那里还发生着另一回事情。在存在者整体中间有一个敞开的处所。一种澄明（Lichtung）在焉。从存在者方面来思考，此种澄明比存在者更具存在者特性。"（海德格尔：《依于本源而居》）海德格尔所谓的这个"之前"，这个"另一回事情"，是旧的。大地是旧的、太阳是旧的、水是旧的、季节是旧的、粮食是旧的、父亲母亲是旧的……旧是存在的根基。有无相生，无是旧，有是新。日日新才是死亡，新向死而生，就是日日新。不死的是旧。从前，老是一个尊称。"老吾老，以及人之老。"（《孟子·梁惠王上》）"上老老而民兴孝，上长长而民兴弟。"(《礼记·大学》）老是旧的重复。"待之若旧"。新，取木也（《说文解字》）。旧是守，新是取。"惟江上之清风，与山间之明月，耳得之而为声，目遇之而成色，取之无禁，用之不竭，是造物者之无尽藏也，而吾与子之所共适。"苏轼讲的"用之不竭"者是无，是道，是旧，是海德格尔所谓"非真理"。而今天，取已经成为有，人们迷信有"用之不竭"。我估计新青年胡适、鲁迅对这种价值观的摧枯拉朽式的颠倒始料未及。

"在湾区殖民地的早期记录中，'崭新'和'新异'这类形容词带有贬损的意味。比如1639年，马萨诸塞订立了一个'耻辱目'，列举的理由就包括'新异、压迫、无神论、放纵、过剩、懒惰……'有趣的是，在这个堕落行为的清单中，'新异'排在头名……'改变'在马萨诸塞主要被认为是一个再发现和保存的过程。改革一词意味着往后走，而不是往前：其中的潜台词是，错误是因为新异，而真理存在于过去。新教改革的目的是回到最原初的基督教。政治上，改革是要回到古代的结构中去。在社会中，改革则是恢复古代的生活方式……这些理念因为对祖国的乡愁而被深化了。乡愁的对象正是清教徒称为英格兰的地方。"（大卫·哈克特·费舍尔：《阿尔比恩的种子——美国文化的源与流》）

令人想到孔子的"温故知新"。这些深藏的理念从未经过"五四"那样的清理，而是与后来时代的新理念相整合，融入了美国精神。所以美国亦新亦旧。安迪·沃霍尔是最时尚的，他说，波普就是一切都很好。他说的是"一切"，而不是新的就是好的。他的新是这个意思："波普的特性就是'随处可见'，所以大部分人还是把它视为理当如此，但我们却对它惊叹不已——对我们来说，它是一门新艺术。一旦你'搞懂'普普（波普），一个符号在你眼里再也不会是原来的样子。然后一旦你思考过波普，美国在你眼里，也再不会是它原来的样子了。"新只是换一个角度去看旧，"一切都很好"，而不是维新、破旧立新。"体育馆对我来说，是极致的60年代地点，因为就像我说的，我们让它保留原状，垫子、双杠、举重、吊环皮带以及杠铃。你会想说，'体育馆，哇，真棒'，然后等你再看一眼这些你习以为常的东西，你看到它新的一面，而这便是一个很好的波普经验。"（安迪·沃霍尔：《普普就是一切都好》）一切都很好，有点像南宋张戒说的，世间一切皆诗，诗人随遇而吟。蒙娜丽莎可以入画，梦露亦然。

惠灵顿旅馆相当旧，包浆厚重，弥漫着乡愁，里面的服务生仿佛都是古董，老派人士，彬彬有礼，和蔼可亲，有祖母家的氛围。许多中国游客是奔着"日新月异"而来的，非常失望，在携程的评论区看到这些评价："在美国旅游一个多月住的最差的酒店没有之一，酒店全部都是些老弱病残服务人员，只要给小费就笑嘻嘻，还好我们国人也不是那么小气的，随时都会给他们。房间小得无法转身。设施几十年了。""和国内的招待所差不多。房间很小，放下箱子连门都快关不上了。设施很残旧，脸盆下水堵塞。服务人员都是连路都走不稳的老人家。""出电梯以为进了招待所呢，哈哈哈，有点像国内黑旅馆。""儿子下出租车钱包落车上，酒店帮调监控查车牌未果，后酒店服务员说你的钱包一定会回来的，果然第二天早上出租车司机送回来了。为纽约的士司机点个赞。""设施陈旧。""地板不平。"我打开窗子，发现这是拍摄纽约的好位置。摩天大楼此起彼伏、深浅不一，每一栋都别具一格，设计师在细节上独具匠心，避免雷同，雷同仅在"摩天"这个高度上。那些雄伟的楼在黎明的时候看上去就像山水画，远近高低各不同。

美国其实是旧的。日新月异只是在某些方面，比如科技。生活，城市，乡村，旧得一塌糊涂。曼哈顿从一百年前开始，陆陆续续将大约五千五百栋摩天大楼盖起来之后，就开始过日子、做包浆了。如今纽约日夜笼罩着一层古董店特有的暗灰色的雾。一位长着高鼻子的华裔出租车司机在上东城一边开着车一边骂骂咧咧："美国太落后了！没有一家新饭店，我要回福建去盖房子！"纽约确实已经老掉牙，已经不是那个20年代好莱坞电影里从德国、意大利或者爱尔兰来的打家劫舍的小伙子。《花花公子》奄奄一息，最时髦的安迪·沃霍尔都已经死掉三十年啦。《生活》杂志停刊了。从前，这本世界上最伟大的关于生活的杂志出现在纽约是有道理的，纽约要生活，而不是"日日新"，生活的本质是守旧。"实用主义方法对待某些概念不是以赞赏性的玄思为最后的结果，而是把它们投入经验之流中，用它们作为手段来扩展我们的视野。合目的性、自由意志、绝对心灵、精神而非物质，它们的意义就是对这个世界的结果有一个更好的希望。不管它们是真还是假，它们的意义就是这种改善论。""如果真理对人生没有好处或用处，那我们的责任就是回避真理。"（詹姆士：《实用主义》）有人质问詹姆士：难道有用的就是真理吗？詹姆士回答说，实用主义只和生活打交道，不讨论这些抽象的问题。守旧。守住那些最古老的旧，守住那些面包店、珠宝店、电影院、剧院、公园、街道、球场、芭比娃娃、迪士尼、酒吧、布鲁斯……怎么能够维持生活，就怎么活。所以，纽约新的地方令人目瞪口呆，比如惠灵顿酒店隔壁的耐克专卖店，装修得就像是某种机器人闪闪发光的内脏。而惠灵顿酒店，苍老得就像幽灵，守着那种传统的舒适（卫生间的水龙头是铜质的，空调机是30年代的。你可以把洗干净的袜子晾在上面。很多中国人留言不信任他们，以为全世界都是骗子，这是基于自己的经验。实用，自然而然。继续用着一切，只要还能用）。来自美国北方的老派人士很喜欢这家酒店，那些白发苍苍但是花花绿绿的老人家成群结队，在大堂里进进出出。

罗恩和安妮邀请我在纽约的"撕页"（Torn Page）沙龙朗诵。纽约西二街四百三十五号。一个老房子，楼梯很长。房东是一位女士，她正披着披肩站在门口。她把二楼腾出来，搞各种文化活动。这是纽约诗人接头点之一，世界各地的诗人也会来。朗诵会的消息发布在网站上，谁都可以参加。罗恩带着他的太太来，她是一位退休编辑。安妮的垮掉派的老朋友从巴黎赶来。贾木许也来了，我很喜欢他的电影。有些电影你想无休无止地看下去，就像在生活。生活变得妙不可言。生活的本质是一种诙谐。贾木许的电影就是。他安静地靠墙坐着，面色苍白。来了大约三十个人，灰绿色的房间，一群乌鸦般的家伙聚集在里面，喝着葡萄酒和水。我念汉语原作，安妮和罗恩念译文。一些人白发苍苍，一些人风度翩翩，我十年前在圣马可教堂朗诵的时候就见过他们。我们只是在各自的房间里写着诗，现在过来敲敲门，老弟，写得怎么样了？我正念得入迷，外面楼梯上传来一串汉语口音，厉声喝道：你能不能大声点儿？我属于口齿不清之辈，顿了一下，继续念。

诗人罗恩·帕吉特像一条鳗鱼那样藏在纽约深处。他七十九岁，刚刚从一家开了五十年或者一百年的咖啡馆里出来，仿佛一位从煤层里走出来的高个子矿工，周身落满了时间之美，这使他显得老迈而有力。没人注意到这个诗人。他有一次在吉姆·贾木许的电影《帕特森》里出现过十几秒钟，那部电影的主角是一位写诗的公交车司机，他的诗其实都是罗恩的作品。美国文学史将罗恩归入后纽约派。罗恩一笑置之。大隐隐于市，纽约派才是真正的隐者。这种隐居藏着诙谐的抗议。没有比住在纽约写诗更昂贵，也更具有讽刺意义的事了。与这种隐比起来，佛罗斯特、加里·斯奈德、"麦田守望者"塞林格的隐只能算小隐。呵呵！五十七年前，罗恩从俄克拉荷马搬到了纽约下东区的十五街附近。那时候房租是每月五十八美元，现在是两千多美元。依赖政府的租金控制计划，他才可以一直住下来。房东是谁都不知道了，也许死了，他的后代继续把房子租给罗恩，每个月只管朝某个账户寄钱就行了。这是纽约的现代主义地狱，走在其间，眼睛总是避不开某栋大楼折射下来的玻璃光。防火梯，暗红色的砖头墙，墙柱顶端装饰着希腊花纹。人行道上长着已经上百年的玉兰树，黑暗如夜的树干上密布着老人脸。一栋栋暗红色的楼房也跟着这些玉兰树老去。在下东区，现代建筑的包豪斯地狱已经被时间摧毁了，自然之美卷土重来，老旧的、暗红色的纽约就像是一位风韵犹存的美妇。上楼梯，进入两层玻璃防盗门，里面的走道几乎仅够一人进出，两个人过就要侧身。监狱般的走道，油腻的绿色地毯。一百年前，世界刚刚从古老的穴居般的平房里搬出来，怀着对未来的憧憬，争先恐后搬进这种方形盒子。如今这种盒子遍布世界，纽约的这些早期盒子已经成了古董。从前凯鲁亚克、金斯堡也住在这一带。罗恩取出钥匙开了门，他的门锁已经不大利索了。两扇临街的窗子，窗台上摆着些花草，这是房间唯一的光源。后面是阴暗狭长的小房间，有四个，一个接着一个，长十多米，一直到尽头的洗手间，再没有一个窗子。途中一截墙壁上嵌着一个仅够站立的浴室，用帘子遮着。靠窗支着两座沙发，各在一角。这一间是起居室、工作室。摆着餐桌、电脑、书架，一幅画挂在墙上，画的是青年时代的罗恩，朋友送他的。下一间是厨房。厨房后面的两个房间是罗恩夫妇和儿子从前的卧室。木质地板，墙空着的地方都是书架。这是一个洞穴。纽约是一座布满这种狭长洞穴的森林，好莱坞电影里面的那种明亮开阔的豪宅凤毛麟角。或许不是这个隧道般的房间吸引着罗恩，而是纽约。罗恩家像是一个无人问津的古董店，一切都是旧的。都是用了五十年的家常东西，旧的老式电话机，旧的玻璃杯，旧的电炉，旧的信件，旧的收音机，旧的电脑，旧的锅子，物被忽略到只是必需。纽约是物的金字塔，金钱的法老管辖着气候，恰恰在纽约，对物的蔑视会获得一种快感、一种修养、一种深沉、一种优雅。如果不是纽约还有比这些水泥砖头盒子更具魅力的东西，住在这种房子里与囚禁无异。纽约是超现实的，这些仅够遮风避雨的原始盒子的现实只是超越的起点，在这些盒子之外，是一本巨大的牛×《生活》杂志。在那里，自由激励着生活。一切都在激励着人们积极上进，充分地发挥聪明才智，奋斗、搏斗，为质量更高的生活方式——或者消极怠工。那些指向天空深处的摩天大楼隐喻生命只有一个方向，高，再高，更高。那些世界顶尖的商场、博览会、博物馆、会所、剧院、音乐会、画廊、酒吧、咖啡店、面包店、奶酪店、水果店、花店、饭店、旅馆、医院、学校，在临街橱窗里故作正经的塑胶模特儿，通过衣冠楚楚、精心打扮暗示自己已经成功的有色人种，那个站在五星级酒店门口的来自非洲的石油国酋长，那些世界上最俊美的男女，那些价值不菲的、令人精神焕发、斗志昂扬的电动剃须刀、指甲钳、面膜、口红、粉盒、镜子、耳环、项链、提包……那个赤裸着在西班牙海滩晒黑了的古铜色上身，在中央公园的黎明中跑步的电影明星，那些在街口匆匆忙忙出炉的新鲜汉堡，那些地铁里抢购黄金般的脚步，那些每天10点准时开始的购物狂欢节……一切，无不在鼓励积极。这种积极与农耕社会的勤奋不同，这种积极意味着强大的聪明才智，创造力、想象力、耐力、拼搏力、战斗力……希腊开始的爱智活动在纽约被发挥到极端，哲学在这里相当实用。这里的日常哲学家是詹姆士、杜威，而不是老子、庄子、亚里士多德、康德或者海德格尔。孔子主张的中庸在这里都过于消极。陶渊明、王维、苏轼这些人无法住在纽约。但是，纽约也住着艾伦·金斯堡、凯鲁亚克、鲍勃·迪伦、杜尚、安迪·沃霍尔一干人。他们是另一个纽约。纽约森林就像一场远古的假面舞会，人们在各个街区、各自的房间戴着各自喜欢的面具。自由是他们共同的价值观，自由不是行动的无拘无束，而是精神世界的无拘无束。人们到纽约来，是为着这种罕见的自由，这种自由创造了纽约的魅力。这种自由可以超越物质的限制和逼仄。这种对物欲横流的超越恰恰在物的核心获得了巨大的想象空间。安迪是这种想象力的伟大典型。

悖论,拜物教的纽约产生的恰恰是苏珊·桑塔格的乐观主义:

他们对赋予现代社会以特征的那些变迁——其中主要的是工业化,以及每个人都体验到的工业化的那些后果,诸如规模巨大、毫无人情味儿的城市的激增,千篇一律的城市生活方式的盛行,等等——有着一种历史的反感。工业化,即现代"科学"的产物,无论是依据19世纪和20世纪早期的模式,把它看作毁坏自然并使生活标准化的机器轰鸣、烟雾弥漫的人工过程,还是依据那种更新的模式,把它看作出现于20世纪下半叶的那种清洁的、自动化的技术,都无关紧要。给出的评判都大体相同。痛感人性自身的状况正在面临新科学和新技术的威胁的文人们,憎恶这种变化,悲叹这种变化。但文人们不可避免地处在守势,无论是19世纪的爱默生、梭罗、拉斯金,还是20世纪那些把现代社会说成是一个新得难以理解的、"异化的"社会的知识分子。他们深知,科学文化以及机器时代的来临不可遏止。

在我们这个时代，艺术越来越变成了专家们的领域。我们时代最令人感兴趣，也最有创造性的艺术，并不面向那些受过一般教育的人；它要求特别的才具；它说着一种特别的语言。米尔顿·巴比特和莫顿·菲尔德曼的音乐、马克·罗斯柯和弗兰克·斯特拉的绘画、梅斯·卡宁翰和詹姆斯·瓦林的舞蹈，要求某种感受力的培养，其难度和学徒期的长度至少与掌握物理学或工程学所面临的难度和所需要的时间长度不相上下（在各类艺术中，只有小说未能提供相似的例子，至少在美国是这样）。

"两种文化"之间的冲突其实是一个幻觉，是发生深刻的、令人困惑的历史变化的时代产生的一个暂时现象。我们所目睹的，与其说是不同文化之间的一种冲突，不如说是某种新的（具有潜在一致性的）感受力的创造。这种新感受力必然根植于我们的体验，在人类历史上新出现的那些体验——对极端的社会流动性和身体流动性的体验，对人类所处环境的拥挤不堪（人口和物品都以令人目眩的速度激增）的体验，对所能获得的诸如速度（身体的速度，如乘飞机旅行的情形；画面的速度，如电影中的情形）一类的新感觉的体验，对那种因艺术品的大规模再生产而成为可能的艺术的泛文化观点的体验。

我们所看到的不是艺术的消亡，而是艺术功能的一种转换。艺术最初出现于人类社会时是作为一种巫术—宗教活动，后来变成了描绘和评论世俗现实的一种技艺，而到了我们这个时代，艺术僭取了一种新的功用——既不是宗教的，也不起世俗化宗教的功用，也不仅是世俗的或渎神的（"世俗的"或"渎神的"这一观念，在其对立观念"宗教的"或"神圣的"变得过时之时，也就失效了）。艺术如今是一种新的工具，一种用来改造意识、形成新的感受力模式的工具。而艺术的实践手段也获得了极大的拓展。的确，为应对艺术的这种新功用（这种新功用更多的是被感觉到的，而不是被清晰地系统表述出来的），艺术家不得不成为自觉的美学家：不断地对他们自己所使用的手段、材料和方法提出质疑。对取自"非艺术"领域——例如从工业技术，从商业的运作程序和意象，从纯粹私人的、主观的幻想和梦——的新材料和新方法的占用和利用，似乎经常成了众多艺术家的首要的工作。画家们不再感到自己必须受制于画布和颜料，还可以采用头发、图片、胶水、沙子、自行车轮胎以及他们自己的牙刷和袜子。音乐家们不再拘泥于传统乐器的声音，而去使用改装的乐器以及合成声（通常是录制的声音）和工业噪声。

——苏珊·桑塔格《一种文化与新的感受力》

（程巍 译）

纽约是什么，不是走进纽约就能明白的。世界是世界，纽约是纽约。纽约，这是一种生活。世界上那些聪明绝顶的人创造的小世界，从前这些人创造诗歌、宗教、哲学、艺术、科学……现在他们创造了一个生活世界。就像中国宋代那些工匠和知识分子做的，他们创造了"江南"。纽约不是天堂，也不是地狱，纽约是一种生活质量、品位、第一流的世俗，一个现象林立而又含义深邃的生活世界。我跟着老纽约罗恩在纽约漫游，步行、坐公交车、转入地铁，飞驰，再从电梯出来，走在高大的皂荚树、橡树下（纽约的树木种群超过一百六十八个。陆亮:《美国树木多样性一般规则对我们的启示——以纽约为例》）。那边有一座教堂，周围都是玻璃幕墙，这座教堂是一堆18世纪的石头。那边是一个公园，坐着些老人。那边有一家意大利商店，货柜上堆着来自埃塞俄比亚的咖啡。这里有一幅壁画，画着美国文学史上的诗人作家的群像。再下地铁，出来，世贸大厦遗址，没有恢复那栋已经烟消云散的大楼，修了一个巨大的流着水的黑坑，像一只眼睛在日夜哭泣，走到边上的人忽然沉默了，伸着头朝坑底探视。那边是华盛顿公园，一个乐队，两个乐队，三个乐队……这个走了那个来。这条街，古根海姆博物馆。那条街，安静得像是深夜，一个房间里在举办弗洛伊德画展，里面挂着十七幅画，站着两三个信徒般的人。那条街，一家面包店，整条街都被它的气味占领。忍不住要去买个尝尝。就像是走在乔伊斯的那本《尤利西斯》里。这是一本关于狂欢节的巨书，游客的页码永远是时代广场、洛克菲勒中心、帝国大厦、自由女神像……购物狂的页码是第五大道，艺术家喜欢在布鲁克林一带活动。"他们在空荡荡的健身房里失声痛哭赤身裸体，颤抖在另一种骨架的机械前。"（艾伦·金斯堡：《嚎叫》）如果一百年前纽约还是一个令"垮掉的一代"窒息的闪闪发光的枯燥新城的话，那么现在纽约已经在释放着它的生活魅力了。这令罗恩这样"大隐隐于市"的居民可以隐身于纽约，就像白居易可以隐身于长安、洛阳。罗恩的纽约更像是一位局外人的纽约。罗恩不喜欢交际，他常常会在家附近的公园坐着，他家附近有大大小小四五个公园。看看树、松鼠、鸟和人。教堂的钟像落叶般地响两声。一个妇女推着婴儿车走进落花里去，那种树开着很多花，花瓣有手掌那么大。他家附近有许多营业多年的小店，理发的、卖面包的、卖糕点的、杂货铺、越南人的餐馆……都是罗恩搬来时就开着的。越南餐馆的一个角落里坐着一个熟人，是个英国来的诗人，已经在纽约住了二十年。在一个角落里低头吃着配了牛肉丸子的汤料卷粉。打个招呼。罗恩说，诗不好，人是好人。罗恩一生都在教书、翻译、写作。有时候被邀请到外国去念诗，去年在威尼斯，邀请来的都是音乐家，只有他一个诗人，请他念了五分钟。"坐了七个小时的飞机，只念了五分钟。"我们在黄昏穿过正在准备晚餐的唐人街，走进布鲁克林的免费渡轮，它反复穿梭于斯塔腾岛和布鲁克林之间。在渡轮上可以看见自由女神像和布鲁克林大桥。海鸥固执地追着船飞，它们被船尾卷起的浪花吸引。许多人跑到船尾来看自由女神，照相。她漂在苍茫的海上，有个中东来的眼眶深邃的移民热泪盈眶，大哭起来，被架到船舱里去了。船舱里坐着各种各样的劳动者，疲倦的船员、悲伤的有色人种、已经麻木的白人。 傍晚，在一家意大利餐厅用餐，靠墙的角落里坐着一位教授。点菜的侍应生是一位五十多岁的男子，他认识罗恩。之后去一个布鲁斯酒吧，萨隆（SaRon Crenshaw）今晚将在这里演奏一小时，门票十五美元。他十岁时学会了弹吉他。一位非裔，面目善良，吉他弹得极好。买了他的一张光盘，十五美元。他唱道：夏天啊，我爱的姑娘骑着自行车在外面转，但是她不爱我，她不爱我。

罗恩在佛蒙特州的森林里还有一栋房子，四月一过，他就回到森林去了，到秋天才回来。

万圣节7点钟从曼哈顿第六大道开始。在此之前，许多人家的门口已经摆着面具、木偶什么的。地铁趟趟满载，许多人化了装，车厢到处是妖魔鬼怪，红色妖怪，绿色妖怪，黄色妖怪，从印度学来的面具，京剧脸谱，神仙靓女，怎么都行，有扮骷髅的，有扮巫婆的，扮餐桌的，扮吸血鬼的，绿色妖怪，装成总统！群魔乱舞，大家公开出丑，越恐怖越高兴。平常被压制的许多梦想都通过打扮、化装、面具公开亮相了。扮成怀孕的修女、总统、参议员、箱子、浴缸、卫星、机器人、蝴蝶、撒旦、超人、狗、电视机……想扮什么都可以，只要想得出来，你平日想当个什么，今晚上你就可以去演，一个自我表演的好机会。忽然一个鬼冲了过来，掐着警察的脖子，警察哈哈大笑，指指其他人，意思是还是和他们闹吧。别出心裁，标新立异，人人如此，反而没有什么可怪了。路边站着看热闹的人，一张张脸被路灯照得惨白，看起来倒像是真正的幽灵。有些线路已经封闭，警察大批出动维持秩序，妖魔鬼怪经常去逗警察。陌生人和陌生人互相开着玩笑，有人弄了一个巨大的球，在人群头上跑来跑去。大家笑着，用手去够那个气球。忽然一个戴着大鼻子的小丑飞快地蹬着三轮车冲过来，朝着人群冲去，刚刚要撞上，一扭车头，转到街对面去了。来了几匹高头大马，警察停下来，让大家照相。一个警察告诉附近的群众，游行队伍距离这里还有两个街口。来了些为明年万圣节募捐的人，用竹竿拴了个网兜，往人群里面收钱，愿意出钱的人可不少，许多手举着美元在空中晃着。我少年时代多次看过游行，对游行队伍有所期待，纽约的游行队伍与我见过的那种戒备森严的游行不同，队伍没有什么指挥，就像是一群稀稀拉拉的战俘。小孩子戴着面具坐在老爹的肩膀上。一群各式各样的骷髅旗，在空中晃来晃去，纽约成了一座欢乐的地狱。

美国人热爱两个东西，一个是宗教，一个是国家。后者显而易见。许多人家门口插着国旗。在小镇上，家家都插着国旗，这个不是命令。

圣马可斯教堂坐落在纽约二大道和第十一街交会处，建于1795年，号称曼哈顿最古老的教堂，这里经常举行诗歌朗诵会、小话剧、民谣演唱会。宗教活动是次要的。奥登、威廉姆斯都来念过诗。60年代的反战运动中，艾伦·金斯堡将这里作为自己的朗读基地，朗诵过大量诗作。圣马可斯教堂成为一座诗歌教堂，在美国诗歌界赫赫有名。有一个晚上我也来这个教堂朗诵，与我同台朗诵的是一位美国女诗人。教堂门口的石磴上站着一头面目狰狞的石狮子，在月光和纽约朦胧的灯光下，发出可怖的目光。许多人穿着夹克。朗诵会在主教堂旁边的一个小礼堂里举行，卖票，六美元。我和那位诗人各朗诵四十分钟，各得一百美元。相当安静，他们在下面闭着眼睛听，我的诗失去了横竖撇捺，只能听了。罗恩·帕吉特为我朗诵英语，我们一高一低，音调形成一种互补。我们念了两首之后，下面有诗人说，应该先让我念，然后再念英语。结束的时候，许多人送给我诗歌小册子。后来我们走去附近的一个酒吧喝上一杯。美国的诗歌生活。

2004年10月6日，从纽约去波士顿。在唐人街坐大巴，十五美元，四小时到。早晨五点半出门，高速公路上已经挤满汽车，美国已经在干活了。许多人每天只睡四五个小时。

街道上，波士顿人围着酒吧的电视机看棒球比赛，这是波士顿与纽约之间的比赛。七十多年来波士顿从未赢过纽约，但这个晚上赢了，人们拥上广场和街头欢呼，与警察发生冲突，一个女学生被橡皮子弹击中面部死去。

参加会议的有瑞典马悦然，他走到哪里都提着一袋别人送他的书。他被与会者当成一个宠物。在大巴上，他告诉我一个故事，他在阳台上吃早餐，一只松鼠跳过来与他共进早餐，吃得太饱，跳不回树上去了。

波士顿博物馆的中国展厅有北魏雕塑，不逊希腊雕塑。

见到欧文（宇文所安），他主持了我在哈佛大学东亚系的诗歌朗诵会。之后我们去一家餐馆吃饭，田晓菲也在。

2004年10月13日乘飞机去明尼阿波利斯。在芝加哥转机的时候，被一个警察命令打开箱子检查，他像一头豹子蹲下来，在我的箱子和裤腰带上嗅着。安检仪旁，所有人都脱掉鞋子站在地上。有事发生了。警察们走来走去。

巨大的美国，星罗棋布。灯光下没有一个人，人都在屋子和汽车里。或者坐在汽车窗口，像是系着皮带的假人。

在黑暗中穿过黑黝黝的大地，感觉那是些煤场。美国没有中国那么亮，孤独阴暗的居民集聚地，空无一人。天亮才发现那不是什么煤场，而是草地和红叶灿烂的山峦。

坐在我旁边的留学生心都凉了，他来自上海。崇洋媚外的浪漫主义现在遭到了报复，飞机下面的黑暗看不到底。这是纽约以北，美国的森林、荒野、湖泊、山岗、因守旧而日益萧条的穷乡僻壤以及散落其间的修道院般的大学……他将从繁华降落到萧条，而他还是一片青绿的树叶，戴着耳机，神情沮丧。天空仿佛一个正在刮胡须的老人，向地面送着雪丝。

到达的时候已近午夜，伯灵顿机场像一座发光的海底宫殿，一些酷似鲸鱼的小型飞机在慢慢地移动。穆润陶（Thomas Moran）已经站在出口处，多好的名字，安静地滋润着陶，他的汉语老师给他取的。他是明德学院的教授。1800年创建的明德学院是美国最古老的文理学院之一，也是著名的贵族学院（一年的学费大约七万美元）。素昧平生，我从来不知道世界上存在着这么一个人，忽然有一天，他来信，邀请我来见面、读诗、放电影、讨论。一个说汉语的美国人，老家在爱尔兰。在佛蒙特州的青山与纽约州的阿迪朗达克山之间的低缓山区悄悄地读着那些遥远的中国诗，观看中国纪录片，为学生讲授汉语。这位"贵族们"的老师个子高大，轻微弯曲，眼眶深陷在黑暗里。他正在老去，雪落在头上，不再融化了。他毕业于清华大学，住在佛蒙特森林的一所独立的房子里，有时候熊会光顾他家，并不进门，站在外面的草坪上。办公室门口贴着墨子的一段话："何知先圣六王之亲行之也？子墨子曰：'吾非与之并世同时，亲闻其声，见其色也；以其所书于竹帛、镂于金石、琢于盘盂，传遗后世子孙者知之。'"带着十几个学汉语的学生，有些就住在他办公室的楼上，他的办公室的面积只比他们的床大一点。将箱子放在他脏兮兮的后备厢里，我们驱车上路。

早晨5点从昆明出发，三个小时飞到北京，再飞十三个小时到纽约的纽瓦克机场，在机场等三个小时，再登上美国联合航空公司的另一架飞机，走出机舱的时候双腿麻木。明德学院还在一小时的车程之外。天空中有个巨大的黑人在玩着解放者的游戏，为路上出现的一个个小镇安装路灯，它们蜂子般地突然拥来又消失。每个小镇都簇拥着一座教堂，出人头地地高耸着六边形尖塔，似乎是一块白色磁石，吸引着一切，包括黑暗。坚决地关着门，似乎从未有人涉足其间，只是在保管着一块冰。老穆踩了一脚刹车。我看见一个小东西在灰蒙蒙的公路上横奔过去，没看清楚，他说那是一只负鼠。印第安人躲在哪儿？

负鼠

有一年我们驾车穿过阿巴拉契亚高原
后排空着　一只刚落地的箱子自个儿待在

黑暗里　方向盘在暮色中等着转下一个弯
谈着国家的逸事　以缓解旅途的沉闷　我刚刚到
关心着　货币兑换率　世界通用的客套很快就
用完了　突然发光的道路指示牌是那么吝啬　沉默
得有个铺垫　像是我们已经知根知底　天已黑透
除了车灯扫射出的预定路线再也看不出什么
可以指点的实物您是否信上帝？　与树木的观点
一致　星空　水　土地　根　我们不约而同都信这些
怀疑这辆轿车　虽然买过保险　说到这里有个停顿
仿佛是在握手　真想再握一下　第一次握太冰凉了
车速未减　路面继续退去　转过弯　突然踩了一脚
刹车　似乎被我们谈论的某个点撞了一下　有个
灰东西横穿了公路　我没看清　他说那是一只"负鼠"
说出这个词之际　已将它翻成了汉语　我听说这个
名字　是在很多年前　一堂地理课　"一种原始
低等的哺乳动物"　我那地方没有possum　所以我
一直记得　这个词带来了沉默　就像它　一直做的那样

明德镇已经睡了，有些房间亮着灯，那是某人家的过道、餐厅、书房，黑暗的是卧室。旅馆在等着我们，最后的客人。

一家1926年开业的有着木质地板的三层楼旅馆，踩上去发出响声，就像踩到了某人沉睡中的骨骼。店员站在前台的灯光下，一个练过健美的高个子小伙子，有点儿像美国动画片里那个胸肌发达的机器人。没有电梯，老穆帮我把塞了好多书的箱子提到二楼，这段楼梯可是不短。我瞥见前台侧面的柱子上挂着一张佛罗斯特的水彩肖像画。老穆说，就是他。从前夏天他会来明德镇上几个月的写作课，他是明德学院的荣誉文学博士。有时就住在这家旅馆，不知道是哪一间呢。作为他的读者，我心里一沉。

读佛罗斯特

在与大街一墙之隔的住所

读他的诗是件不容易的事情

起先我还听到来访者叩门

犹豫着开还是不开

后来我已独自深入他的果园

我遇见那些久已疏远的声音

它们跳跃在树上　流动在水中

我看见佛罗斯特嚼着一根红草

我看见这个老家伙得意扬扬地踱过去

一脚踩在锄头口上　鼻子被锄把击中

他的方式真让人着迷

伟大的智慧　似乎并不遥远

我决定明天离开这座城市

远足荒原　把他的小书挟在腋下

出门察看天色

通往后院的小路

已被白雪覆盖

1990年

对于美国读者，佛罗斯特或许过于陈旧，这种已经被经典化的诗人，登堂入室，脱离现场，令喜欢破旧立新的读者生厌。但是对我不同，佛罗斯特刚刚译成汉语，我就读到了，那时我正在读大学。他那种缓慢安静的叙述，对意义的诱惑不动声色，藏在薄冰下面的幽默感，勾引黑暗的耐心和犹豫不决令我着迷，他有点像一个更啰唆的东方诗人，对着一亩地上的蔓草唠唠叨叨。东方盛产"大地诗人"，向大地学习生活、写作是悠久的传统。美国诗歌也是，狄金森、惠特曼、庞德、加里·斯奈德、罗伯特·勃莱……那些移民来到新英格兰，为原始的大地所震撼。这种震撼在东方持续了数千年之久，大块假我以文章。像古代中国，大地是美国早期诗歌的基本材料。城市到"垮掉的一代"兴起，才进入诗歌。庞德从东方学到了"点到为止"。佛罗斯特比较传统，比济慈那些前辈更精确微妙。汉语里没有佛罗斯特这种声音，30年代的"拿来"也没注意到他。那时他还在写，活着。翻译谁，与一个时代的心情和认知有关。20世纪80年代出现了不俗的眼光，译者们看见了佛罗斯特、奥登、拉金、毕肖普、史蒂文斯……这是我们这一代读者的幸运。汉语渴望更精致、能指、复杂、微妙的优雅。过度的呐喊，一度令汉语丧失了禅意、诙谐、闲适……我在一种肤浅而尖锐的汉语环境中开始写作，读到佛罗斯特，年轻时背诵古典诗歌得到的经验复活了，仿佛遇到一位说现代汉语的陶潜。呐喊渐弱，译者们才会看见这类低调朴素的诗人。这些诗人是来与李白的敬亭山、王维的辋川、白居易"朝踏玉峰下，暮寻蓝水滨"……相遇的。佛罗斯特属于那种基石式的诗人，狄金森是一块，惠特曼是一块，庞德是一块，"垮掉的一代"是一块，佛罗斯特是另一块，也许还有毕肖普和阿什贝利。20世纪的英语在新大陆别开生面，创造了一个黄金时代。佛罗斯特绝不会被错过，只是需要时间。这是另一种白居易，热爱生活，敬畏自然，老于世故，大巧若拙，对生命有《易经》式认识，洞察秋毫，细节逼真如同身临其境，试图与不可知建立某种暧昧、不确定、黑暗的关系。他不确定自己是不是一个目光炯炯的神，他模仿了某种冥冥中的口气，但又不想自以为是，小心翼翼、狡黠、诙谐。我想起他的诗。

"没有房间，"夜晚的服务员说，"除非——"

伍兹维是一个充满喊声与游动灯光
以及汽车轰鸣的地方——有一间旅馆。

"你说，'除非'"

"除非你不介意和其他
什么人共享一屋。"

这首诗写了一个佛蒙特地方的报纸发行员。"大老粗。腰部上全赤裸着，醉醺醺坐在亮光中，有些刺眼，手摸索着在解衬衣的纽扣。""有一间旅馆。"我觉得自己今晚就要与某个美国大老粗共居一室。佛罗斯特不在房间里，房间里有他的气息。门口支着一个布面沙发，朝着窗子，他似乎曾经坐在那里，看着窗外，那边有一棵樱花树，早春的骨朵像珍珠一样微微亮着，下面是个停车场，永远停着几辆灰色西装般挂在水泥地上的汽车。房间里都是老家具，木头暖气架就像一架改装过的手风琴。从古董店淘来的铜制水龙头。他就坐在那张橡木桌子前写了那些诗？

谈话时间

佛罗斯特

当一个朋友从路上叫我

并减慢了自己的马匹意味深长的步伐，

在那我还没有耕完的小山上

我并没有站立不动而四处张望，

而是在那里叫喊，"干什么？"

不，那里没有谈话的时间。

我将锄头插进松土中，

刃底立起了有五英尺高，

但还是缓慢地走开了：因为一次友好的谈话

我要上到那石墙那里去。

我喜欢美国诗歌，那都是关于生活的，"回来晚的人没有床睡"。电影《绿皮书》的一句台词。

"布考斯基是一个奇迹。他以始终如一、引人注目的风格确立自己的作家地位，这是努力的结果，更因为剧烈的生活。""布考斯基十三岁时，"乔蒂（Ciotti）写道，"他的一个朋友邀请他去他父亲的酒窖第一次喝酒，'真是魔术'，正如布考斯基后来写的，'为什么没人告诉过我?'"［迈克尔·拉利（Michael Lally）:《乡村之声》(*Village Voice*)，徐淳刚译］布考斯基是一位生活诗人。

变质

查尔斯·布考斯基

一位女友进来
帮我架起床
将厨房地板擦洗打蜡
擦洗墙壁

用吸尘器打扫地面

清洗卫生间

浴缸

擦洗浴室地板

帮我剪短我的脚指甲和

头发。

然后

同一天

水暖工来装上厨房和卫生间的

水龙头

煤气工装上煤气灶

电话工装上电话。

现在，我坐在这完美之中。

四周安静。

我已和三位女友全断绝了关系。

当一切那么混乱，我的感觉

其实更好。

这得花费好几个月时间才能恢复正常：

我甚至找不到一只蟑螂来谈心。

我已失去我的节奏。

我睡不着觉。

也吃不下饭。

我的肮脏全被

抢走了。

（徐淳刚　译）

为了守护这种肮脏，美国诞生了"垮掉的一代"。

荒野中的布考斯基
——一篇评论

"我最怀念从工厂出来，

走进茫茫夜色"

"40000只苍蝇正在我灵魂的肩膀上奔跑"

握着一卷他的

诗篇

可以这么叫吗?

荒野

芦苇闪着光

有一页印着阴毛

另一页混杂着

操（读矣）

很亮的字头

一眼即扫出

刚刚印毕

黑哨出版社

谁办的?

方闲海

国家没有注册

"必然短命"

一只野鸡在那儿

工程师秃着顶

（他才不会被廉价的存在主义打动）

刮干净左脸　再刮干净右脸

他们一直在杀戮生活

挖去它的好眼珠

好胃口　好手

他们挖出一个个大窟窿

填进大会堂

填进高层公寓

填进洗手间

填进一张张床位和电视机

宽阔如广场的大街

挂牌出售十年了

还像避孕套一样与世隔绝

推土机终于死光了

哦　他们创造了废墟

民间命名为鬼城

这个名字我喜欢

如果鬼已经入住

那么诸神的脚步也近了

大道堂堂　大道荒荒

我揣着查尔斯·布考斯基走在中间

妈的　以前是哪个浑蛋将他译成诗人?

让我改不过口来

周围是剩余的高原

被截肢的山

麻疯树

倒塌的大象

夏天扬长而去时留下新的平芜

孤烟再直

拾荒者从北面包抄而来

我听见他们撬窨井盖的轻手轻脚

如某种担心阳痿的野兽在自我测试

猴子们跑掉了

一只狗在写字间的楼梯口整理杂碎

长途车的站台下面堆着一些瓶子和砖块

大学生拎着被斩首的电脑走过空荡荡的星球

家乡的血在他的后腿根上流动

他将继续完成布老师鄙视的那些作业

亲爱的　我搞L

只因为你搞了N

所以我搞Y

嗨　主编　这不是我写的

原话是"贪"　出自

《生来如此》

（徐淳刚译　第13页）

我堵住了这个有洞的字

为发表计 （小人）

作者是　Charles Bukowski

德裔美国人　曾获：国家艺术基金

别老把账算在读者头上

他们的癖改变不了现实

尽管他在世时将它们

操得满地打滚

母鸡

马

乳白色的液体

那些深夜

那些失去了窗帘的房间

酒和瓶子

那家买卖冻肉和口香糖的超级市场

酒吧间

漆黑的汽车旅馆

蓝调

大海

死后只留下几百行

令学究后悔莫及

"我想从头开始"

这些长着阳物

的词

正夹在我的胳肢窝下

纸页软得可以卷住一只屌

我喜欢那封面

从一千只眼睛里掉出来的灰

装饰着他的讥笑

她们在玻璃后面勾引他

所以他总是血流满面

她们晃着火腿在他面前跳舞

他回报以更咸的盐

真想挑一段念给她听听

你做得还不够好

夹得太生硬

差一点儿滑出来掉进那滩

漂着废油漆的积水

"嘿 这家伙依然坚挺"

读了一遍

又一遍

一只嗅觉非凡的狒狒

带我穿过这没有屌

的裤裆

它知道那张床在哪儿

老浑蛋死于1994

"《纽约客》

这杂志我从来不买"

如今与他讨厌而又斤斤计较的那一堆

一道埋在图书馆长的马桶里

（潜伏在臭膀胱里的知识分子

这密探读过海德格尔和艾略特

他很狡黠　利用便宜的哲学

预支了语言学储蓄在脏话里的红利

因此惊人地纯洁

"深刻"

他忌讳这个词

他不忌讳肤浅

因此最无聊地深刻着）

在那些温暖的洞穴里

"我们好像被埋在土里"

系着领带看手机上的奶头

这样的一生与死者又有什么区别

他会在另一端延续那些

生动的不朽

一只在逃的猫跳上汽油桶

转过头来看我是谁

这是冬天的中午

它从来没洗过脸

我也不能再洗一次

黑道如青天

坦率地走到底

"这么多

空荡荡的

星期六下午"

没碰上一只

鸡

或恶棍

没碰上歪朝一边的啤酒瓶

歪朝一边的是插在土豆地里的钢筋

强奸者们在自己的大便上开会

他在旧金山的腥气里晃悠悠地打炮

一整个下午

喷着威士忌

跳起来与下一位女朋友远走高飞

在加油站停下

记下李白没写的那些部位

却故作不幸

什么"生存　就是一无所有地活着"

鬼才相信

"一架小飞机从头顶上飞过"

"批评家们说我喝着香槟

开着宝马

还娶了

住在费城高级住宅区的

交际花"

哦　秋天了无踪影

盛满尿液的易拉罐和里面的黄色

正把一朵晃着屁股的郁金香赶出来

穿过落日　五根电线朝天空后面展开去

有一个黑色的家伙蹲在其间

"'太黑了'我说

'怎么办'"

它并没有飞起来去投奔乌鸦

没说

"孤独"

只是等着黑暗与黑暗

不再区分

那一日我去赶最后一班地铁

打算在四十分钟的奔驰中

再读几段

多年前我知道了他

通过口口相传的谣言

这一次是印刷品

我得承认

我很硬

　　四月底，温暖和光明就要回到明德镇，枯枝败叶正在山
冈上缓缓地复活，乌鸦在灰色的云层上叫唤，啄木鸟开始干

活，学生们穿着运动鞋，背着旅行包在校园里急匆匆地走着。与世隔绝的小镇，有几家商店（卖艺术品）和馆子，教堂雪亮，站在几条道路的核心处。一个青年坐在台阶上靠着睡袋朝我招手，要我给他钱，他刚醒。桥下有一条激动的河，忽然出现了断崖，地层像眼眶裂开，突然涌出瀑布，气势雄伟、舒朗。一位父亲牵着他的小孩在桥上走着，那孩子举着一截树枝。小镇就在瀑布旁，日夜轰响着。去哪条路留下第一行脚印？我决定走瀑布旁边那条街，经过了一些树，一些19世纪留下来的老房子。一家馆子的大厨在锅子上舞着铲子翻开煎土豆的另一面。一道泛油的微光。此地的人都在等待春天，还有两周或者三周它就要来了。老穆的办公楼前面有一棵垂地的老樱花树，花骨朵已经有拇指头大，花朵就要挺身而出，已经在黑暗里唱着歌了。佛蒙特州的冬天可真长，要持续半年。人们年复一年地盼着春天再次光临，其他事都是灰蒙蒙的小事，只有春天激动人心、值得期待。大地越来越明亮，学生老师都注意到土地上那些非同寻常的迹象，他们走着走着就停下来，察看一丛新芽或者一树花骨朵，摸摸叶子，讨论它们会在第几日绽放。有些藏在屋子后面的冰还没有化掉，脏掉了。明德学院位于低缓的山坡和洼地之间，核心也是一座教堂，雪白耀眼。东亚系不过十几个学生，四五位老师，大多数是从中国来的。系里为领导人的接班问题发愁，原定的接班人、一位从中国来的教授马上就要调到大城市去了。他们费尽心思引进，本来以为他会在这里待下去，这是一个做学问的好地方，风景如画的山谷，海量的书，漫长的夜和冬天，无人打搅的白昼，营养丰富而烹调拙劣的食物——这种禁欲风格令人断绝了寻欢作乐的念头。"在黑暗时代的动乱期间，少数坚定地献身宗教的基督徒，离开社会到荒凉而让人生畏的文明边缘地带过着隐士生活。隐士的行为唤起更多陈腐的教士去发誓约守贫穷和奉献，重新聆听耶稣基督的教诲。这种教士组成一个新的同质信徒团体，称为修道院。"（百度）差不多就是这种东西。老穆说："可以理解，人都是向往机会更多的地方。"他也快退休了，将来谁还教中国当代文学，这个世界都在玩手机，这种方块字写出来的文学还值得教吗？老穆让他的学生先读读我的诗，然后和我一起朗诵，如果他们愿意的话。他们都愿意。开始的时候，老穆先点名。我读汉语，学生们读英语。老穆让这些"贵族"排成一队站在我旁边，读过的人就走到我的另一侧。他们是非裔、华裔、印度人、意大利人、印第安人、玛雅人、白人……都是些小伙子和大姑娘。我写下的那些汉语现在变成了各种口音，就像从一座森林里发出。在拼音语言里，听是第一位的。汉字却是看的，许多字听不出来，一定要看。字形而不是声音决定字的区别。这种朗诵会就像是在一个村庄里游戏。世界的遥远之地、外省永远有一种村庄风格。麦克风出了点问题，这个家伙总是捣蛋，似乎讨厌这个世界的口臭。朗诵后讨论，我觉得学生们很害羞，放松了警惕，忽然问出几个问题，令我措手不及。"你怎么看待诗和读者的关系？""一首诗是怎么出现的？"

老穆的学生每隔一段时间，就会去一位教授家里聚餐、聊天。聚餐的钱由学校提供。那位教授是希腊来的，因为我的来访，安排了一次聚餐。教授家就在学校里，从教室走过去几分钟，经过几棵树就是。他们的家就像一个博物馆，排着队的书籍，画册、铜版画躺在地毯上。餐厅里有两张长桌，自助餐，鸡腿、面包、奶油汤、沙拉……味道比学校食堂的好多了。大家边吃边讨论，仿佛是坐在苏格拉底的长廊上。时间过去一半，老穆就要同学换换桌子，另一批围着我继续讨论。几千年过去了，讨论的话题在我听上去，不外乎还是这些：

苏格拉底："对爱情的快乐呢？哲学家在意吗？"
西米："绝不在意。"

"好，还有其他种种为自己一身的享用，比如购买华丽的衣服呀，鞋呀，首饰呀，等等，你认为一个哲学家会很在意吗？除了生活所必需的东西，他不但漫不在意，而且是瞧不起的。你说呢？"

西米回答说："照我看，真正的哲学家瞧不起这些东西。"

"那么，你是不是认为哲学家不愿把自己贡献给肉体，而尽可能躲开肉体，只关心自己的灵魂。"

"是的。"

——《苏格拉底对话录——关于灵魂与肉体》

西方文明从问为什么（why）开始，追求确定、是、the。中国文明从"学而"开始。学而，意味着"确定"不是人的事，是道的事。道法自然，学就是了，没有为什么。仁者人也，仁就是亲近、相爱。爱并非非此即彼，而是"博爱之谓仁"（韩愈）。爱一切，就是一种不确定。"人是不确定的动物。""不断说谎的、艺术的、不透明的动物。""一切美好的事物都是曲折地接近自己的目标，一切笔直都是骗人的，所有真理都是弯曲的，时间本身就是一个圆圈。"（尼采）道法自然，自然才是确定性，学就可以了。道法自然这种思路令汉语成为一种"不确定"的语言。曲径通幽才是抵达确定的小路。

强大的确定性。不仅意味着你不能搞错单数、复数、主格、宾格、时态、语态、情态、进行时态、被动语态……更意味着走路的时候你不能忽视任何一个路标，想当然地跟着感觉随便走。有时候我依照童年经验，走路看地形、风水、喜好，结果每次都走不通，而且危险。有些巨大的空地，看上去是荒原，刚刚往里面走了几步，狗就凶猛地吼起来，并且闪电般地冲锋。看菜谱也一样，"随便"很危险，必然点到你根本吃不下去的。很少那种和稀泥、"差不多吧"的食物。你确定吗？要想清楚。印度菜、墨西哥菜比较亲切，基本的口感可以接受，虽然不知道在吃什么。西方菜谱清清楚楚。鱼，什么鱼，哪儿的鱼，怎么做，没看清楚的话，往往误入歧途。是的，鱼，但只是鱼的肚子部分，根本不够吃。猪肉，是的，但是端上来一只巨大的肘子，堆积如山。

一个学生开车带着我在学校里漫游，这个学校可谓无边无际，校友赠送了大量的土地。荒原、玉米地、麦田、山丘、森林、湖泊、落日、乌鸦、枫树、正在打洞的旱獭……与乡村的土地混在一起。美国人还在大地上玩着。19世纪砍伐的森林又长出来了。大地真是好心，"开发"被梭罗在瓦尔登湖棒喝之后，美国人重新尊重自然，有的地方尊重到做作，一切都原封不动。一路上经常见到死去的仓库、死去的汽车、死去的房子……许多死掉的事物都像根那样被留在原地，人们搬走了，上路了。谷仓、学校、社区、老屋就留在原地，任它生锈、腐烂、消失。

路过一家废弃的修车坊，不仅钻床、工作台被留下，窗子和门都没有关上。工具、家具、桌布、扳手、手电筒、打火机、盘子、瓶瓶罐罐、硬成了石头的面包、某人读过的小书摊开在窗口……一切都留在原处，似乎忽然接到一个命令，即刻放下一切，走掉了。

一只野鹿躺在公路边，被汽车撞翻了，正在风干中。

有一家住在湖边，家长八十岁的时候决定举家搬到加利福尼亚去。在网上登出广告，剩下的东西于4月5日的8点到下午3点卖掉。路边停着一长溜车子，都是来买东西的。没有标价的统统一美元。旧铲子、旧水靴、旧毯子、灯座、勺子、磁带、锤子、马桶刷……都有人卖。不在于好看，无关面子，只要还能用。

以色列人从兰塞起行，往疏割去，除了妇人孩子，步行的男人约有六十万。

201

> 以色列人住在埃及共有四百三十年。正满了四百
> 三十年的那一天，耶和华的军队都从埃及地出来了。
>
> ——《圣经·出埃及记》

搬家是一个很容易的决定。

在路边发现一所"一间房学校"。一间插着美国国旗的白色房子。早年，交通不发达的时候，偏远地区的孩子就在这种学校就近读书。老师上完课就走，开着车去另一间房子。门没有锁，锁扣锈迹斑斑。房间大约二十平方米，课桌原封未动，墙上的地图都是上世纪的，钟、粉笔、擦头、铸铁的炉子都摆在原处，桌子上还有些老课本，似乎学生们只是下课出去玩了。学校孤零零地立在玉米地和公路之间。那些来自远方的、永恒的、在课间休息时在公路上一闪而过的汽车轮子不知道给过学生们什么样的教育？在这间教室里毕业的人都已经死了。谁还在上课？那些月光明亮的良夜。

老穆家在佛罗斯特故居西边的另一处林子里。有一天晚上，一头熊靠近了老穆的房子，转一圈，又走了。老穆隔着玻璃窗拍了一张照片。那头熊相当原始，低头站在昏暗的灯光里。他家比佛罗斯特的住处豪华多了，明亮、洁净、典雅，挂着许多好画、排列着许多书。佛罗斯特并不穷，他的

隐居处有三四个。老穆这所房子是他唯一的，他想在这里终老。周围是森林，他们两口子会坐在林边。他妻子芮贝卡是个画家，画室在另一栋房子里。她画得相当好，纽约的一家画廊正在举办她的画展。她属于美国画得最好的那些画家之列。她说她在画某种大海深处的东西，我以为她在画黑暗。每一笔都是细节，无数的细节混成了一种深邃的混沌。她的画曾经好卖，但是进入晚年，画得更深厚的时候，却越来越卖不出去了。美国喜欢时尚，人们只注意天才崛起的那一刻，"每个人都能成名一刻钟"（安迪·沃霍尔）。无所谓，继续画着。那间画室像个车间，堆积着完成的作品，随便翻开一幅，很美。

房子前面是林中空地，摆着两把躺椅。他们有时坐在那里看着森林、落日、黑暗和星空，逗狗玩。林子里总是有什么在里面做着什么事。有时候住户会走出来，老鹰、棕熊、野鹿、乌鸦、苍鹭、几只蝴蝶……

铅灰色的天空，下面是玉米地。玉米地之间切出一条覆满灰的道路，踩上去，灰就吞没了鞋面。一群野火鸡慌慌张张地跑过去，吊着自己的肉飞起来。看上去，这条路修通后就一直摆在那里。天边开过来一辆卡车，冒着烟，驾驶舱里坐着一个胖子。

想起尤金·奥尼尔《天边外》，我读到他的剧本的时候，大约三十岁。"我知道你不相信别人说我'悲观'。我是说，你可以透过我作品的表象，看到真实的情况。我绝对不是一个悲观主义者。在我看来，人生一片混乱，讽刺而绝伦、冷漠而美丽、苦痛而精彩，人生的悲剧赋予人伟大的意义。如果他没有与命运进行一场终将失败的斗争，他就仅仅是一只愚蠢的动物。我所说的终将失败的斗争只是象征意义上的，因为勇敢的人总是会赢的。命运永远无法征服他/她的精神。你看，我不是悲观主义者。相反，尽管我伤痕累累，我会与生活抗争到底！我不会出走，绝对不会错过人生这出戏！"

仁者人也，人就是他自己的悲剧。悲，非和心，意谓违背产生的心。人就是心，海德格尔所谓的"烦"。人违背、超越了动物性生命，立心，人必须自己负责了，自然不再自然，自然成为"道"。负责就是牺牲。自己将自己置于一种祭坛式的存在。扪心自问，"必有事"（王阳明），心就是爱。爱是关心、有心、担心、放心、心动、倾心、随心、安心、忧心、可心、违心、负心、痛心、无心——成为生命中最严重的事。历史运动无不在称心、违心之间运转。爱就是"必有事"。无所用心也就无所事事。悲是一种生命的质量，悲剧性令生命获得一种精神质量。子曰："志士仁人，无求生以害仁，有杀身以成仁。"（《论语·卫灵公》）在孔子这里，志士仁人并非只是少数英雄，而是普遍的"仁者人也"之人。人从赤裸生命（阿甘本）通过语言升华为仁者，心动、心烦、怜悯、爱，这就是悲剧。人意识到责任、牺牲，从无言的动物性生命升华为文化生命，"大块假我以文章"（李白），这就是牺牲。人开始烦心。意识到这种宿命的悲剧性令人获得超越性，"不以物喜，不以己悲。"（范仲淹）"前不见古人，后不见来者。念天地之悠悠，独怆然而涕下！"（陈子昂）"正声何微茫，哀怨起骚人……废兴虽万变，宪章亦已沦……我志在删述，垂辉映千春。希圣如有立，绝笔于获麟。"（李白）"万里悲秋常作客，百年多病独登台。"（杜甫）"无为在歧路，儿女共沾巾。"（王勃）"苏子愀然，正襟危坐而问客曰：'何为其然也？'客曰：'月明星稀，乌鹊南飞。'此非曹孟德之诗乎？西望夏口，东望武昌，山川相缪，郁乎苍苍，此非孟德之困于周郎者乎？方其破荆州，下江陵，顺流而东也，舳舻千里，旌旗蔽空，酾酒临江，横槊赋诗，固一世之雄也，而今安在哉？况吾与子渔樵于江渚之上，侣鱼虾而友麋鹿，驾一叶之扁舟，举匏尊以相属。寄蜉蝣于天地，渺沧海之一粟。哀吾生之须臾，羡长江之无穷。挟飞仙以遨游，抱明月而长终。知不可乎骤得，托遗响于悲风。"（苏轼）中国心灵其实是悲剧性的。内在的、不动声色、大智若愚、呆若木鸡（"鸡虽有鸣者，已无变矣，望之似木鸡矣，其德全矣；异鸡无敢应者，反走矣。"——《庄子·达生》）式的悲剧。

"苏子愀然，正襟危坐。"生命的悲剧正在于对"正襟危坐"的担忧、烦、"愀然"。中国心情对悲剧的态度不是尤金·奥尼尔那样的抗争，而是"愀然"。这是一种道法自然的民族的"大地之悲"。这种悲剧性在全球化时代已达到自古以来最激烈的时期。乡愁，就是这种悲剧性带来的巨大焦虑。

落基山脉的风景

在遥远的山岗下一伙牛仔骑在马上

马头朝着草原　有人躺在马肚子下

嚼着牧草　就像高处滚下来的石头

停住　失去了原始动力　不再自由

永远不会离开　一切行动都自有意义

他们的意义是最古老的　为此他们会

动手　歌唱　也会冷酷无情　喂马

做爱　成家忠诚　善良　上教堂以及

死亡　志于道　依于仁　据于德　游于艺

工作与时日浪漫主义　不再为

别的意思和机会所动　导演也一样

拍这个镜头不是由于崇拜英雄或

反对匪徒　这是落基山脉的风景

一只乌鸦斜着飞向科罗拉多河　它知道

那条灵魂之河　每个夜晚都为它带去月光

　　佛罗斯特在明德镇的另一个住处是在山冈中，他租的。就在老穆家附近。老穆说，他拿到了房子的钥匙。我们就去看看。像他诗里写的，雪地上总是出现岔路，哪一条通向佛罗斯特？山冈中长着些山毛榉、白枫树、野樱桃……安静的树林，结着可怕的黑痂。这一带的森林从前是印第安人看守着，19世纪被白人砍光了。现在的树，是一百年前重新种下的。忏悔般的贫乏，很瘦。佛罗斯特住在这里的时候，新的森林还没有长起来，他或许喜欢视野开阔。从风水的角度，我看不出在这里隐居的道理，一个荒凉的操场。一只啄木鸟在某处干活，发出咄咄声。房东还在，依旧住在附近的那栋白色房子，房子重新上过漆。佛罗斯特租过的房子已经空了，再也没有租出去过。如果不写诗的话，谁愿意住在这种地方？买到食物要开车十多分钟。一排原木搭成的简陋房子，屋后是树林，前面是开阔地，可以望得很远。地里长着杂木、蔓草、几颗野鹿留下的粪便。熊在后面的林中睡觉，说不上何时会醒。三间房，一间小客厅，一个小书房和一间卧室，一张大床上覆盖着塑料薄膜。最后面的一间堆着柴火。书架上的书看上去他从未翻过，都是出版社寄来的。几乎没有厨房，转角处的石块砌的承重墙上挂着几只笨重的铁锅，那黑乎乎的铁炉子看上去不怎么喜欢火焰。他的日子相当简陋，大约就是做个三明治，煎块牛排。西伯利亚流放者的小屋或某个修道院的祈祷室，但是不封闭，三面都有窗子，可以望见外面的花、黑土。

这种情景有点像中国山水画里的隐居。在中国山水画里，你可以看见那些隐者在草屋里下棋、品茗或者对着一条瀑布发呆。齐物。"至人之非己，固物我而兼忘。"（沈约:《郊居赋》）"与可（文同）画竹时，见竹不见人。岂独不见人，嗒然遗其身。"（苏轼:《书晁补之所藏文与可画竹》）佛罗斯特家外面的这类风景，山水画里少见。大地对于他是一个对象，他只是一个显微镜，他的诗反映出这一点。"当我看到那平整的草茬时，那使镰刀锋利的露珠已消散。"（《花丛》）"有两样东西，我们越经常、越持久地加以思索，它们就越使我们的心灵充满了始终新鲜不断增长的敬畏，那就是我头顶的星空和心中的道德律。"（康德）佛罗斯特先生是否坐在那块石头上眺望过星空？或者"嗒然"？"我想着一些无根无底的问

题。"（佛罗斯特：《花丛》）

　　锁好门，我跟着老穆去还钥匙。这地方的乡公所是一栋建在公路边的呆板大楼，里面没有人。不是用来办公，而是作为夏令营、培训基地之类。门关着，门口靠着一把宽铲，佛罗斯特的钥匙就藏在这把铲子后面。

访佛罗斯特故居

　　路是对的　低缓的山岗　适于散步的小路

　　岔路有三条　走左边那条　别搞错

　　得慢慢走　砾石绊脚　还有坑　鹿在夜里

　　献出了粪　或者是上一个白天　只是

　　迷惑智力的痕迹　白桦树在冬天的光芒中

　　向一侧稍倾　像是那些站在路旁张望班车的

　　人　镜片闪着光　鸟鸣是好听的　也许有点

　　做作　故意叫得那么嘹亮　我可不会领情

　　本来就该你叫　那屋子在树林跟前

　　够一个人宽敞地住　木板搭的　独栋

　　没有邻居　视野开阔　可以想象月光如何

　　如水　天籁如何统治黑暗的宇宙

王维就是这样做的　独坐幽篁里　弹琴

复长啸　深林人不知　明月来相照

诗人嘛　就该离群索居　他可不是来这里

开个会　我以为里面必有不常见的毛笔和

砚　却发现一张大床　盖着塑料布

没有人　他的石膏像　在失眠　灰尘

墙上挂着三个锅子　绿冰箱　黑电炉

碗筷　自来水管　水桶和几本读物

他读了这些?　写出那些?　桌子很小

刚够摆个笔记本和一支钢笔　不小心

墨水瓶就要掉　桌前的玻璃窗可以望得

很远　可又能看见什么　最远处挂着几片

白云　像是谁家晾在那儿的旧床布

没什么可写的　露水在我们到来之前就

干透了　他在这干吗　要买面包和咖啡的话

还得走到镇上　要走很远　走很久

出门得注意天气预报　不能在起风时

也不能在下雪后　这家伙会掩埋道路

令一切都失去脚印

科尔盖特大学是两百多年前创立的大学，在阿巴拉契亚高原的汉密尔顿的一处森林里。两百年前，十二位牧师在森林中的一块石头边集合，决定创立这所大学。然后他们砍掉了那些上帝种的参天大树，盖了一群希腊风格的石头房子。出钱的是William Colgate先生。Colgate家族的公司开始是做肥皂的，后来也制造牙膏，高露洁牙膏。所以科尔盖特大学也可以翻译成高露洁大学。留学生不喜欢这个译名，他们不想与那支在中国超市随处可见的俗气条状物有丝毫关系，这是一所贵族大学嘛。

阿巴拉契亚高原。这个名字有一种荒凉感，像是月球上的地名。

最后的秋天。到处是枫树，从加拿大那边越境过来，很快就要熄灭了，之后将是荒凉和暴风雪。

树枝之间弥漫着一层烟似的东西。大地以红色和黄色为主，红色又有各种层次。所有的红都出现了，有时候，下一阵雨，把植物打上一层湿气，颜色越发鲜活。黄金色的树，但有黄金中没有的红色、橘红色。低缓的丘陵，之间杂以各种湖泊。偶尔，树林深处出现一辆废弃的汽车，汽车要死在何处，它还没有想好。有时候它死在桥墩下面，有时候翻倒在公路边上，死得很难看。

几栋房子，排列得就像积木。美国人不讲风水，那些地方怎么可以盖房子？自由只意味着房子想朝哪个方向盖都行。在中国世界观中，许多美国房子的朝向是危险的，安全依赖技术而不是大地。大部分的人都住在独立的房子里面。大同小异，大部分看上去都很新，仿佛南北战争才结束不久。

雪就像卡车运来的纯洁垃圾，大堆大堆地冻结在天空下。需要一台掘土机。

一个工人驾驶着轰隆巨响的除草机在墓地里开来开去，就像钢老鼠，牙齿撞在墓石上，好像不害怕惊动死者。

教师们在晚餐时间聚会，就像19世纪的俄国契诃夫笔下的人物。在灯火幽暗的餐厅里吃着野牛排，炸鱿鱼圈，喝冰水，谈论着布什或者克里。普通人的小政治，与纳税有关。

学生忙着参加各种运动和比赛。比起上课，他们更热衷这些。

一位学生在课堂上追问我如何"拒绝隐喻"，我回答不出来，他很失望。

房子的后面有一条小路，是废弃的铁路的路基。沿着这条布满落叶的小路可以走到镇上。镇上有七八家小店、两三家超级市场。有的房子的门前放着支持布什或者克里的牌子。一条街，几分钟就走完了。

偶尔有人跑过，没有人因为某事而跑，都是在锻炼身体，穿着跑鞋。绝不会有人穿着皮鞋或高跟鞋跑步，这一点令美国很单调。

一群学生在打橄榄球，所有的运动都在暗示人生必须你追我赶。

闲着就是死亡。这是美国的真理之一。"你做什么？"最日常的问候。"什么也不做。"啊哦，转身走开了，除非他对诗有兴趣。

拍录像的是一位黑人姑娘。抬着一个黑色的小箱子。黑色是一种隐忍，美丽动人。她储存着全部黑夜。仿佛一到时间，她就会把它们释放出来。

钓鱼的人用一种假漂钓鱼。漂子是塑料的，做了某种处理，鱼会来咬。相当残忍，人家就要当你的晚餐了，至少给点吃的吧。美国的吝啬。世界观在细节中。

寂寞荒凉的乡野，出现了一栋关着门的房子，推开门进去，货架上支着一长排玻璃鱼缸，中国金鱼和一些热带鱼在悠游。没有任何迹象表明这里会出现这样的商店，就像是刚刚空投的集装箱。

黑夜里有一家别墅灯火通明。外面冷飕飕，一片漆黑，进到屋里，坐着一房间的绅士，觥筹交错，衣冠楚楚。晚餐味道不错，三道菜，餐前的小吃、正餐、餐后甜点、冰水、葡萄酒，这样一顿要花四十美元左右。美国文化并非麦当劳那么简单，但是麦当劳确实是基本的、普遍的、便宜的。玄关处放着反对麦当劳的小传单，知识分子和教授的小游戏，有钱吃四十美元一顿的人当然有资格反对麦当劳。共进晚餐的美国历史教授去过中国，当过富布莱特交换学者，他反对布什。历史教授问，法国是否与中国的关系更好。我回答不出。晚饭后，他邀请我们去参观他正在装修的房子，门廊撑着两根小号的希腊式石头圆柱。之后回家，看见路边站着一头野鹿。

东亚系的办公室里扔着些汉语诗集，有一个作者叫"黄风怪"，相当醒目的名字。一张海报上，一位流亡诗人站在讲台上痛哭流涕。

加拿大雁排成"人"字向着南方飞去，灰色的天空有些愀然。"唯王丞相愀然变色曰：'当共戮力王室，克复神州，何至作楚囚相对？'"（《世说新语·言语》）

汉密尔顿

1

秋天的灰口袋垂在大地上

河流闪着忧郁之光

已经获得灵魂

2

纽约以北是阿巴拉契亚高原

月球下面地球是灰色的

八月十五

无人在户外赏月

3

一阵风里藏着桂花之香

难道来自中国后庭

我环顾周围

黑暗的花园

松柏青青

4

高个子农夫拉上门

驾车上大路

一溜烟不见了

中午我看见他弯着腰

整理大白菜　老汽车

歪了轮子待在一旁

狗一样守着他

5

水池在森林边缘

没有鱼　漂着红叶

大树下是图书馆

读者在夜里失眠

环绕着秋天的圆柱盘旋而上

乌鸦有共同的根

几十栋木房子里电器齐全

足以消灭所有气候

把夏天制得冷一点

让圣诞节温暖如春

青山不动　松鼠总是在加固老宅

人们渴望再次搬家

冬天太漫长了

唯一的一次敲门

是雪干的

6

小教堂的尖顶

隐藏在树冠后

几百年一直向下生长

如今只有老橡树的肩膀高

7

这一户的门口张灯结彩

摆着一群纸糊的美国神仙

就像人妖　花里胡哨

等着万圣节到来

另一家却冷冷清清

寡妇迷信科学

靠在躺椅上

从日出坐到日落

六点一刻按时进屋

拉起窗帘晚餐看电视服药关灯做梦

空椅子继续坐着

等那个漆匠提着银桶

越过太空而来

他总是它的新郎

8

教堂星期日才开

其他门也关得紧紧

从白天到夜晚

镇上看不见丝毫动静

偶尔有影子在某处一晃

说不出是兔子还是过路的

9

工人随着门铃出现

在冬天之前必须

把一切修好

10

面貌善良的胖子

推着食品车走过冷冻柜

面对各种肉类的价格标签

心如死灰

11

驱车回家

黑森林中扑过来一个头

车灯照到的一瞬

我记起青年时代在花箐农场见过的那头

麂子

12

伊拉克在报纸的第三版

比火星的距离稍微近些

教授们在酒馆里等下一道菜

顺便谈谈总统竞选

争起来了　反对战争的左派脖子红

脱掉了外套　露出一种名牌

敲着老烟斗　支持入侵的右派脸色灰

知识分子的小政治

算盘与税率有关

13

没有水井

最黑暗的森林

也有热水从钢管里流出来

最秘密的地质

早已登记在册

14

墓地离每个家庭都不太远

也不会轻易走进

总是那些旧名字

在期待下一个名额

到位的名字失去了头发

玛丽　1900—1989

无人知道是红的还是黄的

幽灵有时候扒着石碑

探头张望　回头去打招呼

它们立刻躲起来

咳　长不大的小孩

15

向南方飞去的大雁排成一个汉字

狗群一样叫唤着飞过天空

我知道它们并不是去中国

那个字将落在大地的何处

不是人知道的事

16

交通发达　道路明确

车窗上的刮水板丧失了记忆

不停地摆动

要找回那些

曾经让它迷路的灰

17

一条狗生着昆明嗓门

就像我害怕过的那只

那是很多年以前

在昆明附近的农场

它从猎人老李的腿边冲过来

我的一生还没有和畜生们亲近

18

图书馆的老太太

离开故乡已经六十年

一个上午问长问短

无论我说什么

都认为是梅村的事

19

江克平的学生研究中国

教室里放着12双不耐烦的脚

它们想跑

皮鞋之光与图书馆的傲慢有关

高跟鞋的歪塌　由于女生心事太重

有几双鞋热爱运动　为了符合健美标准

只有一个男生光着脚丫

吸引了许多沙子跟着他

包括诗歌那条狗

也跟着他的脏脚丫子

赤着的脚啊　多么辽阔

20

在遥远的汉密尔顿

有一个房间放着满屋中国书

外面是白菜地和废弃的铁路

书籍的来历已经无从知晓

小镇的居民不懂汉语

月亮在八月十五的时候总是要

照亮李白的诗文

不是故意的　这白玉酒杯

刚好搁在月光够得着的那层

21

大学里有一位驻校诗人

从来没有人见过

他的诗是公开出版的内部读物

全美只有圈子里的人可以略微看懂

最后一次出现在校园

是诺贝尔奖获得者来演讲时

坐在大师旁边

胡子像庞德的那个就是

22

乌鸦穿着黑衫

在老橡树家的各个抽屉里

翻来找去

它们在搜查那本关于乌鸦的书

23

没有未来了

一生就是这样

别墅一栋　存款若干

汽车产于福特公司

牛奶　果汁

夹肉的面包

选票一张

女儿叫作玛丽

儿子叫作山姆

邻居的阳台人迹罕至

不出户　知天下

电脑长着千里眼

没有未来了

除非你反对美国

24

风越磨越快

冬天撑着乌鸦的背疾行

黑天使们叫唤着向上

拼命要逃出天空

有些觉悟者落在大地

放弃了传统的高视阔步

25

工人随着门铃出现

在冬天之前必须

把一切修好

因此得救

26

运草车停在车库深处

牛在吃最后的高原

再见　当我回到昆明

大雪会把一切冻结

美国小镇　在那里

我住过三天

John Crespi 三十八岁进入科尔盖特大学东亚系，在这个大学教了三十年的书。他妻子是云南宜良人，刚生了小孩。二十年前的一天，John Crespi 东问西问终于问到我的工作单位，在昆明翠湖边的一间房子找到我，请我朗诵一首诗录下来，他上课要用，就认识了。他长得很精干，像是一截失去了枝叶的树干。话不多，总是在想什么的样子。谁也想不到，这截树干里藏着一位很棒的音乐家，他会玩多种乐器，每种都玩得极好。他送给我一支印第安人削的箫。十六年前，我去他的大学访问，就住在他家。他家在一条废弃的铁路支线的边上，孤零零的一栋房子，雪地包围着。那时候刚下过雪。我觉得此人太牛了，在暴风雪中买了一栋房子。汉密尔顿可不是什么好吃好住的"逶迤带绿水，迢递起朱楼"的"江南佳丽地"（谢朓），仅利于心无旁骛地工作。如今他是东亚系的主任，终身教授，孩子也长大了，一男一女，会说昆明话。

John Crespi家的书架上有一本胡适之的《尝试后集》，下雪的时候读到这首诗，我抄了下来：

我们不崇拜自然，

他是个刁钻古怪。

我们要捶他煮他，

要使他听我们的指派。

我们叫电气推车，

我们叫以太送信，

把自然的秘密揭开，

好叫他来服事我们人。

我们唱天行有常，

我们唱致知穷理。

不怕他真理无穷，

进一寸有一寸的欢喜。

——拟《中国科学社社歌》

1910年，二十岁的胡适，从上海坐船去美国，九月进入康奈尔大学，选读了农科。胡适在纽约创办了华美协进社。华美协进社1926年由约翰·杜威、孟禄（Paul Monroe）、胡适、郭秉文等共同创建。在纽约时，我被邀请去这个社演讲，我都不知道这是胡适办的。曼哈顿东六十五街一百二十五号Lexington大道和 Park 大道之间，诗人和翻译家裘小龙带着我去，我们差点迟到，奔跑了几条街，纽约的街道每一条都是等距的。一栋古老的独立房子，落在一群摩天大楼之间。二楼的一个大房间里坐着几个老太太和其他人，我念了几首在昆明写的诗，得到了二百美元。

中国思想的根基是"和"。"道法自然""天人合一"。自然就是各种材料之和，共适。在胡适一代人这里，自然已经成为资源，开发对象。"把自然的秘密揭开，好叫他来服事我们人。"20世纪，这种古老的世界观终于走到了末日："子贡南游于楚，反于晋，过汉阴，见一丈人方将为圃畦，凿隧而入井，抱瓮而出灌，搰搰然用力甚多而见功寡。子贡曰：'有械于此，一日浸百畦，用力甚寡而见功多，夫子不欲乎？'为圃者仰而视之曰：'奈何？'曰：'凿木为机，后重前轻，挈水若抽；数如泆汤，其名为槔。'为圃者愤然作色而笑曰：'吾闻之吾师，"有机械者必有机事，有机事者必有机心。"机心存于胸中，则纯白不备；纯白不备，则神生不定。神生不定

者，道之所不载也。吾非不知，羞而不为也。'子贡瞒然惭，俯而不对。"（庄子）

过了十年，再访科尔盖特大学。一切都是老样子。那堆雪不见了。镇上多了一家越南餐馆。卖卷粉、春卷，这种食物从广东一带传到越南，再沿着滇越铁路传到昆明。我很熟悉。老板娘很自信，绝不迎合当地人的口味，地道的河内风格，深受科尔盖特大学的姑娘们欢迎，排队才能吃到。要了一份春卷、一碗卷粉，搅拌的时候，想起一个遥远的名字：吴庭艳。那是1963年，我正在读小学三年级。我记得报纸的照片上有一场大火，一个和尚坐在烈火中。永远难忘。四十年后我去了越南，回来后我写了这两首诗：

湄公河印象（节选）

14

那一天大地正在生娃娃

B-52轰炸机来啦！

炸弹从蓝天落下

湄公河亮着蓝眼睛

就像从前接待云彩和白鹭

以青山　丛林和水田接着

以湖泊之瓢接着　以渔船接着

以水井边的木桶接着

以少年的书包和母亲的怀接着

割草人以劳动之舞来迎接

一千只狗舔着阳光　以忠诚的舌头接着

供果和雨来自土地　也来自天空

僧人闭目捧钵　黄色的袈裟随烟而散

15

稻米金黄　越南在天堂以南

稻米金黄　仙女们的旗袍在飘扬

稻米金黄　湄公河洋洋汤汤

稻米金黄　求婚的队伍浩浩荡荡

　　街上少了两家古董店，灰茫茫的玻璃窗子，里面陈列着空货柜，似乎有一股尸体的味道。另一条街上有一家热闹的餐馆，上次没发现。一家以摄影作品为主题的餐馆，墙上挂着些黑白风景。临街玻璃窗前的桌子上坐着一个留络腮胡子的肥胖男人，一个红色女子依偎着他。人们的话题离不开特朗普，他们谈论他，在加油站，在餐厅和客厅。这是美国的北方，少有人喜欢他，知识分子尤其烦他。他看上去像一个搬运工，如果让他扛上一只老式的钢制的氧气瓶，就像马新民。那位我工作过的工厂的搬运工，高大健壮黑亮。那时候去食堂打饭，每个人都用一只大号口缸，一缸足矣，他要吃两缸。我们常常给他饭票。科尔盖特大学的一位教授说，特朗普令人们失去了安全感，一切都不确定了。

这次我住镇上的唯一一家家庭旅馆。女主人告诫道，上楼的时候箱子不要碰到楼梯，门没有钥匙。客房门不锁，大门也不锁。他们夫妇就睡在我们隔壁。"5点钟我就起来了。"她的房子大部分是木质的，一个小康之家，美国家庭的标配，比必需品多些，俗气的工艺品、地毯，客厅，起居室里摆着冰箱、电炉、咖啡、面包、果酱、牛奶、一只巨大的垃圾桶。餐桌旁边的大玻璃窗外的草坪上有松鼠。再远，另一家的房子。再远，一片墓地。被褥是高质量的，绣着花，卫生间里摆着一打白毛巾。窗子外面可以看见大地和房子，看不见人。偶尔遇到一个，急匆匆地走着。

有时候村子会传来一阵勃拉姆斯。有钢琴的房子。外表可一点儿也看不出来。

麦克维尔镇离汉密尔顿不远，磨坊，小河，旧车站，老房子，七八家古董店。镇外有一家作坊，卖橄榄油和蜂蜜。19世纪开工的饲料厂。两个身强力壮的青年在工作。这里有一个古董节，每年8月15日开幕。现在只有几家老店开着。买古董的人不多，美国人不像旧大陆那样热爱旧物。发现一个非洲木雕、一个蜡质的波斯风格的模板，上面刻着：1876。两样，老板要一百美元。相当深刻的东西，后来我的一位亚美尼亚朋友说，那件蜡质模板有波斯的风格。古董店的老板不喜欢根究意义，厌烦阐释。绝不担心什么价值连城者被随便处理掉。旧物，他卖的是物，而不是旧，与超市的买卖一样。

纽约州崇拜希腊。许多地名都取希腊名字，比如罗马、特洛伊，比如UTICA，1798年在镇上的巴格斯酒馆（Bagg's Tavern）的一次集会中，"尤蒂卡"一名与其余十二个备选名称一起放在一顶帽子里，之后则被抽中。

19世纪的火车站。一百年前此地浓烟滚滚，满地煤渣。煤渣还在，已经不那么黑了。铁轨不见了，地基成了一条小路。被火车运走的就运走了，包括火车自己，运不走的是这个地方的原物、令这个地方成为这个地方的那些。已经复原得差不多了。野草、树木、河流、山冈。铁丝网后面的乱野（原野本具的植被，其间混杂着各种废弃的工业品，废墟）上走着一群野鹿，在树林边迟疑不决，像是速度慢下来的黄昏风。John Crespi决心在此地住一辈子。住在哪里无所谓，重要的是这个大学在这里，他爱这个大学。冬天太长了，将近半年都是白雪皑皑。哪里也不能去，待在房间里，如果无所事事，那就是自我囚禁。John Crespi不亦乐乎，一日又一日上着课，一本又一本地写着书，研究的课题像屋后难以融化的雪那样冷僻，"中国抗战时期的漫画"。就是汉语，也是冷僻的学问，他教了二十年，也不过几十个学生。John Crespi、Thomas Moran都是在百度上搜不到的汉学家，像魏晋人物那样不事张扬，"人不知而不愠"。你得有一种基督教精神，为上帝而忘我。不见得你要上教堂。这是人们与生活的基本关系。在世意味着对圣徒般的苦役习以为常，厌恶无所事事、一劳永逸。

科尔盖特大学正在举行两百年校庆。许多活动，国际诗歌节、艺术展览、音乐会……校友从世界各地赶来。坐在我旁边的老夫妇来自德国，不停地吃着土豆片。校长是个秃顶的男子，相当健壮，像个伐木工人，他自己修理汽车。音乐会是几个老师组成的乐队，在一个圆顶的房子里，音乐家们穿着黑衣，刻意渲染一种萨满教的祭祀氛围。图书馆和博物馆混合在一起，书架之间摆着真正的古董。

那些热爱诗歌的学生关心这些问题：

中国当代社会对诗歌的态度怎么样？

你的"汉密尔顿组诗"把这个地方的很多小细节写得很准确，但是对汉密尔顿的感情上的反应不怎么清楚。一般来说，对汉密尔顿有负面的还是正面的感情？

汉密尔顿会不会让你联想到自己的童年？

"文革"的时候，有没有人把自己的书藏起来了？要是不焚书，后果会怎么样？

开始写诗的时候，有没有一个文学的偶像？跟谁学习？

在你写过的诗歌当中，有没有最喜欢的一首？为什么那么喜欢那首诗？

一般社会对诗歌的忽视甚至蔑视有没有让你怀疑自己？要是这样的话，是什么让你能坚持下去？

你平时一天都做些什么？

遇到写不出东西的情况，你怎么去找灵感？

年轻人对"文革"时期焚书和极度审查的反应怎么样？有没有人觉得文学应该拯救？

你的诗能不能跟古典诗歌做比较？

旅馆的后面的山上有一处墓园。墓地永远是一种自生自灭的样子，许多事物都自生自灭，最后也就不见了。人们活着的时候各行其是，死后却要埋在一处，死亡是一种团结，这种团结产生一种令人沉思的力量。死亡是什么？我要怎么活？孔子说，未知生焉知死。他的意思是通过生来认识死亡，只有在生中，人们才可以理解死亡，所谓"向死而生"。墓地东西表面上也是一个空间，墓碑、花台什么的。即使世界上没有一处墓地，墓地也在着。许多事物都成了废墟，只有墓地不会，墓地无法废弃，死亡无法废弃，死亡是一种永生。这一天是农历的四月初五，中国的清明节，墓地里一个人也没有，一只啄木鸟在树上干活，看不见它在哪里，只是传来那种咄咄之声。山坡上立着一棵被砍伐了一半的树。

在墓地里走了一阵，想着父亲。他埋在昆明的一座山上，他一生从未离开过祖国。我们从未谈论过美国。他有一个特权，60年代就可以看只有某些级别的干部可以看的《参考消息》。这份报纸经常出现关于美国的零星消息。

那种老气横秋的火车站还在美国活着。含有大量木质的车站，里面有理发室和小卖部。候车室的柚木长椅被磨成了古董，等车的感觉就像下一趟火车会驶回19世纪去。仿佛许多事物都在为自己的盲目维新而忏悔，人们怀念旧事物，怀念从前的原始森林、落日、旧家具、棉花地上的蓝调，怀念"垮掉的一代"。

坐火车的人很少，一对胖子在我旁边睡觉，车厢的椅子有脚踏，试了一下，是为个子更高的人群设计的。卫生间的镜子正对你，可以一边小便一边观察自己。

停车的时候看见一个胖子站在白色的汽车边，双手塞在裤袋里。仿佛他是站在一棵树下。

在火车上看见遛狗的人、跑步的人、骑自行车的人、打棒球的人、钓鱼的人、梳着长辫子的老姑娘、老鹰、死去的动物、至死不渝的夫妇彼此搀扶着在湖边走……旧风景、旧车站、旧工厂、旧木材、旧的篮球场、旧城、旧的电线杆子、旧掉的大地，废弃的汽车祭坛般地堆在荒野中间。新叶成群地朝天空嘟着小嘴，就要大喊起来。

"做你自己想成为的那种人。""我做生意的时候，态度分明并且只关心自己的生意。不是给什么歌声甜美的女人，或是自尊。我只管自己的生意。"这是美国产的电视连续剧《大西洋帝国》中的台词。剧中，当主人公汤普森在一个夜晚邂逅一位女士，向她抱怨自己的失意："我到底变成怎样的人了，我想把这变成我的生活吗？我第一次来这里的时候，是为了钱，只是为了钱。但还有点什么，说不清，一些无形的东西？我想……"雨夜，空无一人的酒吧。可谓推心置腹。那位丰乳肥臀的酒吧老板娘却给他脸上一拳，打到口吐鲜血，说："我最讨厌发牢骚！"这是20世纪初美国经济繁荣时代那些"口袋（钱包）最深的人"的故事。根据作家Nelson Johnson（内尔森·约翰逊）的原著《海滨帝国：大西洋城的诞生、鼎盛以及堕落》改编，讲禁酒令时期资本、黑帮、权力之间残酷血腥的争斗、背叛、欺骗、杀戮，动不动掏出手枪就射。大街上、海水上、桥上、火车上、酒吧里、卧室、妓院、股票市场、酒坊、面包店、理发店、花店、餐馆、正午、深夜、阴天、阳光灿烂的早晨、停车场、浴缸里……谋杀不分时间地点，鲜血淋淋，几乎要从屏幕上漫出来。除了孩子，电影里几乎没有一个好人，令人想起马克·吐温的小说《败坏了哈德莱堡的人》，比哈德莱堡更血腥。个人与个人之间的争斗，也借助权力。但是以权谋私并不多。就像动物，大多数是个人的阴谋、才华、智慧、技巧、实力、身体、运气之间的较量，凭的是个人力量，而不是背景、权力、政治。一位中央情报局官员与埃德加·胡佛是大学同学，争强好胜，不把胡佛放在眼里，直呼其名，有一天被胡佛叫住，"我现在是局长了，你得叫我胡佛局长！"即使浪漫主义，诗意也是通过冷酷无情的实用抵达。好人用坏人的办法做好事。坏人通过阴谋维护自己的尊严。电影是关于人性的，尊严是这个电影的主题之一。

谢默斯·希尼去世了。

我不知道他逝于爱尔兰的家乡还是哈佛大学的教授公寓。我们在哈佛见过一面。

谢默斯·希尼

我读过希尼　我知道他说过爱尔兰的事

那些暴力　那些死者　那些躺在广场上的

脏西装　那些破碎的苹果　那些凝固在沼泽中

尚未完成的母亲　他本人在故事后面　沉思

是可以走近的　叼着烟　刚刚写毕"恰如

其分的顺序　恰如其分的词句"　再多说一点点

就"揭晓了"　停在那些可恶的句号上　仿佛

畏难　那支笔　一把耽搁在秋天边上的锄头

沾着露　我因此想见他　鼓励他　也见到了他

在哈佛大学的一次演讲会后　我甚至握了他的手

交换了目光　他的嘴巴和舌头近在咫尺　指甲里

还嵌着德里郡的土　那些　真是这个人写的吗

我站在那里　看着这位农家子弟　中学教员

文字劳工　这头白发苍苍的老象穿过鼓掌者

缓缓地走向门　在栅栏后面消失

　　世界上有无数诗人，有些你恭而远之，有些你不屑一顾。但有些诗人却与你心性相通，你不认识他，或许他还躺在墓地里，但这些都不妨碍你与他一见如故。他的诗在那里，一束光，照亮。无数的阅读都不能令你觉悟，但有一天，读到希尼，是的，又明白了一点。

　　我这一代诗人的幸运是，经历了"文革"那样令人绝望的时代，我们见到了希尼。他还在世，好像在等我们。我总觉得他就是某部电影里，监狱大门打开时，站在阳光中，手枕着汽车引擎盖的某人。当我遇见希尼这样的诗人，那些思想钳制和美学禁忌就永远失效了。是的，诗可以这样写。是的，莎士比亚、歌德、杜甫或者里尔克都这样写。里尔克说过，诗是经验。但希尼更接近我们，那些不朽的经验经他擦去灰尘，就像早餐盘子里盛着的熟土豆一样强烈醒目。我早读过莎士比亚，读过歌德，读过杜甫，读过苏轼，但希尼将那些陈旧的经验从后院搬到前院，我们以为这是他发明的，而其实他只是将那些不朽的经验个人化了。这个"个人"可了不得，有时候他得独自面对以真枪实弹指着诗的现实，他的邪恶家具。他不仅指引我们看到庸常生活的诗意，更通过这种诗意引领我们皈依神灵，热爱生活而不是逃避它。我喜欢他诗歌中的那种口气，他是少数几个西方诗人在被翻译成汉语之后依然能感觉到原作语感的诗人。他的语气缓慢，安静，有些诙谐，迟疑，他在适当的时候将诗领到深渊的入口上，他并不跳进去，旋转，又回来，更开阔的境界。他没有愤怒，愤怒出不了诗人。他诙谐地吹着口哨，神奇的语词将一切都领向温暖，他仿佛有一个巨大的襁褓，他的诗歌之婴明亮、安静。他将神请到沼泽地边上，自己欣赏自己的复活。

这是一位真正有洞见的充满魅力的诗人，他不玩语言游戏，他来自爱尔兰。

佛罗斯特、拉金他们是一路。但气质不同，佛罗斯特深沉，有点沾沾自喜，因为无须在地方性知识和词汇表上操心自由，他操心的是他自己配不配得上那份与生俱来的恩宠。拉金戴着夹鼻眼镜，沉迷于自由中，也偶尔觉悟到自由的另一面，他担心的是后工业社会普遍洋溢着的幸福的肤浅，担心历史在他那里成为喜剧。希尼有点忧郁，总是在担忧自由的丧失，深渊边上的自由。"我们欣赏的诗是一个旧体制所禁忌的。"

伟大的诗人绝不回避自己的时代，但是，他总是能表达那种超越时代的、长时段的东西。而这种东西总是栖身在时代的现场，它绝非只在将来才现身。"一天清早我遇到一队军队／装甲车，巨大的轮胎发出颤音……我有责任保护小路、田地和家畜，／储物棚中拖拉机被钩在耙机木架上，／筒仓／冰冷的门／潮湿的屋顶石板盖、绿色和红色的／外屋屋顶……这不显眼的、不可推翻的生命的中枢。"(《图姆路》)那支军队只是冰冻的地方性知识，但是"生命的中枢"和"保护"却是永恒的、普遍性的、温暖的。当我再次阅读《图姆路》时，附近正在拆迁。灰尘在秋风中翻卷，拆下来的门板堆积在人行道边上，"他们能否泰然处之"？他是细节的大师，在一首写警察拜访的诗中，他强调的是这位警察的自行车："两个脚踏板垂着，从警靴的／法制中解脱……"在另一首诗里，他写与母亲对叠床单："床单像船帆在侧风中鼓涌／发出干透了的啪啪声……"这是我母亲啊！我不知多少次与她对折过床单，在少年时代的天井。他把与母亲对叠床单这种"小事"写得就像女神与牧童的游戏。诺贝尔颁奖词说他"从日常生活中提炼出神奇的想象，并使历史复活"。是的，复活历史，不仅是正史。而且是为正史所遮蔽的日常生活的稗史。

海滩

我父亲手杖点出的线
留在沙地蒙海滩上
是另一种东西，海水冲刷不去

我迷恋这些诗。诗是一种修复，修复我们生命中已经停顿的某些细胞。

所以我写诗，为了凝视自己，为了让黑暗发出回声
控制我的舌头，敬畏傲慢，敬畏上帝
直到他在我没遮挡的嘴中说话。

这种口气可不是"随心所欲而不逾矩"可以替代的，白话之必需。

多年前我写过一首诗向他致敬：

事件·挖掘

有一年　诗人希尼　在北爱尔兰的春天中

坐在窗下写作　偶然瞥见他老爹

在刨地垄里的甘薯　当铲子切下的时候

他痛苦似的　呻吟了一声　像是铲子下面

包藏着一大茬薯子的熟地　某些种植在他的

黑暗中的作物　也被松动　开始活泛

他老爹不知道　紧接着　另一种薯类

已经被他儿子　刨了出来　制成了英语的

一部分

他尚未中奖　只是做了一批上好的薯干

我曾在《英国诗选》中品尝　印象深刻

这手工不错　像一个伙计佩服另一个伙计

我不禁折起指节　敲了敲书本　像是拍打着希尼的

　肩膀

老家伙　关于白薯　我还能说些什么？

事有凑巧　在另一天　我用汉语写作

准备从某些　含义不明的动词　开始

但响动　不是来自我的笔迹

而是来自玻璃窗外　打断了我的

是一位年轻的建筑工　背着工具袋

轻轻地攀过脚手架　爬上来　落在我的窗台上

揩擦夏天的工程　溅在窗子上的水泥浆

对面的大楼已经完工　这是最后的一项

作业　将周围的一切　复原

他认真地揩着　像一只整理羽毛的鸟

轻巧地摆弄　棉纱　凿子和锤　弯下脖子吹气

不放过任何小小的斑点

他的手掌不时地趴在玻璃上　我清楚地看见

那厚巴掌上的纹路　很像泥炭的表面　但下面有水

像点灯的人　一块玻璃亮了　又擦另一块

他的工作意义明确　就是让真相　不再被遮蔽

就像我的工作　在一群陈词滥调中

取舍　推敲　重组　最终把它们擦亮

让词的光辉　洞彻事物

他的脸在逐步清晰的阳光中

投我以有些歉意的微笑

他的活计仅仅和表面有关　但劳动强度

并不比向深处打桩　轻松

他同样必须像一根桩那样

牢牢地站稳　才不会从五楼跌下去

他挖的是另一类坑　深度属于别人

种的是另一棵树　果子已经有主

但他并不在乎这些　活儿干好了

把废土弄走　把周围清除干净　就这样

他揩擦玻璃　也揩擦着玻璃后面的我

当我从语词中抬起头来　张望外面的现实

发现世界的美　并不需要绞尽脑汁去想象

看就行

我终于写下了一个动词　它与窗外的劳动无关

它牵扯的不是玻璃　而是诗人希尼

我忽然记起了他写过一首诗　好像是关于白薯

就借着明亮的光线　再次把《英国诗选》

从书堆里　刨出来

越过北爱尔兰的边界　在万里以外的

昆明城区　这个星期二的光辉中

深入我内心的　铲子　并不是英语

而是希尼的父亲　在他家窗外的地垄上

不断重复着的那个动作

——挖掘

1996年10月10日至22日

　　那时候我可不认为他活着，他生死不明。这样的作者出现在我们中间那真是奇迹。想想看，隔壁餐桌上坐的那位是杜甫，刚刚走出机场，膝盖边停着一只小号旅行箱，里面塞着手稿和袜子。这就是现代。我在一个阳光灿烂的午后见到希尼。那是2004年，哈佛大学东亚系的教授宇文所安和他的学生郁奇莲为我举办一场诗歌朗诵会。哈佛大学东亚系的小楼看起来古色古香，两层，外面草坪上有一对石狮子。我的朗诵会在二楼举行，郁奇莲告诉我，这天下午，希尼将在一楼演讲，他正在哈佛大学讲学。诗歌朗诵会一结束，我就下楼去听希尼的演讲，可坐三百多人的报告厅里面座无虚席，已经不再放人进去，但由于郁奇莲事先打过招呼，里面为我留了座位。会场里坐着的大都是中年人、老者。他就在那里，我的诗人，我的诗歌老师。那时候我已经五十岁了，像中学生一样激动，我的老师就在那里。满头银发，戴着老花眼镜。上帝让他长成某种他自己不知道但旁人总觉非同凡响的样子。有点像中世纪某个乡村教堂的牧师。他粗犷有力，不是我们以为的那种斯文之辈。你无法直视他，他仿佛是英格兰巨石阵里某一块的化身，深邃，睿智，透出一种原始的力量，虽然他衣冠楚楚。在诗歌上，我的老师都是死者。我来自一个没有老师的时代，在世的老师们要么明哲保身，保持沉默，要么说谎。在我的时代里，学生只有无师自通。我不懂英语，我是来听听那些诗出自怎样的喉结。自我坐下后，听众一直在哄堂大笑，他说了什么，能令这些饱经世故的人如此开心，如此的前仰后合？他的诗里可看不出这些，是的，他是幽默的，但那幽默像海水一样冰凉，读他的诗，我从未笑过。演讲结束后，郁奇莲把我介绍给希尼，我们握了手，他的手掌大而有力，他不是握住我的手，而是把手中的什么递给我，像是从沼泽地里伸递来的一把扳手。

罗恩·帕吉特出现了。他送给我一个红色布面壳子的笔记本。然后带着我去一家银行，他为我申请了一笔诗人旅行资金，不要求任何回报，仅仅因为罗恩担保我是一位诗人。

时值秋天登场，一场雨在正午时刚刚离去。两旁是森林，深不可测，没收拾过，被闪电劈断的树也就任随它原封不动地保持着受难的姿势，就像从森林的十字架上倒下来的基督，流着焦煳的血。汽车沿着一条被树冠遮天蔽日的石子路慢慢走，轮胎轻轻地碾轧着石子，林中不时掠过正在岩石上梳头的溪流、深涧和松树覆满落叶的裤脚，那儿摆着灵芝、蘑菇以及白骨般的枯木，森林深处有些零碎的阳光，像是些破碎的玻璃片或者黄金。罗恩说，有人曾经在那儿看见一头棕熊，他指指森林边的一块空地，我瞥了一眼，那是一个如果是我自己从林子里出来，也会选择的地方。经过一座木桥，桥下有一个管子，把山里淌出的泉引到另一边的涧。一只乌鸦拨开树枝朝高处飞去，似乎含住了其中的一根。但我感觉不是原始森林，缺乏那种苍凉阴森的气息。有些树桩暗藏着林区的来历，它们直径在一米以上，显然曾经是几人才可以合抱的参天巨木。它们到哪里去了，为什么只剩下些树桩？

　　罗恩在我左边开着车，他六十八岁了，身体依然硬朗。个子高大，长得像某位美国大兵，我在一部关于越战的电影里见过，我问他是否服役过。我第一次见到美国人是十三岁，1967年，我知道的第一个美国名字是约翰逊，从中国的报纸和宣传栏上，因此我总觉得每个美国人都是士兵。NO！他坚决地摇了摇头。他是一位诗人。美国文学史介绍，他属于纽约派第二代，美国诗坛大名鼎鼎的罗恩·帕吉特。罗恩的车开得很慢，他的车已经用了不知多少年，漆皮脱落，银灰色变成了灰白色，摆在古董店里，一定会有人过来开价。像是一位伙计在慢慢悠悠地赶着牛，并不是年龄使他慢下来，而是阅历和经验。他的车速总是在40码左右，每过路口，他就伸出脖子，像一头就要进入人群的大猩猩，看左，看右，再看左，重复考汽车驾驶执照时学到的那套规范动作，这才一轰油门，飙出路口。他的车子开得典雅，总是和着公路起伏蜿蜒或平坦光滑的节奏，一条公路有一条公路的节奏，罗恩总是可以找到。他轻轻地扶着方向盘的边缘，转弯的时候有点说不出来的幽默，仿佛是转进下一行诗，而他此时正在黑色仪表盘前推敲着诗句。古代的诗人推敲诗句是"鸟宿池边树，僧敲月下门"。情境、道具完全不同，但推敲时的速度、沉迷是一样的，这是写诗在工业化的今日依然魅力无穷的原因之一。

罗恩有一种贾木许风格。"先照料好与家相关的事。在拯救世界之前收拾你的房间。然后再拯救世界。""在做你所享受的任何事时，将脉搏增加到每分钟一百二十下，持续二十分钟，一周四至五次。""喝大量的水。当被问起想喝点什么的时候，便说：'请给我水。'"（罗恩·帕吉特：《怎样变得完美》）

汽车转进了通向罗恩家的便道，这段路有十多分钟，罗恩说，这是我的森林。"我的"，在美国，说出来总是有某种自豪感和凛然不可侵犯的威严。我教罗恩用汉语说"我的"，他很喜欢这个词的发音，学着说了好几遍。经过一条溪水，他说，我的。经过一排橡树，他说，我的。一只鹭鹰昂首飞过，他说，我的。忽然间，前方出现了一处阳光灿烂的山坡，车停下来。森林退向四周，中间的草地上，立着一栋被时光洗成灰白色的木楼。楼前种着一丛菊花，金黄色的花朵，正在初秋的蓝天下开放着，我的！这是罗恩的家。他有两处住宅，另一处在纽约。罗恩冬天和春天住在纽约，夏天和秋天住在佛蒙特州的林子里。佛蒙特州属美国新英格兰六州之一，因几乎完全被森林覆盖，被称为绿山。

森林环绕着屋宇歌唱。罗恩的木楼有两层，外边是个阳台，阳台边摆着一盆刚刚采来的蘑菇，还很香。阳台上的两把长条木椅向着阳光，长条木板地上躺着一个红色的胶皮球，那是罗恩孙子的玩具。罗恩已经在这屋子里住过三十二年。这地面本是美国诗人、教师肯沃德的领土。肯沃德的祖父是普利策奖的创立者，他在世时在佛蒙特州买了一大片森林。佛蒙特州是美国面积最小的一个州，全州约77%的面积是森林，其他是草地、高原、湖泊、池塘、沼泽和湿地。当地人说，佛蒙特只有两个颜色，夏天一片绿，冬天一片白。曼斯菲尔德山是佛蒙特的最高点，那山顶露出一群灰白色的岩石，像是一组驼峰或者鲸鱼的脊，从山顶俯瞰，大地上的建筑物散落在青山翠谷丘陵溪流湖泊之间，屋宇大多是白色、红色或蓝色的，人们认为佛蒙特是天堂之地，建筑物的风格也童话般的可爱轻盈，似乎住在里面的都是些小矮人。风景如画，到处都是风景，也就没有所谓的风景了。旅游的概念在这里不是某几个点，而是一草一木。佛蒙特，当我看到它时，这头毛茸茸的绿熊，正伏卧在蓝天白云下睡觉。

佛蒙特人热爱他们的家乡，佛蒙特州的州歌如此唱道：

这些绿色的山冈，

这些银子般的水

是我的家乡　她属于我

她的儿女们愿她地久天长

永远赐予我们　让我们活着

守护她的美……

这里也就是诗人罗伯特·佛罗斯特所谓的波士顿以北，他晚年就住在这一带，他的墓地就在佛蒙特州的一所教堂旁

251

边。我年轻时就喜欢他的诗，他仿佛是翻译过来的王维、陶潜。但不是出世的，而是狡黠地洞察世事，在细节中暗示他的虚无感。诗人的眼睛里没有物，万物有灵。他的诗貌似易懂，美国学院里的批评家贬低他，因为他不给学院派提供饭碗，不像阿什贝利那样可供"过度阐释"，他是少数几位抵达了东方诗歌追求的那种"意在言外"的美国诗人。他是狄金森一级的诗人，他的方式不是简洁、直指核心，而是唠叨、绕弯子，与宇宙精神往来，深邃不是意义的深邃，是大地、宇宙、人事之存在的深邃。如此而已，随你解去，不解它也在着，解多了还糊涂。作为上帝的子民，佛罗斯特的诗歌暗藏着宗教力量，但这种宗教性与旧大陆的不同，这种宗教性被原始的美国大地激活了，那黑暗里蕴藏着对美国大地和野性的深呼吸。佛罗斯特更像一位"道法自然"的东方大师，只是他喜欢用叙述的长镜头。来到新英格兰，我才慢慢明白这位老牌绅士为什么那么写，写得那么好。史蒂文斯说，"必须用冬天的心境/去注视冰霜和覆着白雪的/松树的枝丫"，佛罗斯特的诗，没有那种新英格兰地方颐养的心境是写不出来的。他那时代，就像德尔莫·施瓦茨《诗歌的现状》里所说，"过去曾是战场的地方，现在，在夏季周末的午后，成了一个令人愉快的宁静的公园"。喏，那就是他诗歌中的现实，整个早晨跟着一只鸟，看着它如何跳下劈柴堆，钻进草地。

这只鸟现在我面前，正抬起右腿察看上面的疤痕，它站在劈柴堆下面的一把斧头上，误以为那是树枝。我只是观光客，佛罗斯特是在场者，所以他看到"一只北上的蓝知更鸟／温和地落下／在风的面前将羽毛弄平"。佛罗斯特死了，他的新英格兰依然如故。我先读他的诗，再到他写诗的地方，感觉就像旧梦重温，回到了梦中在过的故乡。

> 是的，正像佛罗斯特所见
>
> 前面有两条路　一条是泥土的
>
> 覆盖着落叶　另一条是柏油路面
>
> 黑黝黝　发出工业的亚光
>
> 据说这就意味着缺乏诗意
>
> 我走这条　也抵达了落日和森林

肯沃德把自己继承的土地，卖了大约十公顷给他的朋友罗恩。这是肯沃德森林东边的一片三角形地区，沿着山坡向下展开，其间包括山涧、岩石、森林、草地、鹿径、熊部落和鸦巢等。那是在20世纪60年代，放在今天，以翻译和教学为生的罗恩是无论如何买不起的。他的木楼有两层，大约有八十平方米，一楼是一个兼为厨房、餐厅、起居室和客厅的大房间以及一个洗手间。沿着一个小木梯上到二楼，有两间卧室和一个小工作室。住着罗恩和夫人老两口以及儿子儿媳和孙子。儿媳妇挺着肚子，第六位住户将在明年的春天光临。

罗恩带着儿子，自己动手盖起了这栋小楼。从采购建筑材料到打地基，改方、架梁、刨光板子、钉钉子，用了两年半时间，花了大约1.9万美元。他在旧货市场看中一套橡木窗子，也许是从某豪宅中拆下来的，很便宜，就买下来，根据这套窗子的大小设计了木楼。他房间里用的都是二手货，旧的椅子、旧的浴缸、旧的餐桌、旧的地毯、旧的沙发、旧的灯具……并没有故意追求古董效果，只是旧到某种自己喜欢的程度，旧而耐用。美国的产品，普遍耐用，耐用是由上帝和制度保证着的，偷工减料重则下地狱，轻则会被起诉。耐用，在时间中能增值的东西是诗意，时间一到，就是丑陋粗糙的家伙也会耐看起来。浴缸看上去很笨重，已经不再雪白发亮了，闷闷的，似乎正在生气，好像与杜尚的小便池是一套。杜尚这一代人的功绩，就是改变了西方世界与工业文明的僵硬关系，那些实用的器皿从此成为作品，进入了文明。生活就是艺术，但要划个界。罗恩划的界比杜尚高明，他不是把浴缸搬到博物馆那边去，旁边放一份艺术革命的说明书。他一边沐浴，一边感受那时代的工业品在设计上的笨拙和天真。

致一栋房子

年轻时他们盖了一栋房子

罗恩·帕吉特夫妇和他们的儿子

不是为了晚年隐居　而是练习

古老的法则　时代在改变　上帝已死

但汗水还在那里　总得有人上梁

建造光束　开灯　安装长方形窗子

搭建三角屋顶　方便冬天的白小孩

趁无人看守时　偷偷溜下瓦片

让门前的楼梯　在秋夜　照顾月光轮椅

阳台留给秋日　阵雨跟着落叶　写信

寄走　总得留下几个信封　总得有人盖房子

有人打猎　有人守着林间空地　有人采集蘑菇

有人拾柴　有人烤面包　带孩子去餐厅

总得有人整理卧室　清理花瓶

揩拭老朋友的遗像　这房子在佛蒙特州以北

拥有一条宁静的小路　木头废墟

模仿着童话里的城堡　严阵以待

等着强盗　原始人　野兽　未知的飞碟

诗人　传说中的落日　等着

那颗冒冒失失的流星　于秋天午夜

跟着一个松果　滚到屋前的草坪上

　　这房子并非与世隔绝，开车驶出去二十分钟，就可以到达小镇上，那里有超市、咖啡馆、麦当劳、书店、洗衣铺、电器铺、二手店……和教堂。佛蒙特住着许多纽约知识分子，他们经常会从各自的领地钻出来，在这里集合，喝上一杯。一切看起来是如此的自然，就像中国历史上曾经有过的那种隐居，我相信罗恩木屋也会为王维所爱。罗恩读过王维，20世纪，庞德等人将中国古典诗歌引进美国，影响了整个知识界，"垮掉的一代"为之迷狂。不仅是诗人，聪明的美国人立即领会到寒山、王维们不仅仅是诗歌，更是世界观和生活态度。在20世纪60年代，五万多嬉皮士抛弃了城市和工业化，进驻佛蒙特，解散在青山翠谷、岩穴溪流、清风明月之间，如今在这地区，还生活着许多嬉皮士后代。人们谈起他们，就像谈论幸存的恐龙。但罗恩的森林小屋与王维的辋川别业毕竟不同，王维如果在这里写诗，"临风听暮蝉"之余，他可以拧开水龙头，洗个热水澡或者通过因特网给裴秀才写封信。局外人为这里的自然之美而赞叹不绝，而其实呢，这头绿熊的肚皮底下，已经按照某种现代生活的图纸，埋藏了各种设施：电线、煤气管道、热水管、冷水管、下水道、路基……天空中还有看不见的无线电、因特网等。此自然非彼自然，什么都动过了。大地的身躯里就像残疾人士那样被装配了一个人工的网络，一切都已经预先设计施工，就像地毯下面的经纬线，自然已经被动过。这种动是很血腥的，它是按照强势者的图纸施的工。这土地的主人本是印第安人，他们当然有他们自己的文明地毯，并且数千年来，也安居乐业地承载了印第安人。16世纪，英格兰移民来到美洲，他们只会英格兰的生活方式，他们无法入乡随俗，像印第安人那样在这土地上狩猎、爬到树上去睡觉、生吃兽肉，就干脆把整个大地都改造了。以基督教的图纸改造，杀戮印第安人，打死野兽，大片大片的原始森林被伐光，改成牧场。在19世纪的某日，如果你来到此地，你看到的只是一望无际的草原，没有一棵树。一部分植被是百年前才逐步恢复起来的，大地的力量真是不可思议，往日那残酷的草原已经销声匿迹，大地上又林木参天、流水潺潺、百鸟歌唱了。不知道底细的人，还以为大地本来如此。哦，造物主可不会这样造物。佛蒙特是枫树之州，在晚秋，万山红遍，连续多年被美国《国家地理》杂志评为观赏枫叶的最佳地区，但是，岁岁年年花相似，枫叶红的时候，树下再也看不见印第安人。

罗恩是著名的纽约知识分子之一，诗人、诗歌教师和翻译家，已出版二十多本书，美国文学史将他列入纽约派，他属于比奥哈拉、阿什贝利更年轻的一拨。有人称他们是后纽约派，其实各不相干。无非这伙年轻人更喜欢跟着奥哈拉、阿什贝利们玩罢了。纽约派是美国60年代诗坛著名的诗歌团伙之一，垮掉派是一伙、黑山派是一伙、纽约派是一伙。说他们是流派太狭隘了，吸引每一团伙的因素与其说仅仅是写诗的共识，还不如说这些人觉得大家在一起更臭味相投。他们的共同点都是后现代意识，各写各的，有艰深晦涩的文字游戏，也有来自日常生活的口头语言。俚语、俗语、脏话、黑话、广告、招贴、新闻稿……都可以入诗。在杜尚以后，任何语词都可以入诗，在诗人中也是风气。与"垮掉的一代"的狂风暴雨般的给力相比，他们的诗歌气质更倾向于一种较轻的力，旁观者立场，写作题材通常是对大都会和世界旅行的描述。喜欢写作中的意识流，直接的、自发的文字游戏，生动、直观的图像，让人想起绘画。这些诗人接受的是超现实主义、先锋派艺术运动、行动绘画的影响，像杰克逊·波洛克、威廉·德·库宁这些人都是他们的朋友。

258

诗人就像永恒之鸟（*Poet as Immortal Bird*）

罗恩·帕吉特

我的心脏"怦"地跳了一下

如果在写一首诗时

心脏病发作而死

这可能是糟糕的

然后又安心了

我从未听说有人

曾经在写诗时死去

就像鸟儿从不在飞翔时死去

好像是这样的

（赵四　译）

　　我认识罗恩时，他已经被时间塑造成这种人：亲切、诙谐、优雅、微妙。他的老家在俄克拉荷马，一生的大部分时光在纽约度过。有一次我问他，俄克拉荷马有多远，我问的是空间上的距离，我正迟疑是不是从纽约飞过去一趟，他回信说，五十年。

我与罗恩于2002年相识于瑞典的一个诗歌节。那个早晨阳光强烈，他穿着T恤、短裤和白色的46码的运动鞋，双腿上的长毛闪着光，大步从草地上走过来，像个退休的NBA队员，他刚刚沿着湖边小跑回来。"你是不是在一首诗里写过一条大鱼？"他通过翻译问我，是的。90年代，罗恩与诗人王屏合作，翻译一本中国当代诗选，其中也有我的几首，然后就忘记了。过了十年，我们在瑞典的奈舍国际诗歌节见面，他听了我的诗歌朗诵，走来向我致谢，我送他一本我的英文诗歌小册子。他回去就看，感觉里面一首很眼熟，像是他自己在梦里写过这些东西，终于想起，这是他翻译的诗。我们一见如故，并不能交谈，彼此心仪，只是凭感觉。那时候电子邮件和翻译软件已经出现，他的信，我通过翻译软件翻译过来，大体可以明白意思。我用汉语写回信，然后用金山翻译软件译成英语寄给他。他也从来不会搞错我的意思。翻译软件是个小学生，它只能翻译最简单的语言，因此我们的信都写得很简单，尽量在最简单的单词里传达更丰富的意思。那些信就像马致远的诗歌。只有"枯藤老树昏鸦"，其他要靠悟性。我很喜欢写这样的信，我有两个收信人，一个是翻译软件，一个是罗恩，这是两个极端，最简单的和最深奥的。而简单就是深奥，与罗恩的通信，成了我的一个乐趣。美国有一个诗歌传统，就是诗人合作写诗，是合作写一首诗而不是中国的那种你一首我一首和着韵的对诗。罗恩以前曾经与金斯堡合作过。有一天我在黎明时给他写了一封信，而他还在网上，那边纽约刚刚入夜，我这里，太阳已经嗷嗷待哺。他立即回信，建议我们现在开始合作写诗。接着他就把我刚刚发给他的信，作为一首诗的开头，接着写了下来，我再接着往下写，直到我们认为已经完成某种东西。很奇妙，写到第某段，我们都同意这首诗已经完成了。我们在网上完成了第一首诗，之后大约一年，我们经常进行这个诗歌游戏，有时他开始，有时我结束。一来一往，也有了十多首。这些诗很奇妙，它有三个作者，我、罗恩，还有那个幽灵般的翻译软件，它永不露面，而且它经常领着我们在语词中拐弯、后退、摔一跤、飞起来……去到意想不到的地方。"哦，这个词还有这个意思！"恍然大悟。这个游戏就像是我把一只虚拟的猫派到罗恩家去，它穿越那些空中的、纸上的黑暗隧道，那些现代森林和小路，出现在罗恩的电脑屏幕上，它过去了吗？它还活着吗，它还是那只猫吗？抑或它已经成为另一只？罗恩说："翻译软件在我和于坚不可思议的往往复复的交流中充当了重要角色，就像有个缪斯女神浮游在我们之间。"一次，我告诉罗恩，我将去纽约与他见面，我住的地点在纽约的皇后区。翻译软件把皇后区翻译成"陛下的后花园"，罗恩不得其解，纽约没有这个地方啊，忽然领悟，哈哈大笑。翻译软件有时候就像一台淤泥清除机，会打捞起语言沼泽下面的沉船，但是由我们决定是否让它复活。语言真是人类最神奇的产物，就像星空和大地，无限、深邃；一方面深藏着富矿，一方面是无边无际的可能性，等着诗人定位。尤其是在两种语言之间，每一语言的历史都会在碰撞中再生出新的可能性。你发现那些尘封的语词只是在装死，不小心踢着一脚，它马上爬起来，张开意的新翅飞腾而起。一个词有一千只翅膀，只是你尚未打开它们而已。英语和汉语完全不同，但在与罗恩合作的过程中，我知道在什么是诗这个问题上我们完全一致，只是细节的焦点、历史感、质地、厚度、方向感不一样。诗本来就是从最简单的语言开始，甚至可以说，诗就是为语言保管着它的天然地带、源头地区。复杂深奥的语言，作为仅仅为个人所掌控的语言游戏，有时候也可能令诗迷失源头。游戏只是趣味，不是诗的目的，诗保管、永无止境地再生着语言的命。我和罗恩的语言强迫我们必须总是在语言的源头地区游戏。简洁、清楚，但并非就此搁置深度和诗人的历史意识。这些诗总是有两个版本，一个是罗恩的英文版本，一个是我的中文版本，每首诗都有两个最后的定稿者，只有翻译软件无权定稿，它可以出主意、另辟蹊径，但它永远是奴隶。罗恩把这些诗叫作"果酱"。下面是几首我与罗恩合作的"果酱"。

无题

1

一首诗

开始的时候

是女性的

她等待着

语词

深入

2

你不睡觉？

现在　昆明是阳光灿烂的早晨

它太聪明了

没人能了解那些光芒

你问它一个问题

它已消逝

候补的纽约却是深夜

答案在那儿等着

光

去纽约

照耀我的朋友

3

黑暗深处

短语

一条鱼

沉入池塘

4

宇宙的

电报员

在黑夜

天空

敲打着

键盘

闪烁

5

从无声处

穿过喧嚣的客厅

到达

唱片中央

沉默的

核

云鞋

我好像看见了你　大象

在丛林上空休憩

春天坐在绿草地上

绑她的鞋带

那些云是去年来过的

你的梦走进我的睡眠

醒来的人　不再是我

我醒来的地方不是那个地方

即使

云还是那些鞋子云

即使

你的头的剧照还在云里

春天是你另外的一个头

云是你另外的一个头

中国是你另外的一个头

你还有很多头

沉眠在黑暗和深渊中

等待着从头开始

我好像看见了你

大象

　　去年秋天，罗恩和王屏翻译的我的诗集《便条集》在美国出版，西风出版社邀请我去佛蒙特的一个作家工作坊住两周，于是我来到佛蒙特再次与罗恩见面，他家距佛蒙特写作营八十多公里。

　　罗恩小楼周围都是森林，松树居多，还有白桦树和枫树，有一棵枫树先红了，像靠在森林身上的一架红色竖琴。森林里覆盖着厚厚的落叶，有些树露出根，像跋涉过万水千山的脚筋。许多木质在发霉，散发出苦涩的气味。林子深处藏着一条涧。幽暗，涧中的岩石一部分被水流磨得黑亮，一部分生着苍苔。我在一棵松树下坐了一阵。想起青年时代的农场，想起一些"银铃般的"笑声和美丽年轻的脸庞，我曾经在这样的地方度过许多岁月。在我青年时代的昆明，这样的所在很多。然而如今都一处处成了废墟，被水泥建筑物填掉。现在置身罗恩的领地，我感觉却仿佛是回到了遥远的唐朝。我对唐朝的感觉几乎都来自王维、李白的诗，唐朝就是这样的地方，明月松间照，清泉石上流。罗恩站在一边，听着涧流，一位大师的手在岩石的键盘上叮咚叮咚地敲打着，似乎他正苦恼于自己永远无法定调。林子幽暗而空阔，虽然有许多树。落叶像是被召唤出场那样旋舞着飘过，每一片都有自己的路数。多年前我也曾经这样坐在深林中，体验着王维的"返景入深林，复照青苔上"，一整日只是看着这一片落叶，那一片落叶。那时候站在我旁边的不是罗恩，林中那人已经不知所终。风吹过，林子就暴雨般地响一阵，之后更加寂静。我们沿着路径向北，穿越森林，有些树死了多年，依然横倒在路上，我们得跨过它们。抬腿跨过去，落脚点那边有时候会踩到一个灵芝，美国人不知道这东西的用处，林子里到处都是。我刚到佛蒙特那天，到住所附近的河边散步，哇，河岸上全是奇石，每一块都可以放在中国士大夫的书房里，却像史前那样原地摆着。不久，森林边出现了一个小湖，一湖碧水躺在蓝天和阳光下，有点像云南高原上的碧塔海，湖边开着几丛睡莲，安静得似乎已经凝固成价值连城的玉石。这个湖永远不会被开发成旅游点，它属于肯沃德先生。多年前，碧塔海还没有被开发成旅游点，我曾经在湖边藏族人搭的木屋里睡了一夜。在云南，我总是会到达这样的地方，而在美国，我可没想到。我其实一直以为美国只有摩天大楼和汽车，我当然在好莱坞电影里看见过湖，但我没把它们看成美国的。这个湖一览无余地表达着"湖"这个词的含义，大约两个足球场那么大，可以尽收眼底。"我的"。我听见肯沃德在某处说。而苏东坡却说："天地之间，物各有主，苟非吾之所有，虽一毫而莫取。惟江上之清风，与山间之明月，耳得之而为声，目遇之而成色，取之无禁，用之不竭。是造物者之无尽藏也，而吾与子之所共适。"在美国，"我的"非同小可，如果擅自闯入，领主可以枪击。湖周围是草坪和森林，感觉与碧塔海略微不同，哦，在碧塔海，湖畔全是野生的灌木，寸步难行，只有猎人开辟的模糊小道。当年我抵达湖边，穿过草原和沼泽地，走了四个小时。到处都是林子，似乎你是第一个到来的人，但任何一块你都不能贸然闯入，那都是私人的，随时会出现牌子，上面写着"私人领地，禁止入内"。你真正可以自由走动的地方，其实只有公路。这个湖的周围是除草机修剪过的草坪。森林后面藏着一条土路，供汽车和除草机开进来，草坪定时雇人前来打整，剃成平头。

肯沃德在湖边盖了一间小屋，罗恩也有钥匙。他开了门带我进去，里面有卧室、卫生间和一个起居室。落地窗使小屋画舫般地依着湖，罗恩说，他在这里写了很多诗。我在他写诗的小桌上坐了一阵，窗外正是那种所谓可以让人"诗思如泉"的风景，伸手可触，但我感觉文思枯竭。湖对面的山坡上，是肯沃德的房子，蓝色的，外墙上挂着用来喷水浇花的红色胶皮水管。肯沃德·埃尔姆斯利（Kenward Elmslie）是一位美国作家、演员、编辑，纽约派诗人之一。曾经获得奥哈拉诗歌奖。他已经八十一岁了，独身一人，最近身体不好，罗恩一直在照顾他。我们走到肯沃德的蓝色房子前，门口停着汽车，罗恩敲了敲门，没有回应，俯身凑近窗子看看，说，他在午睡。美国大城市以外的房子大多是离群索居的，那些乡村，不是中国概念中的乡村，是工业化的乡村。不像中国乡村的居民，喜欢在屋子四周弄出许多人气，挂床单、养鸡犬、晒干菜、挂辣椒什么的。中国乡村更像自由世界，怎么都行，随人生之便，随遇而安，只要自己住着舒服。过路人可以随便去敲门，讨口水喝，主人也不觉得唐突，而把每个闯入者视为贵客、稀客。中国乡村的秩序不是来自规范，而是来自潜移默化的传统，那是一种心照不宣的德、礼。美国工业化乡村的居民不喜欢在自己的寓所外面露出有人居住的痕迹，收拾得干干净净。你无法乱来，无法搞"脏乱差"，一切都被清规戒律控制住了，就是草坪长到多高就必须修剪也是规定了的。罚款或被起诉的达摩克利斯之剑随时悬在头顶。在工业化社会，理性主义炮制的种种清规戒律已经深入血液、深入人们的举手投足，深入到垃圾桶的摆放位置。许多房子看起来毫无动静，似乎早就人去楼空，但有时候不经意朝落地玻璃窗里一瞥，会发现客厅的长沙发上坐着一位白发苍苍的老妇人，忠狗在幽暗中亮着眼睛，陪着她。我们轻手轻脚绕过肯沃德的房子，像绕过一头不可冒犯的睡狮，进入另一片森林，这边的路稍宽，显然是有目的地要通往某处。路边横着一截圆木，罗恩说，这是多年前他为乔搭的凳子。他们散步到这里，就会坐一下。这木头凳子看上去已经很久没有人坐，长出了苔藓。小路尽头是一片稀疏的松树林，这条小路就是为了通到这里。上个世纪，罗恩的朋友，那些风华正茂的后纽约派诗人经常来这里聚会，他们在林中漫步，谈论诗歌，吸大麻，看落日，饮酒。就像《尚义街六号》，美国密林中的尚义街六号，"那些谈话如果录音/可以出一部名著"。

树林中间有一块醒目的白色的石头，这一带看不见石头，这是唯一的一块。罗恩说，那是乔的墓。乔·布雷纳德生于1942年。他也来自俄克拉荷马，他和罗恩是好朋友，高中时代就一起办文学刊物。20世纪60年代，他们来到纽约。这些外省诗人在纽约投入了60年代的诗歌运动，当时，"垮掉的一代"如日中天，他们是在台下看着大师们表演的那伙年轻人。那是一个伟大的美国文化方向，等待着下一代人将它引向纵深。那时，在金斯堡们发起的风起云涌的诗歌运动之外，还有许多冷眼旁观的诗歌圈子，纽约派是其中影响最大的一个，圈子里年长些的是弗兰克·奥哈拉、约翰·阿什贝利、肯沃德·埃尔姆斯利……年轻人就是乔·布雷纳德、罗恩·帕吉特这一拨。乔·布雷纳德是诗人和波普艺术家，评论家说，沃霍尔的主题总是与物质世界有一个讽刺意味的距离。而布雷纳德这一代与物质世界的关系则是感性的或者娱乐性的。罗恩为乔·布雷纳德写了一部传记《乔》，刚刚在纽约出版。罗恩取来给我看，里面有许多乔的绘画作品，我很喜欢。罗恩的小书房里也挂着一幅乔的作品，是用某些材料制成的一个天神头像，很美。看得出来，安迪·沃霍尔那一代中的社会讽刺在这里消失了，乔的东西更为感性，物对于他不再是讽刺或批评的对象，而是与生俱来的"被抛性"。一位美国批评家在评论乔的时候使用了这些单词：清晰、准确、大胆、简洁、低调、随便、行动的、感受性的、幽默、休闲、高雅和魅力，启示性的细节、神奇的眼睛，一种普通的神圣感。他的名作是长诗《我记得》，每行均以"我记得"开始。

1994年，布雷纳德死于艾滋病引发的肺炎。他死后，朋友们把他的骨灰撒在这片林子里。罗恩和肯沃德找到一块白石头，把它搬来作为墓碑。这块石头堪称巨石，非常重，形状像脑髓，罗恩和肯沃德一定满头大汗地搬运了很久。这是布雷纳德在他们心中的重量，重量并不是抽象的象征，它是一块需要力气来体会的石头。我体会得到那种重，我有这种经验。我曾经将毕肖普的一首诗拷进U盘，揣着它穿过街道，上楼，如释重负地把它粘贴到我的文件夹里，打印在一张白色的纸上。我俯身摸了摸，那石头冰凉彻骨。当年，林子里的树都很细，现在粗多了，甚至有一些松苗正从老松树边长出来。林子寂静幽暗，黄昏正越过藏在远山中的河流走过来。一只鸟在秘密地叫唤着谁。我们再次穿过树林，从另一条路回到罗恩的小屋。他的妻子已经做好了晚餐，蘑菇、水果、汤和面包。她也是纽约派圈子里的人物之一，早年画画，后来做了编辑。因为言语不通，我们不能说话，那晚餐就像一家子已经相处了一辈子，在黄昏的微光中，默默地彼此传递食物。

我们看起来不再像以前

那样年轻

除了在微光下

特别是

在柔和温馨的烛光下

当我们最诚恳地说

你太可爱了

和

你是我的美人儿

设想

两个老态龙钟的人

说这种话

足以让你笑翻

——罗恩·帕吉特《来自前线的话》

（赵四　译）

我住在佛蒙特州的约翰逊镇。它总是被风或雨水洗刷得干干净净，闷闷地闪着亚光。驱车在公路上经过，约翰逊镇只是突然出现在路边的一群房子，稍不注意就晃过去了。这里住着一千四百多个居民。生活方式比较传统、保守、节省。

在野心勃勃、普遍崇尚积极进取的美国，佛蒙特懒散、知足常乐、享受自然。佛蒙特的"落后"受到法律保护，这是人们自愿选择的生活世界，这个镇没有因为不思进取而被强力摧毁。熟人或素不相识的人整日里彼此微笑、招呼。小镇上大白天也难见到一个人影，见到的话，那必是一位朝你招手微笑致意问好的陌生人。就是汽车里的驾驶员也会向在人行道走着的人招手致意，并为此而减慢车速，我的印象里，没这么做的只有动物。每到星期六，人们定时在乡村音乐会和教堂里聚会，清教主义占着上风，自由主义和个人主义也得到尊重。小镇像一支队伍，稀稀拉拉地沿着吉河两岸展开，全镇上走一圈也就半个小时。这个小镇的魅力藏在它周围的山水中，比如，搭一块毛巾，走上五分钟，你就可以在吉河的一处深潭里游泳。或者在晚餐前提着篮子到外面林子里拾几个刚长出来的蘑菇，才开始炊事。吉河不深，秋天的时候大部分河段可以涉水而过，河道成梯级流下，乱石嶙峋，形成许多小瀑布，日夜响着。居民的住宅散落在河岸的树林、草地中，彼此相隔着草坪、花园、停车场和劈柴堆。镇中心有一座钟楼、两所教堂（一所古典的、一所现代的，设计得像个谷仓）、一家咖啡馆、一个小学校、一家书店、一个工具店、一家泰国餐馆、一家洗衣店、一家按摩店、一家理发店、一个殡仪馆以及墓地（有只黑猫整日在里面逛来逛去）和1842年开业的毛纺厂……作为一个生活俭朴、不尚奢华的美国外省小镇，居民日常生活所必需的一切设施都齐全，居然还有四五家二手店，卖古董、廉价服装、旧家具和瓷器。有家古董店的老板去过北京，他以此为荣，把天安门的照片放在显眼位置。日复一日，许多人在此地度过了一生，在出生的房间里长大，在出生的房间里寿终正寝。这一套在美国只意味着萧条衰落破败，这个小镇不被投资者看好，许多房子空着，等着出售。但卖到房子都奄奄一息了，就要垮塌，家具死光，水管锈断，还卖不出去。我伸头朝一所死屋看了看，房间里面已经结满蜘蛛网，一面灰蒙蒙的镜子里有个模糊的人影在张望，是不是鬼？不是，是我自己。

此地有一个1984年建立的作家艺术家工作坊，每年都有诗人、作家、画家、摄影家、艺术家从世界各地到来，在这里工作。许多人都来过，布罗茨基、卡赞扎斯基……钟楼对面那个白色小教堂非常有名，每个晚上，来自世界各地的诗人、画家或者作家中的一位会在那里朗诵、演讲。吉河岸边有几栋房子，作为来访者的工作室和卧室。我住在一栋两层楼的木屋里，门前草坪上有一棵枫树。屋后是另一家人的草坪，堆着一大堆劈柴。我对面的房间不知道有没有人住，门有时候整夜大开着，有时候又关起来。房子很旧，地板，某处在漏水。简朴、实在。没有电视机。每个房间外侧都没有配锁，你睡觉的时候可以在里面插上插销，但你出门就不能锁门，人们确信这里没有小偷。如果发生盗窃，那必定是革命了。卫生间的马桶盖上放着一幅未完成的油画，画了一个忧郁的黄色男子。似乎只有我一个住在这里，有时天花板传来脚步声，没有下楼、关门的声音，声音最后走进墙壁里去了。太安静了，太安静了，安静得仿佛世界已经死去。不仅是风景如画所致的安静，是世界本身的安静，人们活着，大地在着，万物轻声细语地做着各自的事。其实这楼里住着八个人，有诗人、有艺术家。"现代主义已经变得温文尔雅了""培育出一种文雅而不热烈，文明而无反抗精神的诗歌"（埃默里·埃利奥特主编：《哥伦比亚美国文学史》）。这本文学史描述的诗人们就住在我隔壁。

我仿佛穿过时间隧道，回到了过去，我童年时代的云南，大地上没有一个人，只有树叶在摇晃，太阳的叶子搭在树上。我长睡不醒，真个是"草堂春睡足，窗外日迟迟"。

我梦见小矮人。我早晨醒来就记录下这些梦，可惜失去了细节，我无法回忆起场景、颜色，只记得大概的事情。我不确定我是否做过这些梦。也许只是在我写下它们的时候我才开始做梦，写作也是一种梦游。有个梦或者几个梦里面我梦见这些小矮人，我少年时代看过一个苏联的动画片，许多小矮人住在一个木钟里。我从来没有梦见过它们，但在佛蒙特，它们出现了，迟到了四十年的梦。在自己的床上，我从来没有梦到这些，我的梦总是与一些黑房间、隧道和危险的山路有关，我总是在寻找到某地去的路。

有一个小矮人是卖面包的，他的面包永远只有一个人买。那个人是他的情妇。谁告诉我的，已经记不起来了，我梦见面包铺旁边站着韩旭，他是我大学的同学，但他没有戴眼镜。这个小矮人并不在乎面包是否有人买，他在乎的是让大家知道他是一个面包师。

有一个小矮人是洗衣裳的，她洗的衣裳是云穿脏了脱下来的，她每天都要到钟楼的顶上去收这些有点发黑的衣裳。

有一个梦里出现的是一位鞋匠，他的手艺是把穿在脚上的那双看不见的鞋脱下来。每个人都以为自己上床的时候已经脱掉了鞋，其实没有，还有一双鞋穿在你脚上。那双鞋没有号码大小，规格统一，能使你在梦中也不停地跑啊跑。这个鞋匠是个白胡子老头，他的铺子里全是卸下来的假肢。

有一个小矮人是个妓女，她披着红头发，穿着长丝袜，骑着一根撬棍，站在教堂的台阶上大声唱歌。

还有一个小矮人是个警察，他的警棍是用巧克力做的，镇上的人每天围着他，逗引他来逮捕他们，他的手铐是一对面包圈。

工作坊的中心是一所漆成土红色的木房子，就在吉河边上，窗户正对着一处矮瀑布。这房子过去是磨坊，磨坊主的儿子没有继承父业，当了画家。他是格雷格·乔恩斯。乔恩斯把父亲的磨坊献出来，改成了艺术家工作坊。他是现实人物，做的事情却像小说。他是一个高大的白发男子，戴着眼镜，他喜欢骑着自行车到处逛。每个早晨，工作坊的全体成员都会聚集在红磨坊里用早餐，他总是穿着印度长衫容光焕发地走进来，和每一个人打招呼。他热爱印度和佛教，我估计印度长衫他买了一打，几乎每天换一件。他的画室正对吉河，可以一边听着吉河在石头上碎裂又复合的声音一边画画。他像10世纪的中国山水画师那样，夜晚临窗而卧，听流水在岩石上演奏天籁，白天对着淙淙流水作画。他对水墨毫无感觉，这里永远不会产生黄公望。

我的工作室也在吉河岸边，隔着落地窗可以看见河岸，一头旱獭整日在我窗外的草地上拱来拱去。我则在一堆文字里拱来拱去，我们都要找到自己的食物。

1842年约翰逊毛纺厂在钟楼旁边，它开设了一个营业部。如果你购买产品的话，就可以参观工厂的车间。天气很冷，才初秋，已经冻得皮肤发紫。我买了一件猩红色的呢子外衣，女士就带我去参观这个工厂。一千年前，这里是参天巨木，就像亚马孙那样。两百年前，这里变成了草原，出现了羊群、羊毛和毛呢。两百年后，这里又长满了树林，穿轻盈暖和的羽绒服成为时尚，毛纺厂就成了古董，产品只是吸引些老派游客。他们怀旧，喜欢将自己裹在厚重古板的毛呢短大衣里。这个工厂的冰人牌羊毛衬衫、夹克和裤子是名牌。女士说，这些衣服可以传代，你穿了你儿子可以穿，你孙子可以穿。肥胖的女士打开侧门，里面藏着一部楼梯，走下去就是生产车间，几十台缝纫机正在嗡嗡作响。工人都是中老年人，许多是妇女，文质彬彬，戴着老花眼镜，像一群古董。两百年前，也是这个景象。有个男裁缝放开了一匹毛呢，用粉块和米达尺在料子上画着线。我忽然想起姨妈，她在武成路的棉布店卖布，那是四十年前。我一放学就去她的铺子里看她裁布，我很喜欢布匹被大剪子破开的声音。那时我只比桌面高出一个头，姨妈像个女巫似的挥舞着剪刀，它在我头上晃来晃去。

　　每周六下午3点，小镇上会有一个集市。四五个摊贩开着车来到，每次都是这几家，就在教堂旁边的空地上摆开货摊，一家卖果汁和自家腌制的黄瓜，一家卖蔬菜，番茄、土豆、黄瓜。另一家也卖蔬菜，品种只有扁豆和土豆，一家卖烤面包，一家卖快餐。镇上唯一的泰国餐馆的老板娘也不失时机，把她的肉丸、酸菜、煎饼和米饭盛在一只只锅子里，排列在长桌上。阳光灿烂的下午，居民三五成群地坐在集市中间的长桌上，喝点饮料，吃点什么，狗显得很高，草地上落满阴影。

这一天6点钟要举行乡村音乐会，音乐会是在一块足球场那么大的草坪上展开。下午5点左右，居民就三三两两朝那边走去，外面的人也开着车子一家一家从森林里钻出来。唱歌的有来自外乡的流浪歌手、新秀、过时的流行歌曲大师，也有本地的家庭乐队。蓝调、小提琴、吉他、黑管……谁想唱都可以，但只有唱得好的人才会上台。月亮升起来了，很大很亮，就像我青年时代见过的那种月亮。并没有人特别注意到它，美国的月亮里面没有住着嫦娥。大人坐在草地上听音乐、闲聊、嚼爆米花，小孩就赤着脚到处乱跑，在草坡上翻滚。也有卖食品的摊子，总是那几家，卖爆米花的、卖比萨饼的、卖烤鸡腿的。还有些姑娘卖她们自己手工做的项链、手袋什么的。有两姐妹在黄昏就开始布置她们的摊子，她俩搭了一个小帐篷，里面挂着彩色的挎包，立着一面镜子，还插着两瓶鲜花。石头磨成的耳坠是姑娘们在河滩里捡来、自己打磨出来的，她们要八美元一串。并不在乎是否卖得掉，搭棚子这件事使她们心中喜悦。

盖瑞是佛蒙特工作坊的负责人，红脸膛，长得像个希腊神话里的英雄。他带着儿子上台去合奏几曲，儿子拉小提琴，他弹吉他，获得满堂喝彩。他的职务其实就是作协主席一类。这里没有主席台这样的地方，因此这位主席从来没有发表过讲话，他只是主持活动时介绍一下主讲者，就坐到后排去了。工作坊就像大家约好了在一起玩似的，吃吃喝喝，谈谈艺术，彼此看看作品，我感觉王维他们那时代也是如此。

外地来的蓝调大师留着白胡子，拄着一根手杖，上面悬着一些石头、骨头什么的，打扮得像巫师。一位奇丑无比的老巫婆扶着他上台，大师已经老到连歌词都记不住了，要看着一张纸才能唱上几句。他唱几句忘了词，下面的人为他提词。鼓掌非常热烈，人过时了，但尊重永不过时。他下台时，有些他青年时代的崇拜者上去与他握手，大师和他的粉丝都是老耄。

月亮当空的时候，音乐会结束，草坪黑暗下来。汽车一辆辆衔着灯走了，像回家的马匹。有几个青年余兴未尽，还在台子上演奏。

小镇白天见不到人，但晚上人倒多些。夜屋的阳台上，有人独自坐在黑暗中喝啤酒。他大喊一声，哈喽，吓我一跳。

我说汉语，这里无人听得懂，中国在这块地的下面，要听见那一面的人说话，你得挖一个漫长如长城的洞。就算你挖通了，你发现那边的天空与这边一样，同样是月亮、星星、云彩，但你听不懂人们的话。你成了哑巴，这很正常，如果你一钻出洞来，就满口汉语，岂不是咄咄怪事。在美国我卷起舌头，像动物那样闷不作声，像森林里的野兽默默地望着世界，把一切动静看在眼里，把看见的写下来。人们一定会以为是你听来的。不是，是我看见的。

我看见一位诗人的臀包上别着一把油腻腻的扳手。这国家的居民大都有极强的行动能力，娴熟地使用工具，事事自己动手。无论他们是诗人、作家、牧师、教授、艺术家、邮差、总统、医生、卖花女郎……人们首先是工人、技师。一个诗人不仅仅会握笔，也会在老虎钳上锉钥匙。我在中国也参加过许多笔会，从来没有见过一个动手的诗人，他们只动嘴，最多就是挥舞一下扇子、打打麻将。此地很少那种闭月羞花、弱不禁风的人物。工作坊的女诗人有四五位，没有一位是林黛玉那样的人物。我估计狄金森绝不是一个林黛玉那样的女人，她在农庄里劳动，像斯巴达战士那样大踏步迈过田野去采集桑子，我可以想象她穿着牛仔裤的样子。每个人都穿着牛仔裤，西方的衣服大多数是工作服的变种。休闲服，就是软化了的工作服。约翰逊镇的大型商场只有两处，一处是卖日常用品和食物的超级市场，另一家是卖各式各样的工具和工作服的。许多服装是根据活计的类型设计的，出口到中国，摆在高级商场，人们以为是时装，比如"吉普"，其实就是汽车修理工穿的，有许多口袋，是为了装工具。

　　来访的艺术家中有一位身材高大的老太太，画家，七十岁了，雄赳赳气昂昂，每天穿着洗得发白的大号浅蓝色细帆布牛仔裤子、大号登山鞋，下脚时地面就像熊蹼那样留下脚印。我们像原始人那样聊天，她把她的简历画给我看，她生出来八个孩子。她接着画，八个孩子又牵着八个女人和八个男人，十六个大人又牵着十一个小人儿。老太太的画曾经在小教堂里通过幻灯片展示过，很有力度，属于印象派一类。她请我参观她的工作室，进去我大吃一惊，老太太正在画覆盖了整面墙的巨画，搭着脚手架，她每天爬到那金属架子上去挥毫。她在一片树林的天空画了三个月亮，表现月升月落的过程。西方艺术的坚硬感其实隐藏在它的工作方式中。伦勃朗算是较为柔软的大师，但你看那些侧身昂首目光炯炯盯视着前方的人物，与革命家无异。恐怕除了普鲁斯特那样的病人，那种中国式手无缚鸡之力的文人在西方是不多的，中国读者经常把西方文人当作中国通常的文化人来看，这个偏见影响了许多读者对西方文化的看法。他们崇拜某某茨基、科夫的诗歌，但不知道，当他们右手拿笔的时候，左手是可以用扳手和匕首的。用刀叉吃饭和用筷子完全不同，别小看这些细节，它影响到文明的根本。

年轻墨西哥女画家喜欢画童话场景，她很美，一边画画一边为作坊打工，挣点住宿费。来这里的客人有各种等级，有的是自费的，有的是免费的。她做的墨西哥午餐味道很好，尤其是土豆泥。吃饭时间一到，这位女画家就围着工作裙，站在餐桌前为大家分菜。用餐是分餐制，长桌子，艺术家们一排排坐着，面对面用自己的那一份，每个人吃完都自觉把盘子收走，放到清洁架上，分类放好，叉子、盘子、杯子，一格是一格。这种餐厅有时候看上去，恍惚觉得是在奥斯维辛的集中营。但不是，谈话自由活跃，有人抨击布什总统，恶毒地抨击，诅咒他下地狱。

女画家海德来自加利福尼亚，她曾经是一个超级市场的售货员，上货不小心从梯子上跌下来，导致半身不遂，一辈子都要坐在轮椅上了。她学会了画画，喜欢画刚刚孵出来的小鸟，悲哀、孤单。她是一个非常美丽的姑娘，不像小鸟，像一只漂亮的雕。

工作坊有个车间，在河岸上的树林中，我在黄昏时摸到那里，里面有老虎台、钻床、焊枪、铁板、炉子、电闸刀……有些未完成的钢坯焊接成的雕塑，就像一个行刑室。在中国，这种地方放着的是文竹、兰花、香烛、笔墨纸砚。就是今天，文人的书房已经很少有文房四宝，但依然文质彬彬的。有一扇铁门开着一条缝，我觉得里面藏着一个在好莱坞电影里见过的那种用电锯杀人的凶手，我转身走开。

有一天晚上，黑人艺术家来到了小镇。他在教堂里放幻灯片，作品之一是用钢坯做成云块状。用铁丝编制在一起，大块大块地吊在空中。很有意思，云并非像诗歌形容的那么轻盈，这是云的真相。同时也放映了他工作的场面，艺术家穿着橡皮工作服，黑色高帮水靴，拿着焊枪，喷出火焰，倒翻了一通硫酸之类的东西，浓烟滚滚。

空气里总是弥漫着强烈的草香味，草有这么香吗，就像谁从天空里倾倒着一盆盆香水。白天的每时每刻，都有剪草机在工作，草坪被日复一日剃着头。美国人不喜欢杂草丛生。每一家都被草坪环绕着，那草坪不只是为了美观，也划出界线，这是一户人家的领地。如果门前荒草丛生，那必定是人去楼空了。剪草机给草坪剃头的景象有点残忍，刚刚长到巴掌高的小花，还是蒲公英，从脖子那儿斩过去，一歪就不见了。

小镇非常安静，白天很难见到人影，在动的要么是河水、云、飞鸟、光、汽车，要么必定是除草机。河湾的一处可以游泳，我总是在下午看见马达加斯加来的女艺术家肩头搭着一块黄毛巾走向那边。她的肤色是棕色的，她的眼睛很深，就像她游泳的那个河湾在傍晚的时候那样深。她和我一样，不能与大家交谈，只是用眼神、手势。有个下午从一片松树林里小寐出来，那时候河流似乎慢了些，环绕着河湾中一面银镜。我忽然遇到她，湿的，微笑一下，注视着，欲言又止，然后走开。我想对她说些话但我永远不能说，我其实可以请人翻译，但有些话你永远无法请别人转达，一定得你自己说。

往东边走会经过一座廊桥。流水的声音在那里极响。廊桥旁边是一座小山，山上全是松树，很老的松树，我估计是大屠杀的幸存者。倒下了许多，被苍苔裹着。

公路边的铁皮防护栏生了锈，又沾了露水。看上去像是草地里伸出来的根。世界结束后，曾经有人类居住的地方，大概就是这样。春风吹又生，野草终将爬过一切，爬上纽约的那些摩天大楼，把它们变成高原。

有个晚上我在教堂里念诗。王屏翻译，我念汉语，罗恩念英语。罗恩的夫人也来了。海德也来了，我帮她把轮椅推进教堂。我说，教堂是最适合念诗的地方，诗人就是神灵。我们之后，另外四位女诗人也念了她们的诗，她们都是六十岁以上的人，没有人朗诵，都是用平常的声音念。只是听她们的声音，好像离她们的诗更近，语言一经翻译，就搁浅了。我记得多年前我在云南的景颇族寨子，我们在饮酒。族人带着一个女人进来，说她是巫师，然后她念念有词，谁也听不懂她说什么。后来，新月在山后升起，我永远难忘。另一次在黄山，安妮·沃尔德曼用母语（英语）朗诵她的长诗《为星空上妆》，她在黄山的奇峰下号叫着，呻吟着，仿佛在语词的火焰上升腾，我相信就是她的同胞也听不懂她在说什么，但我们深深着魔。这教堂里没有偶像。听众里面好像没有一个本镇的居民，佛蒙特没有夜总会，我也没有看见一台电视机，起码在工作坊，没有电视机。黑暗里吉河的声音很响。

佛蒙特教堂外的神灵是诗人海登·卡鲁斯。我不断地听到当地人谈到他，以谈论神明的口气。"他在午夜后写诗。房间里有一个炉灶，写到凌晨，然后外出铲雪或劈柴。"诗人海登·卡鲁斯一生写了三十多本诗集，主编过诗歌杂志。获得过博林根奖、古根海姆奖、国家图书奖、佛蒙特州州长勋章等。他的诗受爵士乐和蓝调的影响，很多诗写的是佛蒙特。

他在世的最后几年几乎就是一个疯子，照片上他满面白须，脸庞红肿。他是土地的灵魂，这土地本是住着神灵的，印第安人的神灵。但在17世纪，白人杀戮了印第安人，这土地就没有神灵了。诗人是新的神灵，神灵的后代。诗人不受地域和时间的限制，他总是带着灵魂到来。海登·卡鲁斯是佛蒙特的骄傲。格雷格·乔恩斯告诉我，他就住在这附近。他带我去，在一条溪流旁，有些树木和石头，某种野兽在我们之前来过。就是这里，乔恩斯，雾气在河湾里上升。

旧时代是失败的

自然疲惫

身心放手

词记错

思想像古老的丝绸之路磨损

——海登·卡鲁斯

乔恩斯又说，洛尔迦也来过佛蒙特，他指着茫茫青山的某处，他曾经住在那里。

有个梦里我梦见罗恩，他在梦里变得只有一张凳子那么高。有一天早晨他来约我去曼斯菲尔德山上写诗。盖瑞说，那山上很冷，拿来一件风衣，让我带着。我们乘缆车上到山顶，曼斯菲尔德山是美国的滑雪胜地，雪道现在长满荒草。我和罗恩走到一棵松树下坐着，拿出本子，他用英语写一首，我用汉语写一首。我们仿佛都知道对方写了什么，写到第十几首，两人大笑起来，写不下去了。下山吧！

在曼斯菲尔德山上写诗

我和诗人罗恩相约去曼斯菲尔德山上写诗

同一张纸上　他写他的英语　我写我的汉语

好主意　两个伙计击掌大笑　带上干粮和水

以及长短不一的笔　内行都要多带几支

这些自己无法生殖的嫉妒者有时候会捣乱

甩不出水来　跟着那些扛着红色雪橇的小伙子

向高处走　他们的目标是在向深渊下滑的途中

遇见雪人　平时它们是融化的　只在冬天最辉煌的
　　时刻偶尔凝固

我们向上走　指望着避开缆车

干了活儿　也找到从另一面回家的坡路

一老一少　一高一矮　就像一个流派先后走进山谷

289

像砍柴的樵夫却没带斧头和绳子　像父子　却不是

　他住在美国

号称纽约派　我住在昆明　评论家封为第三代　什

　么意思?

只知道奥哈拉写得不错　阿什贝利另当别论

高山在史前就已完成

我们只有评论的份儿

我看过旅游手册　它指出这座山像一匹石头骆驼

罗恩说　在他看来更像鲸鱼的褶　我不是白居易

　他不是杜甫

各写各的　就像那些滑雪的小伙子　必定在转弯时

摔得鼻青脸肿　写诗使我们异常　令我们完美

就像两匹正在嚼草的马

坐在岩石上　就像从前的使徒

背后的松树上站着一只不飞的乌鸦

下笔时偷偷瞟一眼罗恩　耳根发红像是正在被小便

　逼迫

也有人以为这是两个刚刚入境的哑巴

来到我们的山上　却不带雪橇

最后只能乖乖地揣着两个可疑的本子被缆车押解出境

图书在版编目 (CIP) 数据

密西西比河某处 / 于坚著. -- 北京 ：北京十月文
艺出版社，2022. 1
ISBN 978-7-5302-2173-0

Ⅰ. ①密… Ⅱ. ①于… Ⅲ. ①散文—中国—当代
Ⅳ. ① I267

中国版本图书馆 CIP 数据核字 (2021) 第 142382 号

密西西比河某处
MIXIXIBIHE MOUCHU
于坚　著

出　　版	北 京 出 版 集 团	
	北京十月文艺出版社	
地　　址	北京北三环中路 6 号	
邮　　编	100120	
网　　址	www.bph.com.cn	
发　　行	新经典发行有限公司	
	电话（010）68423599	
经　　销	新华书店	
印　　刷	北京盛通印刷股份有限公司	
版　　次	2022 年 1 月第 1 版	
	2022 年 1 月第 1 次印刷	
开　　本	880 毫米 × 1230 毫米　1/32	
印　　张	9.25	
字　　数	160 千字	
书　　号	ISBN 978-7-5302-2173-0	
定　　价	86.00 元	

质量监督电话　010-58572393
如有印装质量问题，由本社负责调换。

摄影集

于坚

Somewhere along
The Mississippi River

纽约　大都会艺术博物馆　2004　胶片

大都会艺术博物馆，大部分作品是固定的，永远
在那里，只有地震可以移动它们。这既是作品本
身的品质，也是展览馆对它们的尊重。

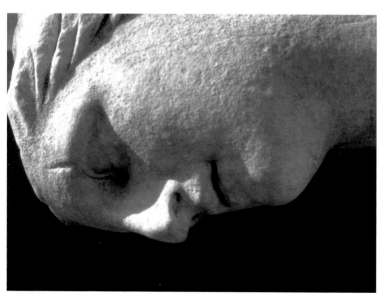

纽约 现代艺术博物馆 2004

纽约 现代艺术博物馆 2004

从法拉盛乘地铁到中央公园大约是一小时，大都会艺术博物馆就在中央公园旁边。一张票可以多次出来又进去。看累了，到马路对面的中央公园里面睡觉。

纽约 时代广场 2004

百老汇和第七大道的交会地。这
就是传说中天堂与地狱的交会之
处。

纽约 时代广场的婚礼, 2004 胶片

在纽约时代广场举行婚礼, 围观者来自世界各地。

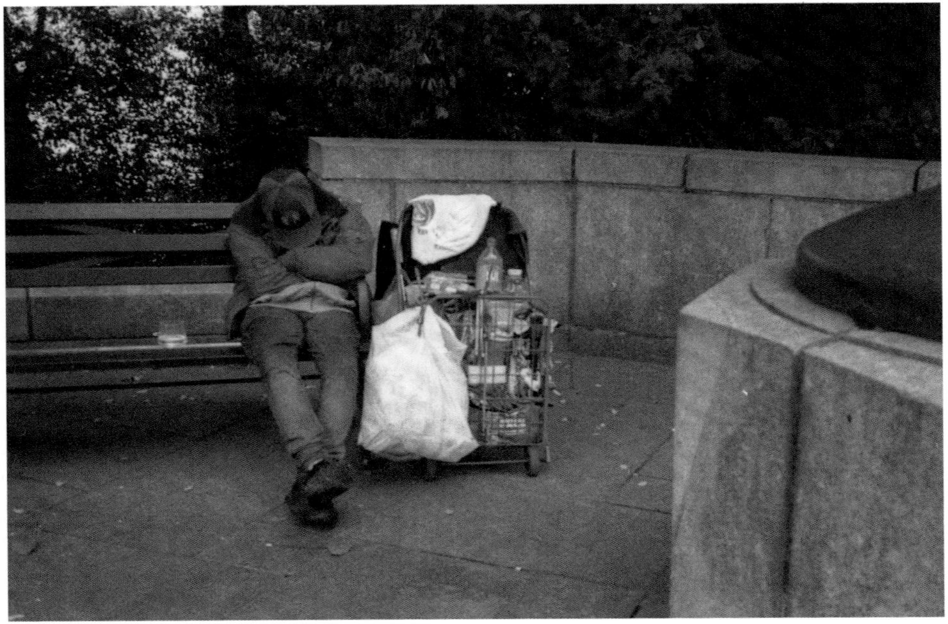

纽约　2004　胶片

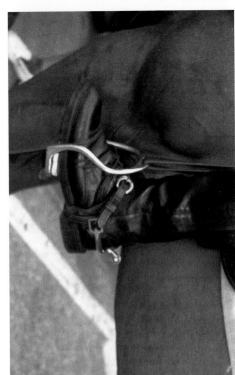

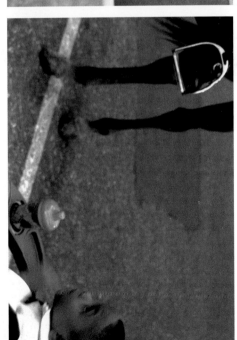

纽约　2004　胶片

纽约 2004 胶片

纽约像一台巨大的织布机那样飞速地运转着，光芒闪烁，清朗的夜晚，月亮小到只是一只猫眼。在纽约你感觉不到月亮的存在，也没有人注意这个老古董。那些巨大的玻璃后面站着世界第一流的橱窗设计，商店里在出售廉价的世界名牌。

纽约 2004 胶片

巨大的广告牌恐龙般地蠕着摩天大楼的身子向天空飞去。各种广告上下奔驰流动，变幻。七巧板般地自动组合出各种巨大的图案，都是世界名牌的广告。广告牌上一闪而逝着各种美色。纽约城的风景，非洲的动物园，加拿大的瀑布，北欧的大海，印度的教徒。泰国的集市……

纽约 2004 胶片

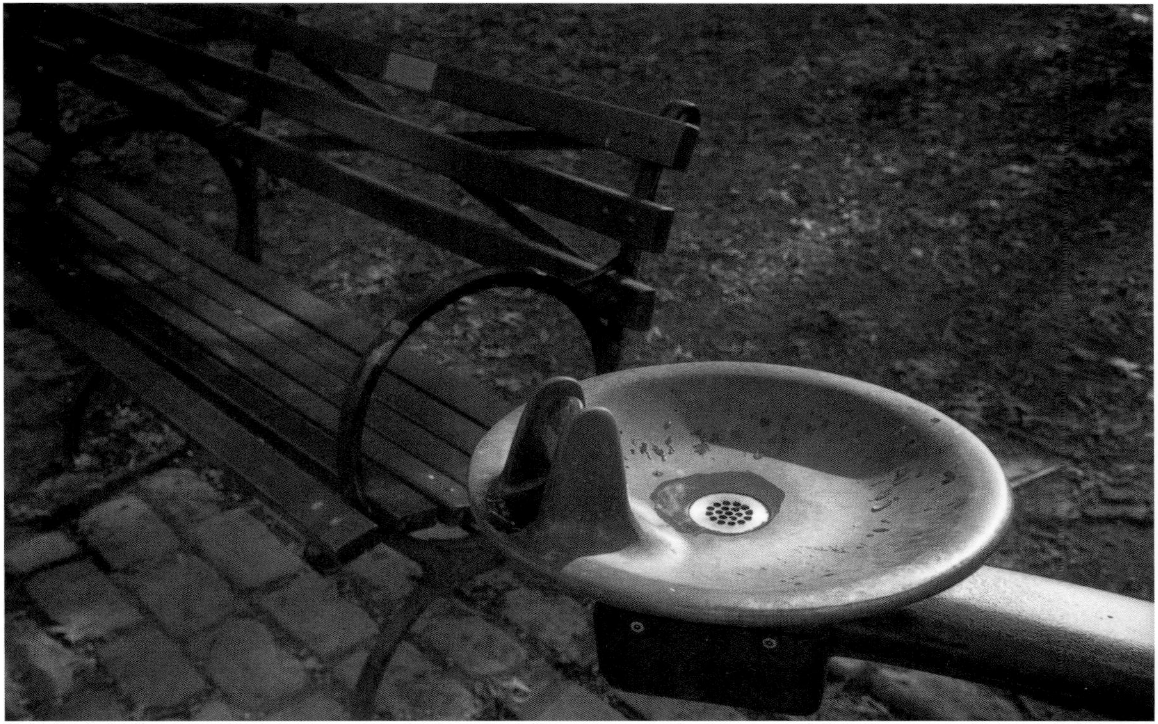

纽约　2004　胶片

纽约 华盛顿公园 2010

纽约 华盛顿公园 2010

华盛顿公园里来了两个黑人鼓手，不知道他们从哪来自向处，肯尼亚？密西西比河？天堂？他们在地上打开一只方形的铝箱，取出鼓槌，就开始打鼓。

纽约 华盛顿公园的歌手

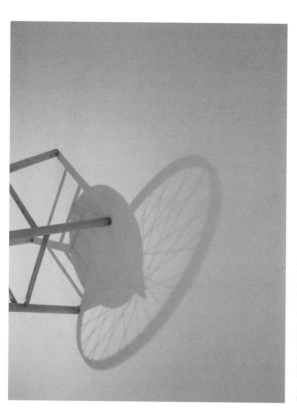

纽约　现代艺术博物馆　杜尚作品之倒影　2010

自从杜尚以后，世界审美风气变了，人们喜欢看不懂，喜欢野怪黑乱，越是画得不像，一塌糊涂，越觉得莫测高深，现代艺术为天才和骗子们留下了巨大的发挥空间。

纽约 地铁中 2010

纽约地铁是相貌奇异者的天堂，如果你在故乡的审美标准里属于怪物一类，那么在纽约你就太正常了，与众不同正是纽约的正常。长得符合杂志上的一般标准，"俊男靓女"，倒很平庸。

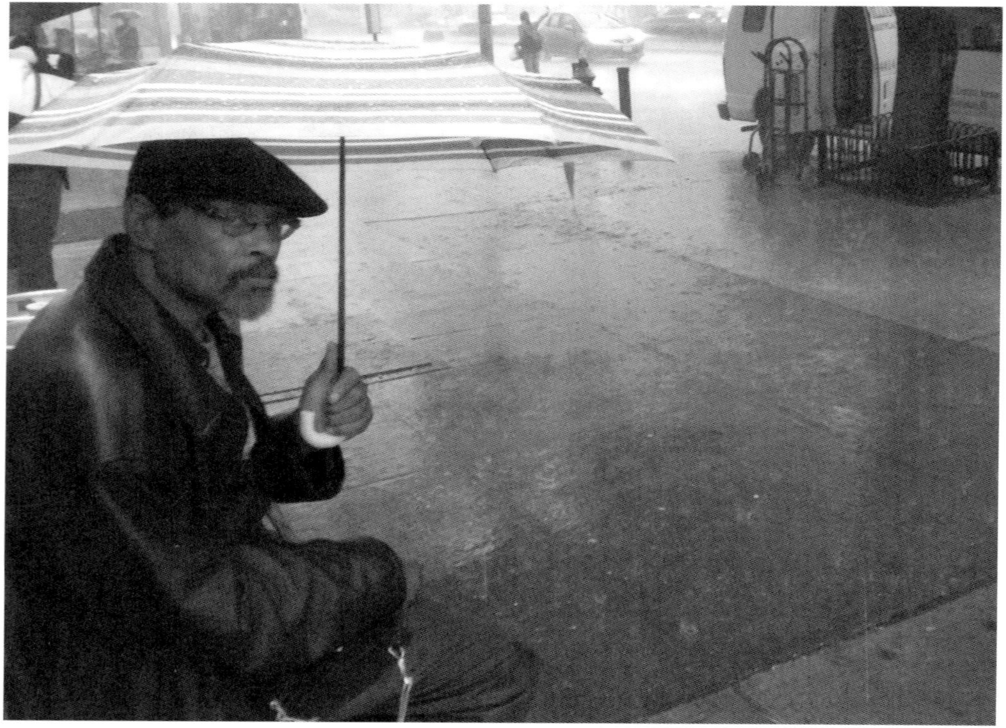

纽约 哥伦比亚大学 2010

纽约 哥伦比亚大学 2010

哥伦比亚大学旁边有个教堂，在路上听到
教堂传来的钟声，以为是从中世纪传过来
的，人们总以为教堂的钟声是为自己而响。

王坚在纽约 "撕页"沙龙朗诵 2019

罗恩和安妮邀请我在纽约的 "撕页" (Tom Page)沙龙朗诵。纽约西二街四百三十五号。一个老房子。一座楼很长，房东是一位女士，她正披着披肩站在门口。她把二楼腾出来，搞各种文化活动。这是纽约的诗人接头点之一，世界各地的诗人也会来。

导演贾木许在于坚诗歌朗诵会上，坐在后排 2019

与罗恩·帕吉特、安妮·沃尔德曼在纽约"撕页"沙龙（于果 摄影） 2019

纽约 第五大道 2019

纽约 中央公园 2019

我们在中央公园下车，走到那些大树下，一边走一边谈着诗，踢着路上的小石子，讨论拒绝隐喻。

纽约 中央公园 2019

纽约 大都会艺术博物馆 2019

纽约 大都会艺术博物馆 2019

纽约大都会艺术博物馆的门票是捐赠式，你想给多少就给多少。就是只给一美分，也可以进去。这种门票制度足见它是伟大的博物馆，心胸宽广，自信且豪也信任观众。晨近，大都会艺术博物馆的售票处写上了"大人票二十五美元"。有些旅游团利用了门票捐赠式制度，私下收团员二十五美元，却用一美分去买票。博物馆发现了，针对旅游做出了规定。原来的规定对于纽约州居民来说依然有效，还是你想给多少就给多少。

布鲁克林 2019

我们在黄昏穿过正在准备晚餐的唐人街，走进布鲁克林的免费渡轮，它反复穿梭于斯塔腾岛和布鲁克林之间。在渡轮上可以看见自由女神像和布鲁克林大桥。海鸥固执地追着船飞，它们被船尾卷起的浪花吸引。

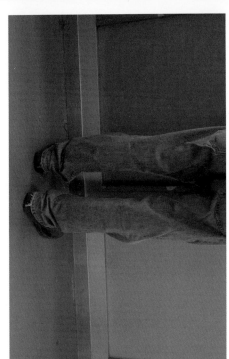

布鲁克林　2019

布鲁克林　2019

过一种肮脏乱差的流浪生活是一种波西米亚的时髦。将日常生活艺术化，一切都是美。

布鲁克林 2019

纽约 时代广场 2019

纽约 时代广场 2019

纽约 时代广场 2019

在纽约，经常必须仰视。但很少是由于天空之深邃，而是物的高不可攀。

前往尤蒂卡蒂火车站的路上　2019

尤蒂卡火车站外面的面包店　2019

从尤蒂卡火车站前往纽约的火车　2019

纽约州奥奈达县。许多地名都取自希腊名字，比如罗马、特洛伊，比如 UTICA，1798 年在镇上的巴格斯酒馆（Bagg's Tavern）的一次集会中，"尤蒂卡"一名与其余十二个备选名称一起放在一顶帽子里，之后则被抽中。

纽约 2019

纽约 2019

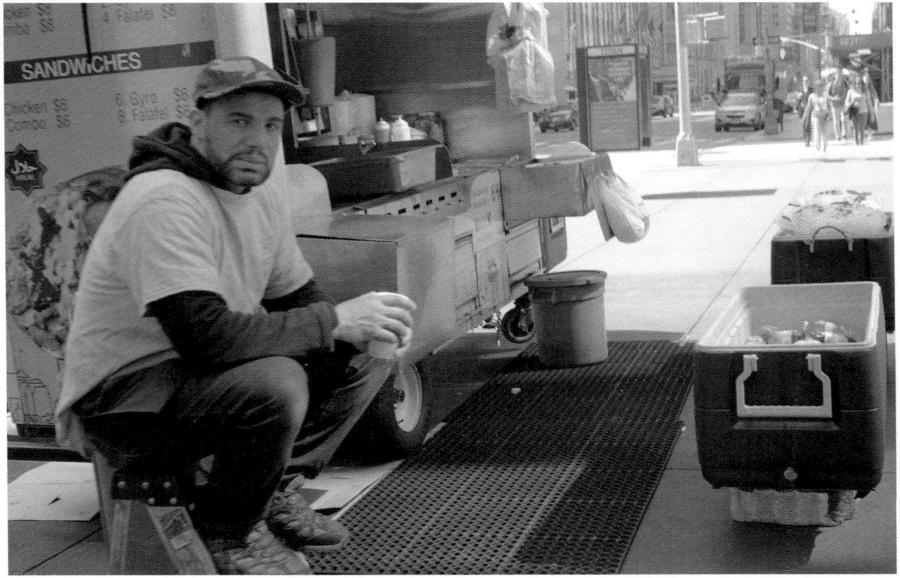

纽约　2019

美国的帽子 2019

街边蹲着一些漆黑如炭的人，仿佛刚刚从地下挖出来，一些烟头在黑暗里明灭。没准会在某个墙角落发现墓斯·哈林的涂鸦。天气冷，我得买顶帽子。

纽约 2019

纽约 2019

纽约不是天堂，也不是地狱，纽约是一种生活质量，品位，第一流的世俗，一个现象林立而又含义深邃的生活世界。我跟着老纽约罗恩在纽约曼游，步行，坐公交车，转入地铁，飞驰，再从电梯出来，走在高大的皂荚树、椴树下。

纽约 2019

小贩是好的，每个街口都有小贩在卖热狗，烧烤什么的。司机是好的，每个人都戴着一副耳机，被蓝调之海养着。总之，什么是激越生命、生殖的，纽约就干什么。自由不是概念，必须一点点争取，它永远不会大面积地一次性地到来。

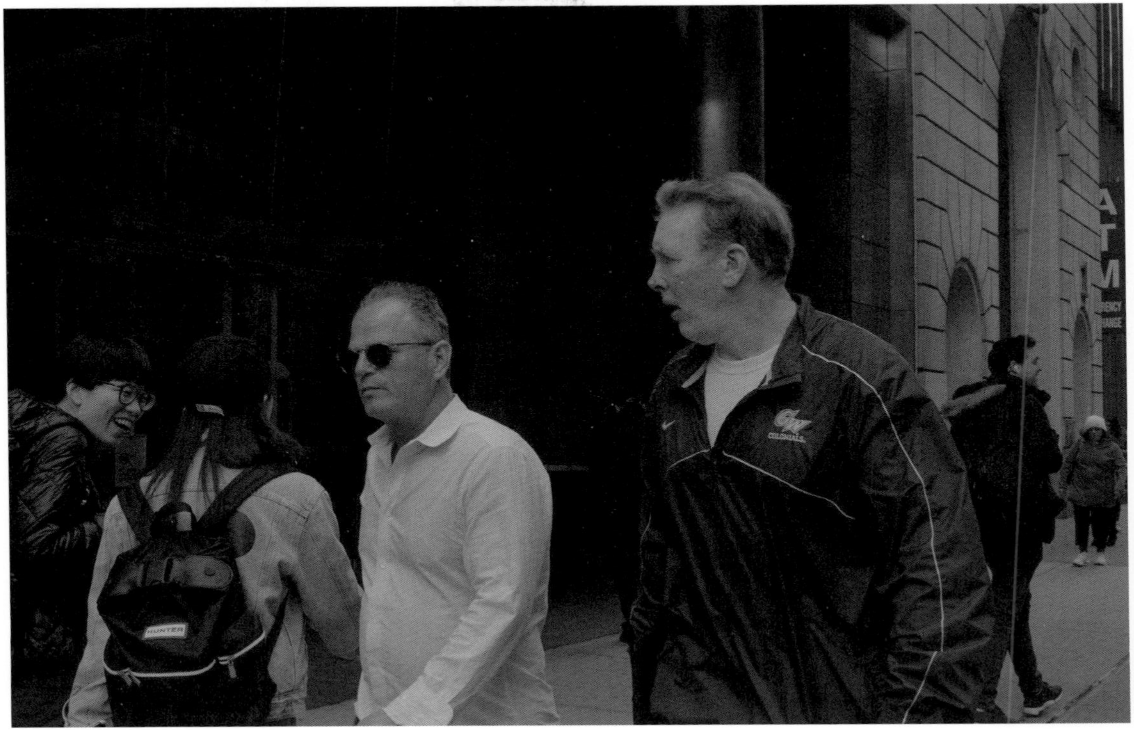

纽约　2019

纽约 2019

纽约 2019

上帝不知道怎么排列一下，随着乘客成分的变化，不用看站牌，就可以判断到了哪个街区。

Meditation
The Inner Awakening
FREE
Meditation Workshops
MANHATTAN
Two-Evening Course
Mon. Mar. 18 & Thu. 21, 7:30-9 pm
P.S.20 Anna Silver, 166 Essex St., L.E.S.
QUEENS
Sat. Mar. 16, 1-4 pm
The Oneness-Heart-Centre
160-23 84th Dr., Jamaica Hills
212-380-8153
NYCmeditation.org
纽约　2019

纽约 2019

纽约 2019

纽约就是这种东西，坚固而深邃 2019

纽约 2019

人们行色匆匆，赶着路，其实他们只是在散步，这是
美国大城市特有的速度。有人撞了撞袖子，有人抓
自己的额头，没有谁敢于随地吐痰。嗓子痒痒的，得
找个地方好好地上一口。

纽约 2019

钢铁被美国玩得很好，玩成了一种艺术。艺术家们用它制作了无数的作品。要成为艺术家之前，你先得是一个电焊工。首先是工人，美国许多诗人都是如此，他们可以娴熟地使用各种工具。

纽约 2019

工业美国已经不是 20 世纪初的那个闪闪发光的小伙子了，一些地区已经衰落。富起来的人们搬走了，只留下流浪狗和穷人。

便笺 985

赵默笙导师 《你若安好》
湯唯 (可爱吗?   何琛 (Moon)
(南)灵(地球)给华GC改名,无锡(关像)
非凡灵不见以后一个吗?   罗鸣

阿巴拉契亚山脉中的道路　2019

有一年我们驾车穿过阿巴拉契亚高原
后排空着　一只刚落地的橘子自个儿待在黑暗里
方向盘在暮色中等着转下一个弯

阿巴拉契亚高原 2019

大约以北是阿巴拉契亚高原
月球下面地球是灰色的
八月十五
无人在户外赏月

汉密尔顿市区一家摄影主题的餐厅　2019

在遥远的汉密尔顿

有一个房间同放着满屋中国书

外面是白菜地和废弃的铁路

书籍的来历已经无从知晓

小镇的居民不懂汉语

月亮在八月十五的时候总是要

照亮李白的诗文

不是故意的　这白玉酒杯

刚好搁在月光够得着的那层

麦克维尔镇的肥料厂 2019

麦克维尔镇离汉密尔顿不远，磨坊，小河，旧车站，老房子，七八家古董店。镇外有一家作坊，卖橄榄油和蜂蜜。

科尔盖特大学校区的一棵树 2019

科尔盖特大学是两百年前创立的大学，在阿巴拉契亚高原的汉密尔顿的一处森林里。

新英格兰某地　2019

新英格兰的荒原 2019

新英格兰 某人的故居 2019

新英格兰的风景 2019

秋天的声声
在风中
你们成为爱人
若即若离

于坚在佛蒙特 2010

佛蒙特 2010 胶片

佛蒙特州属美国新英格兰六州之一，因几乎完全被森林覆盖，被称为绿山。

佛蒙特的诗人们　2010

佛蒙特的卖花姑娘　2010

佛蒙特写作营的植园之一　2010　胶片

诗人只有混进学院主导的诗歌小圈子（写作营，诗歌节）才"有效"。诗人的地盘比上世纪小了很多，像"塔楼"的一代"那样祭祀般的大型诗歌集会绝迹。加利福尼亚的日金山的"城市之光"书店已经成为旅游景点，一切都远去了。当代诗人彬彬有礼，举着杯红葡萄酒，在各个诗歌小圈子里面转来转去，蹭个免费餐，物以稀为贵。

佛蒙特的乡村音乐会 2010

这一天6点钟要举行乡村音乐会，音乐会是在一块足球场那么大的草坪上展开。下午5点左右，居民就三三两两朝那边走去，外面的人也开着车子一家一家从森林里钻出来。唱歌的有来自外乡的流浪歌手、新秀，过时的流行歌曲大师，也有本地的家庭乐队。

佛蒙特　2010　胶片

佛蒙特　2010　胶片

佛蒙特 2010 胶片

佛蒙特 邮箱 2010 胶片

佛蒙特 2010 胶片

佛蒙特州的冬天可真长，要持续半年。人们年复一年地盼着春天再次光临，其他事都是灰蒙蒙的小事，只有春天激动人心，值得期待。大地越来越明亮，学生老师都主意到土地上那些非日寻常的迹象，他们走着走着就停下来，察看一丛新芽或者一树花骨朵，摸摸叶子，讨论它们会在第几日绽放。

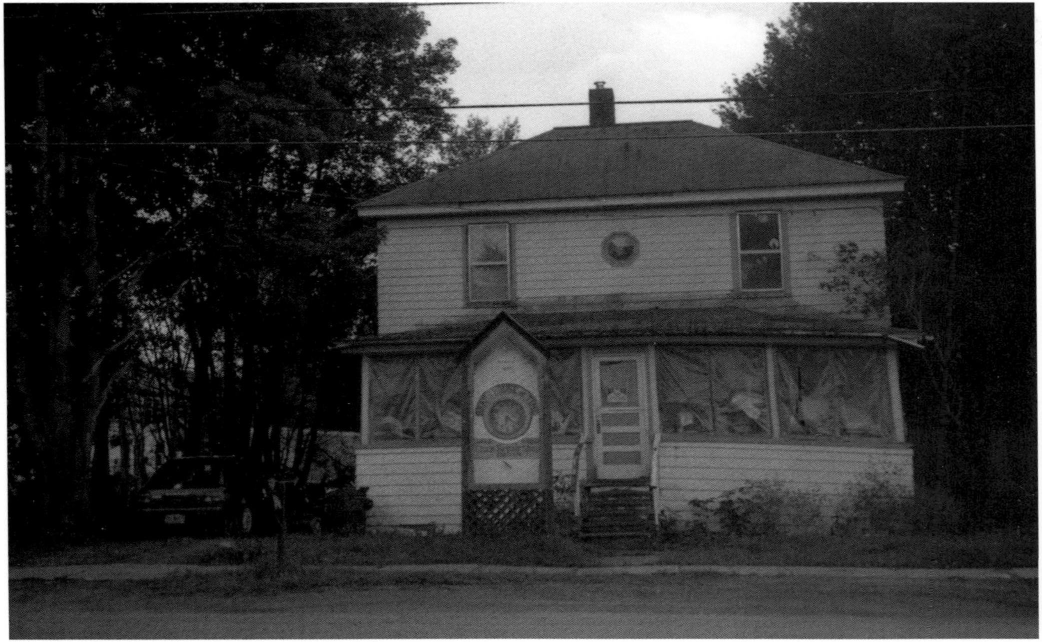

佛蒙特　钟表匠的房子　2010

"一间房学校" 2019

在路边发现一所"一间房学校"。一间插着美国国旗的白色房子。早年，交通不发达的时候，偏远地区的孩子就在这种学校就近读书。老师上完课就走，开着车去另一间房子。

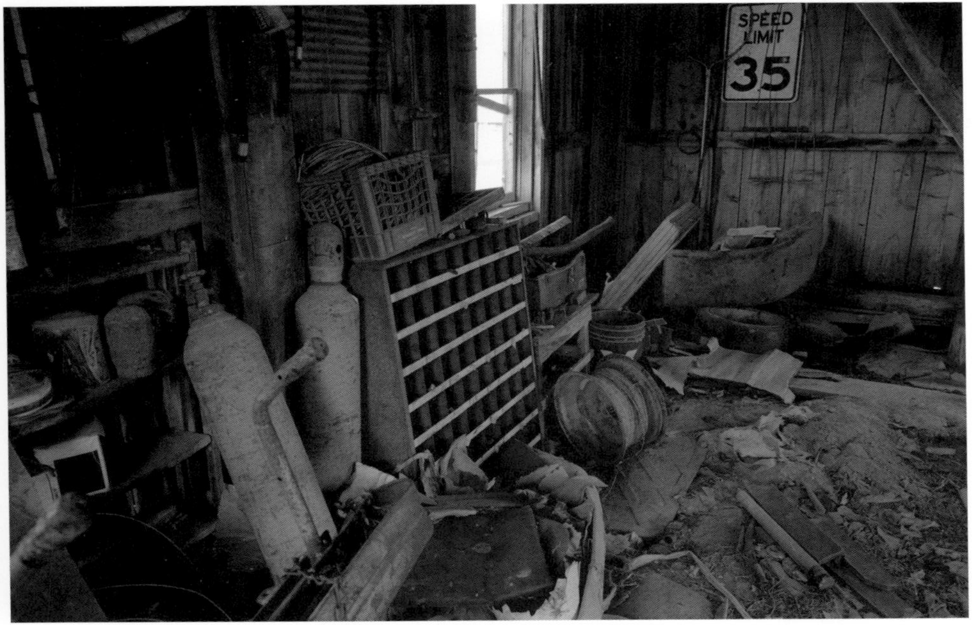

明德镇　废弃的房间　2019

明德镇 谷仓 2019

明德镇 2019

明德镇 2019

四月底，温暖和光明就要回到明德镇，枯枝败叶正在山冈上缓缓地复活，
乌鸦在灰色的云层上叫唤，啄木鸟开始干活，学生们穿着运动鞋，背着
旅行包在校园里急匆匆地走着。与世隔绝的小镇。

明德镇一间旅馆的橱窗　2019

明德镇已经睡了，有些房间亮着灯，那是某人家的过道、餐厅、书房，黑暗的是卧室。旅馆在等着我们，最后的客人。

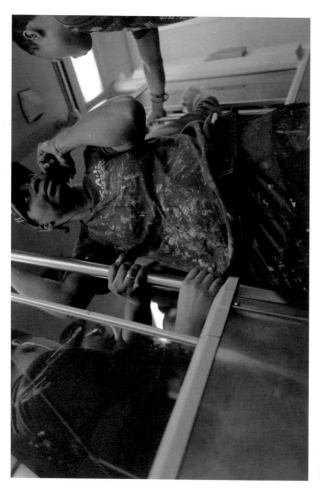

长城　2019

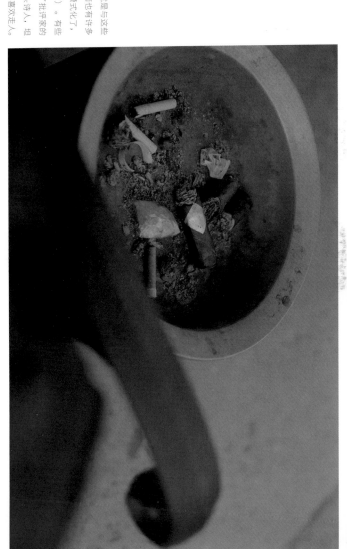

我喜欢到世界上走。最大的乐趣就是与这些街头诗人相遇。咖啡馆、学院里面也有许多诗人，但是那些见面的方式都太模式化了。暗藏着廉价不想的隐喻（被认可）。有些人太名鼎鼎，但是他的作品离开了批评家的解释，你就看不懂。不像这些街头诗人，也很直接，听吧，你喜欢、养着他，不喜欢走人。

费城 2019

费城的一家旧物店，古董、旧书样样有。

看不见老板，他藏在一本书里。

趟城　2019

费城 2019

小似子踏着滑板飞驰于车流之间，警察骑着高头大马昂首而过，黑人小贩在卖白薯。卖报刊的小铺子里各种杂志堆积如山，有些在中国被大学教授视为经典，以能够阅读并引用为荣，一个大字教授的名字如果出现在这些刊物上，会够他受用一辈子。

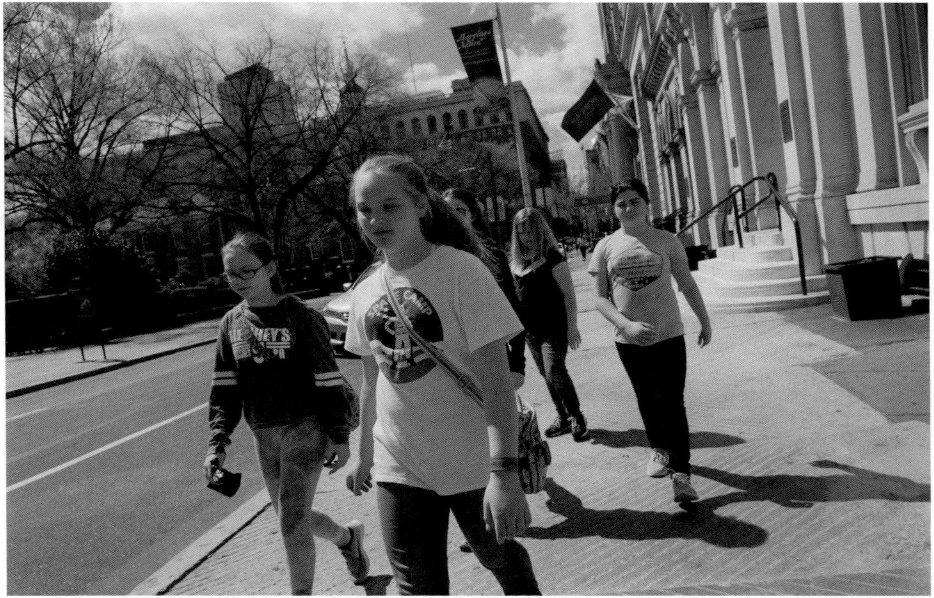

费城　2019

03

美国诗人徐贞敏

汉学家江克平

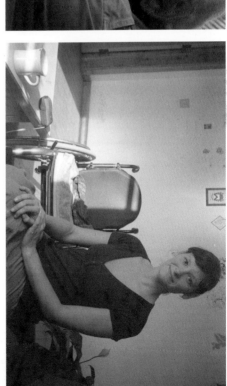

画家欧文·佩特林 (Irving Pettlin)　2010　胶片

画家海德　2010

女画家海德来自加利福尼亚，她曾经是一个超级市场的售货员，上线不小心从梯子上跌下来，导致半身不遂，一辈子都要坐在轮椅上了。她学会了画画，喜欢画刚刚孵出来的小鸟，悲哀，孤单。她是一个非常美丽的姑娘，不像小鸟，像一只漂亮的鹰。

诗人罗恩·帕吉特的家 2019

诗人罗恩·帕吉特的家 2019

罗恩家像是一个无人问津的古董店，一切都是旧的。都是用了五十年的家常东西，旧的老式电话机，旧的玻璃杯，旧的电炉，旧的信件，旧的收音机，旧的电脑，旧的锅子，物浪忽略到只是必需。

诗人罗恩·帕吉特的手 2019

诗人罗恩·帕吉特的手 2009

诗人罗恩·帕吉特的手 2019

诗人罗恩·帕吉特像一条鳗鱼那样藏在纽约深处。他七十九岁，刚刚从一家开了五十年或者一百年的咖啡馆里出来，仿佛一位从煤层里走出来的高个子矿工，周身落满了时间之美，这使他显得苍远而有力。

诗人罗恩·帕吉特与他的夫人　2019

诗人罗恩·帕吉特与安妮·沃尔德曼在纽约 2019

听老人言

那天在纽约27街
诗人罗恩·帕吉特从地铁走出来
拿着一副老花眼镜 他72了
白发苍苍如密西西比晚秋之河岸
我60 老吾老以及人之老
跟着他去一个面包店 "小小坑"
19岁就在这家买 味道果然不错
遇到一个诗歌教授站在橡树下抽烟
英国来的 "号得一般" 确实如此
小聪明 "上课很厉害"
又去一家咖啡店让我借厕
服务员还在幼儿园他就认识了
老人家对真理已大兴趣
经验之树长青 我一路先耳恭听
他穿着一件黑色棉布工装夹克
Carhartt牌 告别后我也买了一件
整个冬天很暖和 很帅

诗人罗恩·帕吉特在纽约地铁中 2019

124

诗人罗恩·帕吉特在佛蒙特的住处　2010

诗人罗恩·帕吉特在佛蒙特　2019

汽车转进了通向罗恩家的便道，这段路有十多分钟，罗恩说，这是我的森林。忽然间，前方出现了一处阳光灿烂的山坡，车停下来。森林退向四周，中间的草地上，立着一栋楼的光泽成灰白色的木楼。楼前种着一丛菊花，金黄色的花朵，正在初秋的蓝天下开放着。我的！这是罗恩的家。他有两处住宅，另一处在纽约。罗恩冬天和春天在纽约，夏天和秋天在佛蒙特州的林子里。

在纽约罗恩·帕吉特家里（千果 摄影）

多多就像一只白鹭落在哈德逊河畔，与摩天大楼、布鲁克林、芭比娃娃、汽车、麦当劳、街头音乐、布鲁斯……共舞，

轻盈而孤独，像约翰克里朵夫那样沉入了他梦想的艺术生涯，这个梦是可以实现的，如果你有足够的才华的话。

纽约绝不会打折扣。

放弃摄影家多多摄于纽约大都会艺术博物馆，他将于坚与伦勃朗的作品叠叠在一起，产生了别样的效果。

诗人吕德安在纽约 2010

二十年前，诗人吕德安在纽约地铁。

与美国诗人梅丹理在哥伦比亚大学。梅丹理是美国人，流浪诗人，"垮掉的一代"的余孽之一，披着长发，个子高得像一根电线杆。（路人摄影）2004

在哈茉姆的一家小店。他买了一顶帽子。（阿发 摄影） 2004

在哈莱姆区的一处涂鸦前（吕德安 摄影） 2004

在纽约东河之岸（吕德安 摄影） 2004

吕德安、罗恩·帕吉特、于坚在纽约帝国大厦顶上（游客摄影）

诗人吕德安和于坚在纽约帝国大厦上看旅游手册，讨论下一步去哪里。（罗恩·帕吉特 摄影）

与美国电影导演贾木许。罗恩·帕吉
特在吉姆·贾木许的电影《帕特森》
里出现过十几秒钟，那部电影的主角
是一位写诗的公交车司机，他的诗其
实都是罗恩的作品。（于果 摄影）

与美国电影导演奥木许（于果 摄影）

与青年时代的朋友陈沫在新泽西的郊区（友人摄影）

与江克平在科盖特大学附近的树林中 （于果 摄影）

与诗人王小妮在密西西比河畔（王昇 摄影）

我和诗人罗恩相约去曼斯菲尔德山上写诗

同一张纸上

他写他的英语　我写我的汉语

我看过旅游手册　它指出这座山像一匹骆驼

罗恩说　在他看来更像鲸鱼的褶

我不是白居易　他不是杜甫

写诗使我们异常　令我们完美

就像两匹正在嚼草的马

我只知道　天会下雨　风会在大地上流动　岩石会出现在山上

我只知道　河水会流　鸟在天空　海在水里　城市的尽头会出现原野

——选自长诗《飞行》